O código da ATRAÇÃO

Obras da autora lançadas pela Galera Record:

As regras do amor
O código da atração

Pamela Wells

O código da ATRAÇÃO

As regras do amor 2

Tradução de
FERNANDA PANTOJA

1ª edição

Galera
RIO DE JANEIRO

2016

CIP-BRASIL. CATALOGAÇÃO NA PUBLICAÇÃO
SINDICATO NACIONAL DOS EDITORES DE LIVROS, RJ

Wells, Pamela
W48c O código da atração / Pamela Wells; tradução Fernanda Pantoja. – 1ª ed. – Rio de Janeiro: Galera Record, 2016.
(As regras do amor; 2)

Tradução de: The crushes
ISBN 978-85-01-08865-9

1. Ficção juvenil americana. I. Pantoja, Fernanda. II. Título. III. Série.

15-27270 CDD: 028.5
CDU: 087.5

Título original em inglês:
The Crushes

Criação de capa: Tita Nigri

Texto revisado pelo novo Acordo Ortográfico da Língua Portuguesa.

Direitos exclusivos de publicação em língua portuguesa somente para o Brasil adquiridos pela
EDITORA RECORD LTDA.
Rua Argentina 171 – Rio de Janeiro, RJ – 20921-380 – Tel.: (21) 2585-2000, que se reserva a propriedade literária desta tradução.

Impresso no Brasil

ISBN 978-85-01-08865-9

Seja um leitor preferencial Record.
Cadastre-se e receba informações sobre nossos lançamentos e nossas promoções.

Atendimento e venda direta ao leitor:
mdireto@record.com.br ou (21) 2585-2002.

Agradecimentos

Gostaria de agradecer à minha editora genial, Abby.

É maravilhoso saber que meus manuscritos estão em mãos editoriais tão experientes. Não tenho como lhe agradecer o suficiente por polir meu trabalho até que ele fique reluzente. Abby, sua contínua fé no meu trabalho significa muito para mim. Sou agradecida de maneira impossível de expressar em palavras.

Este livro é dedicado a meu amigo,
meu pai e meu mentor, Tommie.

Isso tudo começou há muitos anos, como um sonho nosso. Agora estou vivendo este sonho e muito triste por você não estar aqui para vê-lo se tornar realidade. Nada disso seria possível sem seu apoio, conselhos e o fato de sempre ficar me dizendo para não desistir! Sinto falta de conversar sobre a vida com você. Sinto muitas saudades! Que você descanse em paz!

Dedicatória

A todas que já tiveram uma paixonite — que este livro seja uma inspiração para vocês.

Junho

Um

Hospitais normalmente tinham um cheiro de éter inconfundível, mas o Hospital Infantil de Birch Falls cheirava a bolinho de canela. Sydney Howard atravessou uma sala e viu um menininho loiro abrindo a embalagem de um bolinho com os dedos.

Estava explicado.

Prestar pelo menos quatro semanas de serviço voluntário antes de se formar era obrigatório para todos os alunos da Birch Falls High. Sydney queria ser voluntária em algum lugar junto com as amigas, mas Raven e Alexia tinham completado as horas de voluntariado no primeiro ano, em um clube de aposentados. Kelly estava de voluntária no abrigo de animais, mas as vagas lá estavam completas.

O orientador de Sydney a convenceu a ser voluntária no hospital. Aparentemente estavam com poucos funcionários para o verão e aceitando todos os voluntários que se inscreviam.

Embora Sydney não fosse exatamente fã de crianças (houve aquela vez em que fez seu priminho chorar quando lhe disse que Papai Noel não existia), ela estava sempre pronta para um desafio.

— Esta é a ala leste do Hospital Infantil — disse Melanie, a gerente de recursos humanos, mantendo o tom de voz baixo enquanto andava pelos corredores. Era uma mulher bonita, de quase 30 anos, corte de cabelo repicado e óculos de armação preta e grossa. Ela era a responsável pelos voluntários.

O grupo de visitantes de cerca de seis pessoas virou o corredor e entrou em uma nova ala.

— E esta é a oeste — disse Melanie. — Cada um de vocês vai ser designado para um departamento. Vou dizer onde vocês vão ficar quando vierem na próxima segunda-feira.

O grupo desviou de um rack de televisão posicionado no meio do corredor. Havia um aparelho de videogame na prateleira debaixo da TV, e abaixo dela havia outra cheia de jogos de videogame.

— Ah, desculpa, Mel — disse alguém atrás do grupo. Todos se viraram e puderam ver um garoto mais ou menos da idade deles segurando o rack. Algumas garotas ao lado de Sydney se entusiasmaram instantaneamente.

— Só estava transferindo isso — disse o garoto.

Melanie revirou os olhos.

— Com certeza. Pessoal, este é o Quincy, outro voluntário e também meu irmão mais novo.

— Quin, por favor — falou ele, sorrindo. — Por que você me tortura, Mel?

Era impossível não admirar Quin. Sydney estava perto suficiente para perceber que ele tinha olhos caramelo um pouco escondidos atrás de óculos de armação retangular preta. Era alto, pelo menos 1,80, e parecia ter ombros compactos ou talvez a camisa branca de algodão que usava tivesse um corte impecável. A calça jeans vestia tão bem quanto e era folgada nos pontos certos.

Usava um elástico para prender o cabelo preto. Quando solto, pensou Sydney, o cabelo provavelmente chegava à altura dos ombros. De onde ele vinha? Com certeza não estudava na Birch Falls High. E tinha mais ou menos a idade dela, ou talvez fosse um pouco mais velho.

Ele voltou os olhos para ela, e Sydney rapidamente desviou o olhar, o rosto corado claramente denunciando a culpa que sentiu por olhá-lo.

— Tudo bem — disse Melanie —, vamos em frente.

O grupo seguiu Melanie, mas antes de virarem para outro corredor, Sydney olhou para trás para vislumbrar Quin uma última vez.

Havia algo diferente nele, alguma coisa intrigante. Sydney só não sabia o que *era*. Desviou o olhar e apressou-se em direção ao grupo de voluntários.

♥

Quando chegou em casa, Sydney abriu a porta do quarto e viu Drew sentado em sua cama. Ele tinha passado a manhã inteira ali, lendo O *mensageiro,* de Mark Goodman. Quando Drew começava a ler, era difícil convencê-lo a fazer qualquer outra coisa.

O cabelo escuro estava comprido demais e começava a cair no rosto. Ele parecia não notar, mas aquilo estava começando a irritar Sydney. Na opinião dela, Drew ficava muito melhor de cabelo curto. Simplesmente não ficava bem de cabelo comprido. Não como Quin.

Quin.

Por que estaria pensando nele?

Ela se sentou na cama ao lado de Drew, pegou uma das almofadas pretas e colocou-a sobre o colo. Ficou mexendo na bainha, que tinha um fio solto. Ela o enrolou no dedo indicador esperando que Drew dissesse alguma coisa.

— Acabei de colocar uma pizza no forno — falou ela, aproximando-se dele. — Está com fome? Parece que você não se mexeu o dia todo.

Ele levantou um dedo para que ela lhe desse mais um minuto. Sydney apertou os lábios e continuou a mexer na almofada.

Finalmente, ele colocou um dos post-its de Sydney dentro do livro e o fechou. Colocou-o na mesinha de cabeceira e virou-se para ela.

— Uma pizza cai bem. — Ele colocou o braço nos ombros dela e passou os dedos em seu cabelo. Ela fechou os olhos, curtindo a atenção.

— Então, como foi seu primeiro dia de trabalho voluntário no hospital? — perguntou ele.

Sydney ainda estava de olhos fechados quando disse:

— Foi bom. As garotas do meu grupo são legais. Os garotos querem ser médicos, então pelo menos isso significa que vão levar o trabalho a sério e... — Sydney interrompeu-se, o nome de Quin na ponta da língua. Queria contar a alguém sobre ele. Era aquela animação estranha de descobrir uma coisa nova. Você tem vontade de contar a novidade para todo mundo, mas não podia contar para Drew sem que ele entendesse errado.

Não que ela quisesse namorar Quin. Só queria conhecê-lo melhor, queria decifrá-lo.

— Acho que vou gostar de lá.

— Que bom.

Sydney balançou a cabeça. Era uma resposta segura, certo? Não era como se estivesse enganando Drew, porque não tinha o que esconder. Amava Drew. Ela amava Drew *mesmo*. No início do ano, quando ele terminou com ela, era como se uma parte dela tivesse morrido. Sydney e Drew estavam juntos havia mais de dois anos. Ela não contava os poucos meses que tinham ficado separados. Tinha sido apenas um soluço no relacionamento, e ela nunca mais deixaria que nada se intrometesse entre os dois novamente.

Tinha aprendido muito ficando solteira. Aprendeu que não devia considerar o relacionamento como algo garantido e que, para ter um bom relacionamento, era preciso encontrar um equilíbrio. O término a mudou para melhor. Agora sabia mais do que nunca que cada segundo com Drew era importante.

Mas a coisa mais importante sobre o término? Sydney agora se conhecia melhor. Tinha relaxado um pouco, aprendido que a vida não era feita apenas de horários, deveres de casa e calças bem passadas.

Drew estivera certo em relação a uma coisa — estava na hora de se divertir, de sair, de viver um pouco. Sydney estava tentando fazer exatamente isso, tentando recolocar uma fagulha no relacionamento. Infelizmente era mais difícil do que imaginou a princípio.

— Syd?

Sydney abriu os olhos.

— Hã?

— O alarme está tocando.

— Ah, tá. — O alarme disparou na cozinha. Ela se levantou exatamente quando o celular de Drew tocou com a nova música de Lune, "Did I Hurt You". Ele abriu o Motorola RAZR V3 prateado e disse:

— Alô.

Na cozinha, Sydney desligou o alarme, e o usual silêncio da casa se estabeleceu. O pai ainda estava no trabalho, e a mãe, em Hartford, finalizando a semana.

Alguns meses antes, a mãe estava praticamente morando em Hartford, vindo para casa só de 15 em 15 dias. Mas tinha prometido a Sydney que teria mais tempo para passar com a família. Até agora parecia estar indo bem.

Sydney gostava de ter a mãe por perto. Sentia-se como se não tivesse uma mãe de verdade desde que a Sra. Howard se tornou uma executiva na SunBery Vitamins em Hartford. E, embora o Sr. Howard se esforçasse para preencher o vazio deixado pela ausência da esposa, ele não era muito bom nisso. Costumava se esquecer de coisas como pagar contas e comprar comida. Pelo menos estava começando a cozinhar melhor.

Depois de fechar o forno, Sydney colocou a pizza sobre o fogão. Abriu a gaveta de talheres e procurou pelo cortador. O pai nunca colocava as coisas de volta aos lugares onde as encontrara. Nem Drew. Os dois tinham muito em comum.

Finalmente, depois de passar uma eternidade procurando e encontrar o cortador de pizza no meio das panelas, Sydney colocou fatias no prato de Drew e no dela. Estava no corredor quando Drew saiu do quarto.

— Aonde você vai? — perguntou ela.

Ele pegou um pedaço de pizza do prato.

— Pra casa de Todd.

Todd, o irmão da sua amiga Kelly, era o melhor amigo de Drew, infelizmente. Todd era repulsivo, irritante e imaturo. Como Kelly aguentava morar com ele? Sydney agradecia por Todd não ser irmão mais velho *dela*. Ficaria tentada a se mudar.

— Agora? — perguntou Sydney. — Ele não pode esperar alguns minutos pra você comer comigo?

Drew mordeu a ponta da pizza e deu de ombros.

— Ele precisa de ajuda com alguma coisa. Mais tarde eu volto. — Ele passou por ela, mastigando mais um pedaço a pizza e desaparecendo na cozinha.

Sydney foi correndo atrás dele.

— Então você vai sair assim correndo?

Ele abriu a porta dos fundos e parou.

— Ah, qual é, Syd. — Ele estava usando aquele tom de voz. Aquele tom que dizia que Sydney estava sendo injusta. Mas será que ela estava? Tinha acabado de chegar em casa, feito pizza, e agora ele estava saindo para ficar com o amigo ridículo. Sydney queria enfatizar tudo isso, mas estava se esforçando demais para não ser chata. Precisava se comunicar calmamente.

— Desculpe. — Ela colocou os pratos de papel na bancada da pia. — Eu só... sabe... queria ficar com você.

Ele inclinou-se para beijar sua testa.

— Vou voltar. Prometo.

— Tudo bem. Te amo.

Ele sorriu.

— Também te amo.

Sydney o observou atravessar o jardim e entrar na caminhonete. Apesar de agora terem voltado e as coisas parecerem estar bem, todos os dias ela ficava com medo de perdê-lo novamente. Não podia deixar isso acontecer.

Dois

Alexia Bass observava os alunos do último ano da Birch Falls High entrarem apressados no pátio para a cerimônia de formatura. Já tinha visto metade da turma de formandos. Ben devia estar chegando.

O ginásio estava quente como mil sóis e lotado como uma lata de sardinha. Alexia levou quase 15 minutos para encontrar um lugar: um espaço minúsculo de mais ou menos 15 centímetros na quinta fileira da arquibancada.

Ficou espremida entre uma garotinha do tipo não-consigo-ficar-quieta e um barrigudo que cheirava a charuto. Não era isso que tinha idealizado para a formatura de Ben. Era péssimo o irmão de Kelly, Todd, estudar em uma escola diferente e ter se formado na semana anterior. Alexia podia ter se sentado com a família de Kelly, ou, se não fosse tão medrosa, talvez pudesse perguntar aos pais de Ben se podia se sentar com eles lá embaixo, na primeira fileira. No entanto, os pais de Ben não eram exatamente calorosos e convidativos. Não como Ben.

Mais alguns alunos do último ano adentraram o pátio, e nada de Ben. Onde ele estava? Era bom que não tivesse se mandado e a deixado esperando. Não que ele não fosse capaz disso. Pelo menos, nunca a deixaria esperando; a parte do se mandar ele *faria*. Para Ben, não haveria nada mais divertido do que faltar à própria cerimônia de formatura. Ben usaria isso como uma história para os filhos e, depois, para os netos.

Fitas e balões enfeitavam o palco na extremidade do pátio. Havia uma mesa com pilhas de diplomas com capa de couro. Várias cadeiras dobráveis de metal acomodavam o corpo docente.

Alexia observou o mar de espectadores, e alguns rostos eram familiares.

Bem lá no fundo, sabia que isso aconteceria, mas sempre teve esperança de que, por alguma louca razão, Ben fosse esperar que ela se formasse antes de ir embora de Birch Falls. Não que ela fosse deixá-lo fazer isso. Ben tinha de sair de lá e ir para a faculdade.

Só era triste o fato de já estarem colocando uma distância entre eles. Isso não podia ser bom para um relacionamento. Seria muita pressão? Alexia não queria pensar nisso agora, não com as férias de verão começando. Preocupar-se com algo que não podia controlar estragaria o tempo que ainda tinham juntos.

Um assovio estridente soou, as ondas de calor carregando-o pelas arquibancadas até Alexia. Ela olhou para cima e viu Ben. Os olhos estavam fixos nela, e ele sorria, a franja capelo balançando na frente do rosto.

Alexia sorriu e acenou com os dedos. Era impressionante como, mesmo depois de alguns meses de namoro, Alexia ainda sentia um frio na barriga quando o via. Ele tomou um lugar perto do palco enquanto os últimos formandos adentravam o pátio.

Depois da abertura da cerimônia, o diretor e o orador da turma fizeram seus discursos. Antes de distribuírem os diplomas, projetaram uma apresentação de slides. Ben sorria em todas as fotos.

Quando estivesse na faculdade, o que mais Alexia sentiria falta era do bom humor dele.

Ah, pare de pensar nisso! repreendeu-se ela.

Quando a cerimônia acabou, Alexia juntou-se à multidão que saía em direção à porta da frente para tomar um pouco de ar fresco junto aos demais. Esperou sob o sicômoro, onde ela e Ben costumavam se encontrar no horário de almoço.

Seria a última vez que se encontrariam aqui?

Ben saiu pelas portas duplas, o irmão gêmeo, Will, ao lado. Apesar de serem gêmeos idênticos, para Alexia não era difícil diferenciá-los.

Will segurava o capelo embaixo do braço. Ben não estava com o seu, provavelmente porque o tinha jogado no ar no final da cerimônia. Sua beca verde escura já estava aberta. Sob ela, usava uma camiseta branca e a usual calça cargo cáqui. Will provavelmente estava usando terno debaixo da beca.

— Encontro você no carro — disse Ben para o irmão.

— Não vou esperar por muito tempo — respondeu Will, depois seguiu para o estacionamento.

Ben surgiu ao lado de Alexia e colocou os braços nos ombros dela.

— Oi — disse ele.

— Oi.

Ele se inclinou e a beijou delicadamente. Ela sentiu um friozinho na espinha, apesar do suor ainda presente devido ao pátio superaquecido.

— Parabéns — disse ela quando Ben se afastou. — Você oficialmente terminou o colégio.

Ele concordou com a cabeça e encostou a testa na dela.

— Oficialmente. Mal posso esperar pra passar o verão com você. Vamos tomar daiquiri de morango sem álcool, passar as tardes deitados sob o sol e ter várias horas de pegação.

Alexia bateu no braço dele.

— Ei, tenho uma competição de sunguinha molhada mais tarde. Você não pode danificar meus pertences.

Alexia jogou a cabeça para trás e deu risada.

— Uma competição de sunguinha molhada? — Ela revirou os olhos. — Seria engraçado ver isso.

— E sexy.

Alexia sorriu, mas ultimamente essa palavra a fazia ficar tensa.

Em qualquer relacionamento havia uma hora em que sexo deixava de estar apenas nos pensamentos e sussurros para se tornar realmente uma questão. Ela e Ben chegaram a esse momento, e isso estava começando a deixá-la nervosa.

Por um lado, ela amava Ben de verdade e queria compartilhar esse momento importante de sua vida com ele. Por outro, parte dela queria esperar mais um pouco. Não porque estivesse com medo de se arrepender ou por ter dúvidas de que Ben fosse a pessoa "certa".

Era o simples fato de seus pais a terem criado fazendo-a acreditar que a *primeira vez* era um acontecimento especial e que ela deveria pensar sobre isso antes de tomar uma decisão. Não queria pular nenhuma etapa.

Ben beijou a testa de Alexia, trazendo-a de volta à realidade. Ele deu um passo para trás.

— Tenho aquela coisa de foto idiota com a família, então não posso ficar por muito tempo. E depois Will e eu vamos comemorar com alguns amigos. Embora Will pareça ter uma definição bem diferente da minha em relação ao que seja "comemorar". Provavelmente vamos acabar fazendo listas de metas e planilhas de rendimento no Excel ou algo do tipo.

Alexia riu.

— Não tem nada de errado com metas, sabia?

— Eu sei. Eu tenho metas. Só não quero colocá-las numa planilha.

Erguendo uma sobrancelha, Alexia disse:

— Que tipo de metas exatamente?

— Bem — ele estufou o peito e colocou as mãos na cintura —, tem uma garota aí que eu amo mais do que tudo, com quem algum dia eu vou me casar, teremos três filhos e meio, e uma cabra e uma cerca de madeira. O que você acha disso como meta?

Não havia nada que Alexia quisesse mais do que dividir o resto da vida com Ben, e o fato de ele pensar a mesma coisa a deixava com um frio na barriga.

— Acho ótimo, exceto pela parte da cabra.

Ele aproximou-se um pouco mais. Perto suficiente para que Alexia pudesse sentir seu perfume familiar. Era uma fragrância silvestre com uma nota de sabão em pó.

— Então — disse ele, a voz baixa e ansiosa —, você pensou sobre *aquilo*?

Ela não precisava de explicação sobre o que ele queria dizer com "aquilo".

Aquilo era sexo.

E, sim, ela tinha pensado sobre aquilo. Pensava sobre aquilo em todos os momentos em que passava acordada.

— Sim — falou ela.

— Eu entendo isso como um: "Sim, pensei sobre isso, Benjamin, mas você não vê que essa é uma decisão importante e não quero você me pressionando?!".

Ela sorriu.

— Quase isso.

— Leve o tempo que precisar pra pensar sobre isso. Quero que você tenha certeza.

Os músculos dos seus ombros ficaram relaxados com o alívio. Se fosse qualquer outro cara, provavelmente já teria perdido a paciência. Sempre podia contar com a compreensão de Ben.

Ele inclinou-se e deu um beijo rápido nos lábios de Alexia.

— Tenho que ir antes que Will vá sem mim. Te ligo mais tarde.

— Tudo bem. Divirta-se.

Ele deu um tchau enquanto virava a esquina da escola em direção ao estacionamento. Alexia ficou sentada sobre a grama fria sob sicômoro.

Por que sexo tinha que ser uma grande questão? Por que só de pensar em tomar uma decisão final ela já ficava com o estômago embrulhado? Queria simplesmente fazer e acabar logo com isso, mas essa não era a resposta certa. Suspirando, levantou-se e foi para casa.

♥

Alexia bateu a porta da frente, impedindo a entrada do calor de junho. Felizmente, sua casa estava com o ar-condicionado a uns confortáveis 18 graus. Sentiu como se estivesse assando durante todo o caminho para casa, o sol batendo na janela do motorista e o fato de estar pensando em sexo não ajudavam.

Encontrou o irmão mais velho, Kyle, na cozinha, preparando o que parecia ser purê de batata instantâneo, mas que tinha a consistência de bola de neve derretida. Ou não tinha se vestido ainda ou não planejava sair de casa, pois estava de calça de moletom da Yale e uma camiseta branca. E Kyle não era o tipo que aparecia em público vestindo calça de moletom.

— Ei — disse Alexia, sentando-se diante da bancada que ficava no centro da cozinha. — Mamãe e papai estão em casa?

Kyle fez que não com a cabeça.

— Estão procurando um lugar para o novo escritório.

Apesar dos cinco anos de diferença, Alexia e Kyle se davam bem. Ele sempre foi um bom ouvinte. Nunca dava uma de pai, querendo mandar em Alexia. Era um bom meio-termo entre as melhores amigas e os pais. Não se falavam muito quando ele estava na faculdade, mas ela adorava quando ele estava por perto durante as férias de Yale. Kyle tinha acabado de se formar, no mês anterior, em antropologia. Pelo que parecia, ele não sabia o que queria fazer dali para a frente.

— Kyle? — disse Alexia.

— Oi?

Kyle sempre dizia para Alexia que se precisasse de alguma coisa e não se sentisse confortável em falar com os pais, poderia falar com ele. Sexo era uma dessas áreas, mas será que ela realmente queria falar com o *irmão* sobre isso?

Sabia que podia falar sobre qualquer coisa com as melhores amigas, e que elas nunca iriam rir dela, mas Alexia se sentia uma puritana inexperiente falando sobre perder a virgindade quando as amigas já tinham passado por isso. Bem, pelo menos Raven e Sydney já tinham. Kelly ainda era virgem, mas disse que não achava sexo uma grande questão e que tinha certeza de que saberia quando chegasse a hora.

— Hum. — Alexia mexia em uma unha enquanto tentava pensar em um jeito de tocar no assunto.

Kyle apagou a boca do fogão e começou a colocar o purê de batata instantâneo em uma tigela. Não pareceu notar que ela estava enrolando.

— Quantos anos você tinha quando transou pela primeira vez? — ela conseguiu perguntar.

Kyle parou no meio de uma colherada. Olhou para a bancada no centro da cozinha onde ela estava, sem piscar. Finalmente, colocou a panela sobre o fogão e as mãos no balcão como que para se equilibrar.

— Eu tinha 14.

— Catorze!

Ele passou a mão no cabelo ruivo e evitou olhar Alexia nos olhos.

— O papai e a mamãe sabem?

— Não! E não conte pra eles. A mamãe ficaria furiosa. Quer dizer, não que seja uma grande questão agora. Só a deixaria de coração partido. — Ele respirou fundo. — De qualquer maneira, por que estamos falando sobre a minha vida pessoal?

Agora foi a vez de Alexia evitar contato visual. Não disse nada porque não tinha certeza do que dizer.

De qualquer forma, o silêncio dela deu uma pista ao irmão.

— Ah — disse ele, arrastando essa única palavra em cinco sílabas. — Você e seu namorado estão pensando nisso?

Na verdade, *ela* estava pensando sobre isso. Ben já estava decidido. Claro, o fato de ele já ter perdido a virgindade não ajudava. Para ele, isso não era nada.

— Você o ama? — perguntou Kyle.

— Amo. Ou pelo menos acho que amo.

— Ele está pressionando você pra transar?

Estava? Não de verdade. Ele não perguntava para ela todos os dias. Nunca a pressionava quando começavam a se agarrar e as coisas esquentavam. Nunca a tinha feito se sentir mal por evitar isso.

— Não — concluiu ela.

— Você quer transar?

— Sim e não.

— Você confia nele?

Essa era uma pergunta fácil de responder.

— Confio.

— Então você vai saber quando chegar a hora certa. É como andar de bicicleta sem as rodinhas. De repente você chega ao ponto em que simplesmente faz porque parece certo e depois pensa "Uau, até que não foi tão difícil".

Alexia franziu a testa.

— Você acabou de comparar sexo com andar de bicicleta?

— Sim, comparei — afirmou Kyle.

— E você foi para a Yale?

Ele estufou o peito.

— E me formei com menção honrosa.

Alexia se levantou da cadeira e empurrou-a para debaixo da bancada.

— Obrigada, Kyle, por... você sabe.

— Acho que se alguém tomaria a decisão certa em relação a sexo, esse alguém é você. Você sempre teve a cabeça no lugar. — Ele fez uma pausa e apertou os lábios. — Meu Deus, acabei de falar como o papai, não foi?

Alexia riu.

— Sim, falou. — Ela enfiou um dedo no purê de batatas, lambeu e se encolheu ao fazê-lo. — E aparentemente também cozinha tão mal quanto ele.

Kyle suspirou.

— Quer pedir uma pizza comigo?

— Adoraria — respondeu ela —, mas tenho que encontrar minhas amigas no Bershetti's para o almoço.

Kyle jogou o purê no lixo.

— Bem, parece que vou ter que pedir pizza sozinho então.

Alexia riu.

— Boa ideia.

Três

Kelly Waters saiu do carro, olhou para a academia Family Center à frente e depois para o McDonald's logo à direita. Big Macs idiotas. Por que tinham de ser tão gostosos? Trancou o carro e seguiu para a academia, tentando ignorar o aroma de batata frita a seduzindo para se juntar ao lado negro da força.

Se os quilinhos extras nos quadris, abaixo dos bíceps e nas coxas — e em todos os outros lugares do corpo — eram uma indicação, Kelly realmente, *realmente,* não precisava ingerir mais *junk food.*

Era hora de uma dieta. Talvez se não tivesse passado os últimos meses como uma solteirona, comendo sorvete demais e assistindo à TV demais, não teria engordado 4,5 quilos.

Felizmente, assim que entrou na academia, o ambiente fechado e o ar-condicionado bloquearam o aroma divino de *fast-food.* Uma mulher de quase trinta anos, usando uma faixa rosa no cabelo, cumprimentou Kelly de trás do balcão.

— Como posso ajudá-la?

Kelly jogou as chaves do carro na mochila.

— Estou aqui para uma aula de kickboxing. Meu irmão ganhou em um concurso na rádio e disse que eu podia usar algumas aulas. Quer dizer, se por vocês estiver tudo bem.

— Com certeza. — A mulher passou os dedos pelos papéis que estavam num arquivo de metal no balcão. Puxou um em que estava escrito CONCURSOS e fez Kelly assinar em uma lista abaixo de vários outros nomes. — Qual é o nome do seu irmão? — perguntou a mulher. — Preciso registrar que uma das aulas foi usada.

— Todd Waters.

A mulher escreveu o nome de Todd e a data.

— Tudo certo então. Pode seguir até a sala um. Vou avisar a Adam que você está aqui.

— Obrigada. — Kelly seguiu as placas que diziam SALAS DE GINÁSTICA pelo corredor e à direita. Ali, encontrou várias portas, sinalizadas de um a seis. A porta da sala um estava aberta, e ela entrou.

Os tênis chiavam sobre o piso de tábua corrida encerado. A luz do sol atravessava o vidro fumê na parede de janelas à sua frente. No canto da sala havia duas esteiras, provavelmente para ginástica.

Kelly colocou a mochila no canto da sala e foi até as janelas.

Alguém limpou a garganta atrás de Kelly. Ela se virou.

— Você não é Todd — disse o cara.

Kelly não conseguiu nem balançar a cabeça. Quando Todd ofereceu as aulas de kickboxing de graça, Kelly presumiu que teria como instrutor uma mulher de 30 e poucos anos com uma postura séria e músculos à altura.

Estava errada. Este cara estava muito, mas *muito* perto do tipo sexy ai-meu-deus. Kelly não conseguia tirar os olhos dos bíceps *extremamente* torneados e do abdômen *absolutamente* definido. E não ajudava o fato de ele estar usando uma daquelas camisetas grudadinhas que marcavam cada curva de músculo do tronco.

— Então, onde está o Todd? — perguntou ele.

— Hum... bem... — O sangue pulsava com força na cabeça. Mal podia escutar a si mesma. — Sou o irmão dele. — Ela fechou os olhos e passou a mão na testa. — Quer dizer, ele é meu irmão. Ele pediu que eu viesse no lugar dele hoje.

O cara balançou a cabeça.

— Assim ele não perde as aulas de graça. Entendi.

Ele se aproximou de Kelly, permitindo que ela tivesse uma visão melhor de seu rosto. Tinha um daqueles narizes perfeitos e bem desenhados e olhos verde-musgo. Mesmo relaxadas, as sobrancelhas escuras exprimiam seriedade. Os cabelos castanhos escuros estavam deliberadamente bagunçados. A luz do sol que brilhava através da janela fazia com que a barba espetada do queixo ficasse dourada.

Kelly não conseguia definir quantos anos ele tinha — talvez 18 ou 19. Qualquer que fosse a idade, parecia estar a anos-luz do seu alcance. Talvez estivesse até mesmo fora do alcance de Raven, e ela era uma espécie de modelo exótica perdida no subúrbio da costa leste dos Estados Unidos.

— Meu nome é Adam.

Kelly balançou a cabeça em reconhecimento. Agora estava começando a temer sua falta de coordenação. E se caísse de bunda no chão na frente desse cara? Iria se sentir uma completa aberração. Ainda havia tempo de fugir, não havia?

— Então vamos começar. — Adam abriu o armário e pegou o material para o treinamento. — Essas são as luvas de boxe —

disse ele, entregando uma para que Kelly a vestisse. — Apesar de se chamar kickboxing, você vai usar tanto as mãos quanto os pés.

Assim que as luvas estavam em Kelly, Adam colocou os aparadores pretos e redondos nas mãos.

— Pronta? — Ele bateu os aparadores um no outro e posicionou os pés.

— Aham — respondeu Kelly mesmo que, na verdade, não estivesse nem perto de estar pronta.

♥

Uma hora mais tarde, Kelly suava como nunca na vida. As pernas estavam doloridas, os braços, mortos, mas ela se sentia ótima. Adam não era apenas um instrutor maravilhoso como também em nenhum momento a fez se sentir fraca ou ridícula. Mesmo quando perdeu o equilíbrio em um chute e quase caiu.

— Então — Adam começou a falar enquanto guardava o material —, diga ao seu irmão para aparecer da próxima vez ou vou chutar o traseiro dele.

Kelly pegou a mochila e sorriu.

— Na verdade, eu queria ver isso.

Adam deu risada.

— Se continuar com as aulas, *você* vai conseguir chutar o traseiro dele.

Kelly sorriu.

— É verdade. — Ela deu um tchau.

Quando chegou à porta de saída, já tinha pensado em cinco desculpas para fazer o irmão desistir da aula de kickboxing da semana seguinte. Ele já estava cansado da Family Center, e Kelly era uma nova e leal frequentadora.

Quatro

Raven Valenti estava sentada no banco do motorista do carro quando fechou os olhos, esfregando as mãos no rosto. Não queria estar ali naquele momento, na zona de embarque do aeroporto mandando Horace para Detroit.

— Você realmente precisa ir? — perguntou ela, olhando para ele no banco do carona.

Só estavam juntos havia alguns meses. Isso sem falar que eram as férias de verão! Queria sair com ele e fazer músicas doces e lindas.

Tudo bem, talvez isso fosse um pouco cafona, mas era verdade. A banda deles, a October, estava indo tão bem. Desde que tocaram na noite de palco aberto da Scrappe, estavam ocupados fazendo show na maioria dos fins de semana. Por que parar agora que estavam tão populares? Horace não podia ver o pai depois? Tipo, ano que vem?

— É só um mês — disse Horace, segurando a mão de Raven. A pulseira de couro que usava no pulso fez cócegas no braço dela. — Meu pai ficaria arrasado se eu não fosse — concluiu ele.

Com a mão livre, Raven mexia no amuleto do colar. Horace tinha dado a ela alguns dias antes. O amuleto era uma nota musical em prata de lei. Era simples, mas significava muito para ela.

Caleb, seu ex-namorado, nunca tinha comprado algo significativo. Isso só provava que Horace era o cara mais doce que Raven já tivera, e era exatamente por isso que estava com tanto medo de estragar alguma coisa.

Com ele fora, era duas vezes mais provável que estragasse alguma coisa. Horace a mantinha sã e com os pés no chão. Ele estando lá em Detroit, como poderia impedi-la de fazer alguma coisa idiota?

Ela suspirou e apertou a mão de Horace.

Por favor, não deixe que eu estrague isso, pensou ela.

Horace inclinou-se e beijou-a delicadamente. Raven continuava sentindo frio na barriga toda vez que seus lábios se tocavam. Ainda não tinham dito "eu te amo", mas, naquele momento, teve vontade de ir em frente e sussurrar para ele. Provavelmente Horace sequer reagiria. Provavelmente diria "eu também", mas Raven estava com medo de dividir seus sentimentos.

Ainda não estava fora da zona de perigo, e dizer "eu te amo" só tornaria as coisas piores quando ela estragasse tudo.

Não, não, se *eu estragar tudo. Porque vou fazer tudo ao meu alcance para* não *estragar tudo.*

— Preciso ir — disse Horace.

Raven concordou com a cabeça e mexeu novamente no colar.

— Vou sentir saudades.

— Também vou. Vou te mandar mensagens todos os dias, tá?

— Tá bom.

Ele saiu do carro e pegou a bagagem do porta-malas. Raven o seguiu até as portas do aeroporto. As pessoas entravam e saíam apressadas. Um táxi buzinou atrás de Raven.

Ela envolveu o pescoço de Horace com os braços, lágrimas brotando nos olhos. Tinha prometido não chorar, mas deixar Horace ir embora assim estava sendo muito mais doloroso do que tinha imaginado.

Horace encostou a testa na sua, o cabelo louro-avermelhado misturando-se com o próprio cabelo escuro dela, formando uma cortina protetora entre eles e a confusão do aeroporto.

— Eu te amo, Ray — sussurrou ele.

O estômago de Raven embrulhou-se completamente. Ela ficou enjoada e alegre, tudo ao mesmo tempo. Deveria saber que isso estava para acontecer. Era o momento perfeito e Horace era bom em percebê-los.

Sim, ela amava Horace, mais do que já tinha amado quaisquer dos outros namorados. Dizer "eu te amo" não era o problema. A questão era a responsabilidade da confiança que vinha com a frase. Era isso que a assustava.

Ela o beijou rapidamente e sussurrou:

— Eu também te amo.

Horace só ficaria fora por um mês. O que poderia acontecer de tão grave nesse curto espaço de tempo?

♥

Raven entrou no escritório da mãe. A Sra. Valenti estava sentada à mesa folheando páginas e páginas de adesivos. A irmã caçula de Raven, Jordan, estava sentada no sofá batendo papo no celular.

— Oi — disse Raven, jogando-se ao lado de Jordan.

Antes de voltar para a conversa no celular, Jordan sussurrou:

— Oi.

— O que você vai fazer hoje? — perguntou a Sra. Valenti.

— Vou encontrar minhas amigas no Bershetti's para o almoço. Depois disso, não sei.

Jordan desligou o telefone.

— Falando em Bershetti's, me inscrevi para uma vaga lá hoje.

— Ainda não consigo entender por que você não trabalha na Scrappe — disse a Sra. Valenti.

Scrappe era a cafeteria/loja de scrapbooks dela. Raven trabalhava lá com Horace por mais ou menos vinte horas por semana. Gostava, apesar do fato de a mãe ser a chefe. Jordan dizia que preferiria limpar banheiros públicos com a própria escova de dente a trabalhar na Scrappe.

O argumento?

"Já é suficiente a mamãe mandando em mim em casa. Ficaria completamente maluca se ela também mandasse em mim no trabalho"

— Se você não vai trabalhar na Scrappe, o Bershetti's seria um bom lugar — disse a Sra. Valenti. — Eles têm uma boa atmosfera italiana lá. Você se encaixaria muito bem.

Raven e Jordan tinham descendência italiana, e a mãe nunca as deixava esquecer disso. Jordan era parecida com a mãe. Raven se parecia mais com o pai, afro-americano, embora tivesse o cabelo italiano dos Valenti.

— Tem também um garoto totalmente fofo que trabalha no Bershetti's — disse Jordan. — Você viu?

Raven negou com a cabeça.

— Faz tempo que não vou lá. Qual o nome dele?

— Nicholas. Nicholas Bershetti. — Jordan estava quase sonhando acordada. — Ele estuda na escola particular no norte da cidade.

— Na Chisholm?

— É. — Ela sorriu. — A escola particular o deixa ainda mais sexy.

Raven revirou os olhos.

— Quase todos os garotos que estudam em escola particular são mal-educados.

— Bem, Nick não é. — O rosto de Jordan ficou corado, com um sorriso fixo. Ela praticamente irradiava brilho.

Parte de Raven tinha inveja disso. Sentia falta da sensação que vinha com o fato de se estar a fim de alguém. Excitação, agitação, otimismo. Como se qualquer coisa pudesse acontecer. Mas Raven tinha alguém agora. Alguém extremamente bom para ela.

Provavelmente isso era melhor do que a sensação de estar a fim de alguém. Sim, definitivamente melhor.

♥

Raven jogou o saco de lixo no latão e fechou a tampa para arrastá-lo até a rua. Odiava essa tarefa. Tinha tentado fugir dela apressando-se para sair de casa e ir encontrar as amigas, mas a mãe surpreendeu-a à porta dos fundos.

— Antes de sair — disse a Sra. Valenti —, não se esqueça de levar o lixo pra fora.

Raven segurou a alça do latão, ergueu um dos lados para que ficasse sobre as duas rodinhas e arrastou-o dos fundos da garagem. Deu a volta na casa e escutou um barulho de algo se arrastando na rua. Era como metal arranhando madeira.

Alguém andava de skate pela rua, indo em direção ao cercado de uma casa, que batia mais ou menos no joelho. Ele saltou e deslizou com o skate pelo cercado.

Raven observou-o fazer uma aterrissagem perfeita e depois levantar o skate batendo com o pé em uma de suas extremidades.

Foi só quando ele olhou para ela que Raven percebeu que estava parada no meio da rua de boca aberta.

— Oi — disse ele, erguendo a cabeça.

— Oi. — Raven tentou dar a partida no cérebro e fazê-lo voltar a pensar, e arrastou o latão até o fim da rua. Deixou-o ao lado da calçada e estava prestes a correr para dentro de casa quando o garoto veio até ela sobre o skate.

— Você mora aqui? — perguntou ele.

Ela apertou os lábios e fez que sim com a cabeça.

Não conhecia o garoto. Nunca o tinha visto na cidade, muito menos em sua rua.

Olhos azuis a espreitavam sob a aba reta de um boné de beisebol. Usava calças largas, camiseta preta e tênis brancos. O skate estava embaixo dos braços e no *shape* se lia BLAKE, com a silhueta de um alienígena na parte de baixo.

Pelo que Raven podia ver sob o boné, o cabelo escuro estava cortado bem rente ao couro cabeludo.

— Meu avô mora do outro lado da rua. — Ele se virou e apontou para uma casa de dois andares em estilo Tudor. Era a casa do Sr. Kailing. Raven não sabia que ele tinha netos. Ele ficava em casa a maior parte do tempo e nunca recebia visitas. Mas era um cara legal. No verão passado, quando o pneu do carro de Raven furou, o Sr. Kailing apareceu e trocou-o para ela. Ele devia estar chegando aos 70, mas ainda estava muito bem.

— Seu avô, é? Que legal — disse ela, balançando a cabeça rapidamente. — Bem, tenho que ir.

— Ei, Blake! — alguém chamou.

O garoto, supostamente Blake, olhou para a casa do Sr. Kailing, e Raven não pôde evitar olhar também. O homem que tinha gritado da varanda tinha uma daquelas vozes profundas e roucas que não se tem como não prestar atenção.

Um homem negro e enorme acenava da varanda.

— Aquele é meu... é... tio — disse Blake.

Raven levantou uma sobrancelha.

— É mesmo?

Blake *parecia* cem por cento branco, mas talvez houvesse descendência afro-americano nele? Como Raven. O Sr. Kailing era branco, mas isso não significava que um dos pais de Blake não fosse negro.

Ele soltou o skate e colocou um pé sobre ele.

— Prazer em te conhecer...

— Raven.

Ele sorriu.

— Raven. — Ele impulsionou o skate com o pé esquerdo. — A gente se vê, Raven — disse, olhando para trás antes de desaparecer na garagem do Sr. Kailing.

O homem que estava na varanda fez um sinal de paz para Raven antes de entrar na casa. A porta de tela se fechou.

Raven entrou em casa e passou por Jordan na sala de estar.

— Por que você está sorrindo feito boba? — perguntou Jordan.

— O quê? Não estou.

Mas ela estava.

Cinco

Agora que tinha namorado, Alexia estava encontrando dificuldade em ter tempo para as amigas. Esforçava-se para dividir o tempo entre elas e Ben, mas quando tinha uma tarde livre, parecia que as amigas ou estavam trabalhando ou estavam com os namorados.

Isso para não dizer que ficar com Ben sempre parecia ser mais agradável. Sentia-se uma péssima amiga por pensar assim, mas era verdade.

Parecia uma eternidade desde que tinham estado juntas pela última vez, então combinaram de se ver naquele dia. Alexia entrou no estacionamento do Bershetti's e estacionou ao lado do SUV de Sydney.

Dentro do restaurante, tirou os óculos e enfiou-os na bolsa.

O Bershetti's era um restaurante italiano de ótimo tamanho que ficava na parte central de Birch Falls. Era propriedade da família Bershetti, que o tinha fundado cinquenta anos antes. Tinha sido modernizado ao longo do tempo e era um dos melhores restaurantes da cidade.

Uma textura marmorizada, em um tom escuro de azul--violeta, cobria a metade superior das paredes enquanto lambris brancos cobriam a inferior. Um roda-meio grosso contornava todo o restaurante. Havia candelabros pendurados nas paredes a um metro ou mais de distância um do outro. Plantas naturais estavam por toda parte. Algumas estavam nas portas divisórias entre os níveis inferior e superior do salão de jantar. Também havia vasos pendurados no teto.

A mãe de Alexia lhe contou que a maioria das plantas eram ervas e que a Sra. Bershetti usava muitas delas na comida.

A recepcionista, uma mulher de quarenta e poucos anos com cabelos grisalhos prateados, recebeu Alexia com um largo sorriso.

— Quantos são?

— Vim encontrar minhas amigas — disse Alexia, examinando o restaurante sobre os ombros da recepcionista. — Ah, elas estão ali.

Kelly, Sydney e Raven estavam sentadas bem no meio da parte inferior do restaurante. Kelly acenou.

Alexia caminhou pela parte superior do restaurante e desceu os cinco degraus até a inferior. Ela se sentou ao lado de Kelly, de frente para Raven e Sydney.

— Estou tão feliz por estarmos todas juntas! — disse Kelly, batendo palmas. — Tenho andado tão entediada. Ser solteira não é mais tão divertido.

Infelizmente era verdade. Kelly tinha assumido o posto anterior de Alexia de única garota solteira do grupo, embora alguma coisa dissesse a Alexia que Kelly estava lidando melhor com a situação do que ela lidara. Não havia nada pior do que se sentir indesejada e sem graça. Não ter namorado até o último ano do ensino médio era quase como ser defeituosa.

— Também estou feliz por estarmos juntas — disse Raven. — Horace foi para Detroit hoje. Sinto que se ficasse mais tempo em casa, enlouqueceria.

Apesar do aparente mau humor, Raven estava deslumbrante como sempre. Vestia uma saia rodada branca que dava nos joelhos. Tinha optado por uma blusa violeta, lisa e sem manga, que parecia combinar com o estuque veneziano das paredes. O cabelo preto e ondulado estava puxado para trás em um rabo de cavalo, e tinha colocado uma bandana branca.

Sentada a seu lado, Sydney estava o completo oposto de Raven. O cabelo preto e liso estava solto sobre os ombros. Vestia jeans, apesar da temperatura de verão, e uma camisa polo branca.

As quatro garotas se acomodaram em torno da mesa e começaram a conversar, mas Alexia não conseguia deixar de observá-las discretamente sobre o cardápio. No início desse ano, quase não saíram juntas. Isto é, até Kelly, Raven e Sydney perderem seus namorados na mesma noite.

Foi graças ao *Código do Término* de Alexia que as três garotas superaram o sofrimento. E a longo prazo, as quatro ficaram mais próximas.

Quando estavam juntas como naquele momento, Alexia não podia deixar de curtir as amigas, agradecendo o pouco tempo que pareciam ter para saírem juntas.

Às vezes desejava que ainda tivessem o *Código do Término* ou algo parecido para mantê-las unidas. O *Código* tinha preenchido todas as lacunas entre elas.

— Ai, meu Deus — disse Kelly, tirando Alexia de seu devaneio.

— O quê?

Todas seguiram os olhos arregalados de Kelly na direção da entrada do restaurante, onde um grupo de garotos tinha entrado.

— É o cara que me deu aula de kickboxing hoje. — Kelly suspirou e suas bochechas ficaram rosadas.

— Você fez aula de kickboxing hoje? — perguntou Raven.

— Qual garoto? — perguntou Sydney. — Qual deles?

— O que está na frente — respondeu Kelly, ainda olhando. — Aquele musculoso.

— Caraca — disse Raven enquanto os rapazes seguiam na direção da parte inferior da área de jantar. — Ele é um gato!

— Eu sei. — Kelly mordeu o lábio inferior. — Você tinha que vê-lo numa daquelas camisas grudadinhas.

Sydney revirou os olhos e pegou o cardápio de volta.

— Provavelmente é um idiota musculoso.

Kelly balançou a cabeça.

— Ele não é um idiota. Conhece cada músculo do corpo humano. Músculos dos quais eu nunca ouvi falar.

Alexia avaliou o cara por quem Kelly não conseguia parar de babar. As mangas da camiseta azul-marinho estavam justas na cavidade entre o músculo deltoide e o bíceps. O resto da camiseta não era justo o bastante para mostrar a definição, o que ficou por conta da imaginação de Alexia.

Ela não era muito fã de caras musculosos, mas combinados com um olhar ardente, maçãs do rosto bem marcadas e olhos verdes impressionantes, o misterioso homem de Kelly tinha atraído a atenção de Alexia.

Parece que ele também chamou a atenção de todas as outras garotas no Bershetti's. Bem... exceto a de Sydney.

Quando ele e os amigos passaram pela mesa, o professor de kickboxing de Kelly parou e lançou um sorriso muito branco para ela.

— Ei! Como você está se sentindo?

Kelly ficou ligeiramente boquiaberta. Ela encarou o garoto por alguns longos segundos antes de Raven chutá-la por debaixo da mesa.

— Dolorida... — disse Kelly. — Um pouco dolorida.

— Isso acontece no primeiro dia. Mais um dia ou dois e você vai se sentir melhor.

— É — Kelly concordou com a cabeça e continuou balançando-a como se estivesse presa àquele gesto.

— Oi — disse Raven, esticando a mão. — Sou Raven. Uma amiga de Kelly.

— Sou Adam. — Ele foi ao outro lado da mesa para cumprimentá-la. — Kelly fez kickboxing comigo hoje. — Ele olhou para ela, sorrindo silenciosamente como se o kickboxing fosse o pequeno segredo dos dois, como se Kelly tivesse feito um enorme favor por ter ido à sua aula.

Kelly corou e desviou o olhar.

Alexia não culpava a amiga. Tinha testemunhado aquele sorriso apenas como observadora e *ela* mesma queria derreter.

— Bem, é melhor eu ir antes que meus amigos comecem a me encher o saco. Um prazer conhecer vocês. Prazer em te ver, Kelly. Você tem que voltar na semana que vem com seu irmão.

— É, tudo bem. — Ela fez que sim com a cabeça, e ele se afastou.

— Uau, ele é gato — disse Raven. — Como assim nunca o vi antes?

— Ele é novo — disse Kelly. — Está no segundo ano da Universidade da Pensilvânia, mas veio aqui para trabalhar na Family Center durante verão. O tio dele é dono do lugar.

— Universidade da Pensilvânia? — Sydney arqueou uma sobrancelha, claramente impressionada com a universidade, ainda que relutante em admitir isso.

— Então isso faz com que ele tenha... tipo, 19 anos? — perguntou Raven.

Kelly concordou com a cabeça.

— Você devia chamá-lo para sair — disse Raven. Ela segurou o colar, pendurado perto da clavícula, que Horace tinha lhe dado.

— O quê? Não! — Kelly balançou a cabeça. — Você viu o cara, Ray? Ele está tipo muito fora do meu alcance!

Raven bebeu um gole d'água.

— Ninguém está fora do seu alcance, Kel. Ninguém.

A boca de Kelly se uniu em um sorriso sutil.

— Obrigada. — O sorriso se desfez, e ela balançou novamente a cabeça, os cabelos louros cor de mel caindo na frente do rosto e escondendo sua expressão. — Mesmo que ele saísse comigo, não sei como iria convidá-lo. Ficaria tão perdida. Foi Will quem me convidou quando saímos juntos. Sem chance de eu ter que tomar a iniciativa.

Alexia sentou mais para a frente, com um frio na barriga.

— Um código da atração — disse ela tão de repente quanto a ideia lhe ocorreu.

Sydney abaixou o cardápio.

— Um o quê?

— Para ajudar Kelly a ficar com aquele garoto ou com qualquer garoto que ela quiser. Podemos criar um código da atração para ela seguir assim como o *Código do Término*.

— Sem chance — disse Kelly. — por favor, meninas. Não preciso de outro código, e eu não conseguiria ficar com Adam nem em um milhão de anos!

— Nós todas podemos usá-lo — disse Alexia —, como uma forma de mantermos nossos próprios relacionamentos firmes.

— Estou dentro — disse Raven. — Poderia usá-lo enquanto Horace está fora para *não* cair em tentação.

— É — disse Sydney. — E eu poderia usá-lo para dar uma esquentada no meu relacionamento com Drew.

— Vamos começar agora. Aqui. — Raven entregou seu guardanapo a Alexia.

— Não. — Kelly balançou enfaticamente a cabeça. — Não-não-não-não.

Sydney pegou uma caneta da bolsa.

Kelly se recostou na cadeira, resmungando para si mesma. *Isso seria bom para ela*, Alexia pensou. Só precisava tentar.

Alexia segurou a caneta e começou a escrever.

As 38 regras de atração das garotas — como transformar um casinho em namoro!

Por meio desta instauramos o seguinte código para assegurar que conseguiremos nos fazer notar por qualquer garoto que quisermos — a partir de hoje nos tornamos As Mulheres do Código da Atração.

Regra 1: *Seja alegre, divertida e sedutora! Garotos gostam de garotas que sabem se divertir!*

Regra 2: *Seja recatada, não tímida!*

Regra 3: *Use spray corporal de framboesa no corpo — isso deixa os garotos loucos!*

Regra 4: *Descubra do que ele gosta — hobbies, esportes, música! Depois mergulhe fundo nisso!*

Regra 5: *Seduza-o com os olhos! Faça contato visual durante as conversas. Nunca quebre o contato visual!*

Regra 6: *Faça-o se sentir especial, como se ele fosse o único garoto no mundo!*

Regra 7: *Seja corajosa e ousada! Veja a vida como uma aventura!*

Regra 8: *Deixe sua beleza interior brilhar! Mostre a ele o maravilhoso tesouro que há dentro de você!*

Regra 9: *Seja você mesma! Ele gostará de você pelo que realmente é!*

Regra 10: *Tenha senso de humor! Garotos gostam de rir!*

Regra 11: *Aja com distanciamento, mas com interesse! Garotos amam um desafio!*

Regra 12: *Seja agradável e fácil de lidar!*

Regra 13: *Não seja mandona! Não fique dizendo o que ele deve fazer!*

Regra 14: *Faça-o notá-la! Atraia a atenção dele! Atraia-o até você!*

Regra 15: *Tenha um hobby sobre o qual possa conversar com ele!*

Regra 16: *Fique interessada nas coisas que o interessam!*

Regra 17: *Sempre esteja linda na companhia dele!*

Regra 18: *Respeite-se! Exija que ele também respeite você!*

Regra 19: *Não permita que ele pressione você a fazer algo que não queira! Faça apenas coisas que* você *e apenas* você *queira fazer e com as quais se sinta confortável!*

Regra 20: *Corra riscos e aparente viver a vida no limite! (Garotos gostam do perigo.)*

Regra 21: *Seja misteriosa! Mostre a ele que há algo de instigante em você!*

Regra 22: *Não responda perguntas imediatamente! Leve alguns instantes para responder!*

Regra 23: *Deixe algumas coisas para a imaginação dele!*

Regra 24: *Fique amiga dele! Converse com ele, mas não se torne um de seus amigos!*

Regra 25: *Elogie-o duas vezes por semana!*

Regra 26: *Não se sinta obrigada a dizer à suas amigas de quem você está a fim!*

Regra 27: *Não continue com um garoto se isso se transformar em uma obsessão! É ele quem perde se não conseguir ver o seu valor!*

Regra 28: *Não passe mais do que dois meses tentando descobrir se ele gosta de você!*

Regra 29: *Não escreva carta anônima ou e-mail para ele, pois ele pode pensar que outra pessoa enviou!*

Regra 30: *Não diga a qualquer um que está a fim de alguém, a menos que possa confiar que essa pessoa não contará a ninguém!*

Regra 31: *Não mande sua amiga contar ao garoto que você quer ficar com ele!*

Regra 32: *Não fique tímida, muda ou envergonhada perto dele!*

Regra 33: *Não o persiga ou o encare!*

Regra 34: *Não fique depressiva e ouvindo músicas tristes de amor se ele não notá-la!*

Regra 35: *Conheça seu crush lentamente! (Você pode descobrir que não gosta dele!)*

Regra 36: *Não finja ser uma pessoa diferente quando ele estiver por perto!*

Regra 37: *Aprenda a ouvir! Não fique falando só de si mesma!*

Regra 38: *Aja como se você fosse especial! Qualquer garoto é sortudo por ter você!*

Enquanto o garçom servia a refeição, Alexia tampou a caneta e devolveu-a para Sydney.

— Pronto — disse ela para Kelly. — Vou levar pra casa e digitar. Amanhã dou uma cópia pra vocês. Vocês deveriam começar imediatamente.

— Ah, não! — disse Kelly. — Isso é loucura, meninas. Sem chances de eu flertar com Adam. Ele com certeza vai rir de mim.

Raven deu uma grande garfada na salada, mastigando a alface. Depois de engolir, disse:

— Ele não parece esse tipo de cara. Além disso, você viu o jeito como ele sorriu pra você?

Alexia concordou com a cabeça.

— Ele te acha no mínimo fofa.

— Vale a pena tentar — disse Sydney, enrolando o espaguete no garfo.

Kelly revirou os olhos.

— Vou dar cópias pra vocês amanhã — disse Alexia. Ela sorriu para si mesma enquanto tirava um pedaço do pão de alho. Ela quis trazer de volta o *Código do Término*, mas isso era dez vezes melhor.

Como poderia não dar certo?

Seis

Regra 2: *Seja recatada, não tímida!*

As portas do elevador ressoaram e abriram no segundo andar do Hospital Infantil. Sydney saiu, segurando apressada a alça da bolsa carteiro American Eagle. Estaria mentindo se dissesse que não estava nervosa para começar o turno como voluntária.

Ela emergiu sob uma placa iluminada pendurada no teto que dizia ALA OESTE. Diretamente à frente, colados na parede, havia cartazes publicitários do XXVI Carnaval Anual de Birch Falls, em julho, e de uma campanha de arrecadação de alimentos que ia até o final do mês. Ao lado desses anúncios, havia um cartaz anunciando um concurso de fotografia no dia 19 de junho.

Parece divertido, pensou Sydney distraidamente. Pena não ser boa o suficiente para participar.

Virou à esquerda no corredor e chegou a um posto de enfermagem. Tudo o que havia ao redor eram quartos de hospital com grandes portas de correr de vidro para que se pudesse ver nitidamente dentro de cada um deles.

Havia balões flutuando ao redor das camas. E flores nas mesas de cabeceira. Desenhos feitos com lápis de cor presos na parede atrás do posto de enfermagem. Sons de desenhos animados vinham de vários quartos. Máquinas ressoavam e bipavam.

Sydney foi até o posto de enfermagem e falou com uma mulher baixinha que estava ali.

— Oi — disse ela. — Sou Sydney, uma nova voluntária.

— Ah! Estávamos esperando você. Sou Pat, a chefe das enfermeiras dessa ala. — Pat era uma mulher de 40 e poucos anos que usava uniforme cor-de-rosa e Crocs brancos. Ela estendeu a mão delicada do outro lado do balcão e disse: — É bom ter você conosco, Sydney.

— Obrigada.

— Acho que vou deixar você começar com Quin. Ele está aqui há algum tempo e conhece todos os detalhes importantes. Se descer esse corredor aqui e virar no terceiro quarto à esquerda, o encontrará por lá. Se tiver qualquer dúvida é só falar.

— Tudo bem. Obrigada.

Sydney seguiu as instruções de Pat e foi até o terceiro quarto à esquerda. Quin estava sentado em uma das cadeiras de balanço verdes próximas à cama. Estava com outra camisa branca de algodão, desabotoada e para fora da calça, deixando à mostra uma camiseta preta. Usava jeans e botas surradas de couro marrom.

Nas mãos, segurava um livro de bolso com um fantasma e um lobisomem na capa. O título estava impresso em uma letra prateada brilhante que dizia *Lobo morto*.

Quin lia em voz alta enquanto um garotinho estava deitado na cama, o corpinho minúsculo afundado em mantas e lençóis brancos. Seus cabelos louros muito claros esparramavam-se sobre o travesseiro enquanto a pele pálida quase combinava com a fronha branca engomada.

Quin terminou de ler e dobrou o cantinho da página para marcá-la.

— Oi — disse ele, acenando com a cabeça para Sydney. — Ouvi dizer que você chegaria hoje. Sydney, certo?

— É. — Ela contornou a cama e esticou a mão em um aperto amigável. — E você é o Quin?

— Sim, e este — ele apontou para o garoto deitado na cama — é Micah.

— Oi. — Sydney acenou. Micah acenou com a cabeça, desinteressado.

Quin colocou a mão no ombro do menino.

— Mais leitura depois, camarada?

— Claro. — Micah pegou o controle remoto da TV e apertou o botão de ligar. Desenhos iluminaram a tela da TV enquanto Quin conduzia Sydney pelo corredor.

— Então acho que devo explicar as coisas pra você. — Uma mecha de cabelo se soltou do rabo de cavalo dele e ficou pendurada ao longo da têmpora. Ele afastou-a de modo distraído, enfiando-a atrás da orelha.

— Acho que sim.

— Não é assustador ou entediante como parece. Você vai se divertir aqui. Prometo. — O sorriso que ele deu poderia ter iluminado qualquer ambiente, ainda mais um quarto de hospital.

— Bem, estou ansiosa por isso.

— Vamos começar com o básico então. Este setor inteiro é a ala Oeste, mas tem a Oeste Um e a Oeste Dois. Estamos na Oeste Dois agora. — Ele levou-a ao corredor principal e apontou o posto das enfermeiras. — Aquela é a estação dois. Eles estão encarregados dos quartos 409 ao 418.

Eles seguiram na direção da qual Sydney viera e passaram pelos elevadores. Cruzaram outros postos de enfermagem e mais quartos com portas de correr de vidro. Se Sydney fosse menos atenta, teria achado que estava no mesmo posto de enfermagem do qual tinham acabado de sair. O balcão e os quartos eram exatamente iguais aos da Oeste Dois. A única diferença era que a enfermeira atrás do balcão tinha cabelos ruivos e longos e usava uniforme preto.

— Esta é a Oeste Um — disse Quin —, e a Estação Um. São responsáveis pelos quartos 400 ao 408. E se você vier por aqui — eles deram a volta no posto de enfermagem, de onde algumas enfermeiras cumprimentaram com um oi —, você vai encontrar a sala multimídia.

A sala multimídia era enorme, tinha duas áreas de TV. Havia estantes de livros ocupando uma parede inteira. Havia livros, DVDs e fitas VHS.

— As crianças podem assistir aos filmes e ler os livros enquanto estão aqui — explicou Quin. — Somos responsáveis por isso. Levar os filmes e os livros para os quartos e trazê-los para cá.

Sydney assentiu com a cabeça.

— As crianças vêm aqui para passarem um tempo juntas também — continuou Quin —, se estiverem bem o suficiente. Tem videogames conectados às TVs.

— Tá bom — disse ela.

Ele sorriu.

— Você é sempre tão quieta assim?

— Humm...

— Só tímida?

Tímida? Nem um pouco. Drew disse que ela nasceu sem o gene da timidez. Ser tímida era umas das regras do *Código da Atração*, não era? Ainda não tinha tido oportunidade de memorizar as regras.

Talvez devesse tentar não falar nada sobre Drew. Manter um pouco de mistério no relacionamento? Certamente valia a pena.

— Não diria que sou tímida — respondeu ela. — Só estou tentando assimilar tudo. — Para ela era importante saber bem todos os detalhes. Não fazia sentido ter um trabalho se você não soubesse fazê-lo bem.

— Eu sei que é muita coisa, mas você vai se sair bem. E as crianças ficam tão felizes em ter companhia que vão amar você de qualquer jeito.

— Espero que sim.

— Sabe de uma coisa? Acho que tive uma ideia. Algo que vai ajudar você a relaxar. Vem comigo.

A maneira como isso soou parecia um mau sinal.

♥

— Você está falando sério? — perguntou Sydney.

Quin fez que sim com a cabeça.

— As crianças amam isso.

Isso era uma fantasia de um enorme dragão cor de sopa de ervilha.

— Humm... — Sydney *não* queria vestir aquela coisa idiota. Preferia esfregar banheiro a vestir aquele treco. Por que *ela* não podia ser a responsável por ler livros para as crianças?

— Eu já vesti — acrescentou Quin, como se isso fizesse alguma diferença. — E confie em mim, assim que você vestir vai se sentir ótima. — Ele fez uma pausa. — Bem, ótima e um pouco suada.

Sydney sorriu.

♥

A cauda do dragão fazia ruído ao ser arrastada no chão enquanto caminhava do vestiário para os quartos do hospital.

— Vamos para a Oeste Dois — disse Quin, guiando-a.

Sydney mal conseguia enxergar sob a cabeça do dragão. A abertura para os olhos era, na verdade, na boca aberta do dragão e era coberta por uma redinha preta para esconder os olhos. Só estava dentro da fantasia havia dez minutos e o suor já escorria pelas suas costas.

— Aqui — disse Quin, abrindo a primeira porta de correr que viu. — Eles vão amar você.

Claro que iam. Ela se sentia a maior idiota. Provavelmente *aparentava* ser a maior idiota. Mal conseguia caminhar com aquela coisa. Sentia como se usasse uma daquelas fantasias infláveis de lutador de sumô e como se estivesse com pés de pato.

Quando conseguiu entrar no primeiro quarto, o garotinho que estava na cama se sentou e deu um sorriso largo.

— Tony!

— Não — disse Quin —, esta é Trina. A irmã mais nova de Tony.

Os olhos do garoto se arregalaram.

— Ohhhh — disse ele.

Quin deu um cutucão nas costas de Sydney. Ela ficou surpresa por ter conseguido sentir.

—Hum, oi — disse ela. — Qual é o seu nome?

— Lars.

Sydney arrastou-se até a cama, esperando não prender os enormes pés de dragão em nenhum fio. O suporte para soro do garotinho estava do outro lado da cama e todos os fios do monitor estavam atrás dele. O caminho parecia livre o suficiente.

Ela apertou a mão do garoto.

— Prazer em conhecer você, Lars.

— Prazer também. Você pode dizer ao seu irmão que eu mandei um abraço?

— Claro. — Sydney olhou para Quin. O que mais devia dizer? Espero que você saia daqui logo? A comida do hospital é boa?

— Ei, Lars, pergunte a Trina o que ela tem no bolso.

— O que você tem no bolso? — perguntou Lars, sentando--se ereto.

Sydney olhou para baixo, para o bolso canguru na barriga do dragão, e puxou um saco.

— Deixe ele escolher alguma coisa — sussurrou Quin.

Sydney segurou o saco diante de si.

— Escolha alguma coisa do meu tesouro — disse ela, lembrando que dragões supostamente colecionavam tesouros nas histórias que ela tinha lido.

Lars enterrou a mão dentro do saco e puxou um ovo de ouro. Ele bateu com o ovo para abri-lo e uma pulseira caiu.

— Legal! Obrigado, Trina!

— De nada!

Eles se despediram e seguiram para o próximo quarto.

Levaram cerca de duas horas para visitar todas as crianças que estavam bem o bastante para receber visitas. Saltaram alguns quartos, nos quais Sydney viu crianças enfiadas em suas camas, os olhos fechados, os monitores bipando atrás delas. Sydney se perguntou se eles acordariam e desejou que houvesse algo que pudesse fazer para que se sentissem melhores.

Quando tirou a fantasia no final do dia, percebeu que Quin estava certo. Colocar um sorriso nos rostos daquelas crianças fez valer a pena ser o recheio daquela imitação de dragão. E foi bom para ela se soltar. Drew teria ficado orgulhoso.

Sete

Regra 23: *Deixe algumas coisas para a imaginação dele!*

— Saudade de você — disse Raven pelo celular.

— Saudade de você também — respondeu Horace, a respiração parecia suave pelo telefone. Raven se jogou para trás na cama e fechou os olhos, imaginando os braços dele envolvendo-a. Por que ele tinha que ficar longe metade das férias? Pelo menos não ficaria longe o verão *inteiro*.

— Então, o que você tem feito? — perguntou Horace.

A primeira coisa que veio à cabeça de Raven foi Blake. Não conseguia tirá-lo da cabeça desde que o conheceu. Havia alguma coisa em um skatista que... bem, não sabia descrever o que era, ele simplesmente tinha algo. Talvez pudesse descrever isso como o fator cool. Skate era um daqueles esportes conhecidos o bastante para fazer alguém ficar famoso, mas não tão bem conhecido a ponto de fazer alguém se perder de si mesmo devido ao dinheiro e à atenção.

Skatistas eram *reais*.

— Ray?

— Hã? — disse ela.

— Você me escutou?

Não, ela não tinha escutado. Porque tinha ficado pensando em skatistas. E um skatista em particular.

Livrando-se disso, ela clamou em sua cabeça: Foco em seu namorado. O cara que você *ama*.

— Desculpa — disse ela. — Jordan está fazendo caretas pra mim do corredor.

— Eu disse que tenho que ir, mas ligo pra você depois, tá?

Ela se sentou na cama e suspirou.

— Tá, tudo bem. — Eles já tinham conversado pelo telefone por trinta minutos e tinham praticamente esgotado todos os assuntos de conversa.

— Te amo.

— Também te amo — respondeu ela, e disse adeus.

♥

— Oi, Ray! — gritou Jordan pela casa.

Raven saiu do quarto. Encontrou a irmãzinha na sala de estar usando um casaco de moletom com capuz e zíper e uma bermuda de moletom Abercrombie.

— Que foi?

— Quer sair para caminhar comigo?

Raven tinha ficado em casa o dia todo. Uma caminhada lhe faria bem.

Do lado de fora, o sol estava começando a se pôr, deixando o céu com uma cor laranja meio cor-de-rosa intensa. O calor do dia tinha acabado e Jordan fechou o zíper do casaco de moletom. Raven estava com uma camisa de manga comprida, de um material fino bastante para deixar um pouco da brisa da noite entrar.

O bairro onde Raven e Jordan moravam ficava em uma pequena subdivisão com pouco tráfego e muita atividade ao ar livre. Enquanto desciam a Alpine Drive, passaram por um pai jogando beisebol com o filho no jardim da frente. Uma mulher caminhando rápido passou por elas, com um rottweiler à frente, preso numa coleira retrátil.

Raven olhou para o outro lado da rua, para a casa do Sr. Kailing, mas não viu luzes acesas nas janelas.

— Então — começou Jordan —, consegui o trabalho no Bershetti's.

Raven ergueu uma sobrancelha.

— Sério? Você está animada?

Jordan fez que sim com a cabeça de modo enfático.

— Totalmente. Quer dizer, você já viu Nicholas Bershetti? Ele parece o irmão gêmeo do Milo Ventimiglia. É muito gato e vou trabalhar com ele!

Raven sorriu enquanto a inveja consumia suas entranhas. Ela perdeu aquele entusiasmo de pré-relacionamento.

— Então quando você começa?

— Amanhã, às 11 da manhã. Isso quer dizer que tenho que levantar cedo, mas tudo bem, porque Nicholas trabalha no mesmo turno. Chequei a grade de horários quando estava lá ontem. O que você acha que eu devo usar?

— Talvez...

Raven foi interrompida pelo som de rodinhas de skate rolando no asfalto. Blake passou voando. Foi direto para o meio-fio, e Raven ficou tensa, achando que ele fosse cair. Em vez disso, o garoto saltou, girando o skate no ar. Ele aterrissou perfeitamente na calçada e girou, inclinando a prancha com um pé.

— Isso foi demais! — disse Jordan, batendo palmas.

Raven concordou, mas não diria isso em voz alta.

— Espere, filho! — chamou alguém atrás deles.

Raven olhou para trás e viu o tio de Blake vindo atrás. Ele era tão grande que seus braços saíam dele como galhos de árvore nas laterais. Não era gordo, só extremamente corpulento.

Blake pegou o skate e o colocou sob o braço. Vestia calças largas pretas e uma camiseta com uma árvore negra impressa do ombro até a bainha da parte de baixo. Hoje estava com um boné preto DC, mas com os mesmos tênis DC brancos. Raven notou um brilhante em uma orelha.

— Blake — disse ele, esticando a mão para Jordan.

Ela apertou a mão dele.

— Jordan.

— Prazer. Você deve ser a irmã de Raven?

Jordan fez que sim com a cabeça.

— Vocês duas são parecidas. As duas são muito gatas.

As bochechas de Jordan ficaram coradas. Ela olhou para o chão.

— Vamos, Jordan. — Raven deu o braço para a irmã. — Temos que ir.

— Já? — Blake colocou o skate no chão e o impulsionou para a frente, seguindo-as enquanto as duas se viravam para voltar para casa.

— Mas acabamos de começar nossa caminhada — disse Jordan.

Raven lançou um olhar de cala a boca para a irmã, mas Jordan apenas deu de ombros.

— Ei, Raven — começou Blake, acompanhando-as em seu skate —, por que você está me dando um gelo?

— Ela é assim mesmo — disse Jordan.

Raven franziu a testa.

— Ela fica mais simpática depois que a gente a conhece? — perguntou Blake.

Jordan assentiu com a cabeça.

— Ei, Mil-D! — Blake gritou para o tio. — Chega mais,cara.

— Mil-D? — Jordan franziu a testa. — É o nome dele?

— É.

Mil-D veio caminhando, o peito se erguendo.

— É o meu apelido. Abreviação de Milton Downs.

— É fofo — disse Jordan.

Mil-D deu um sorriso largo.

— Bem, obrigado.

— Vocês vão fazer com que ele fique vermelho — disse Blake, socando Mil-D na barriga.

— Sem essa, filho! — Mil-D passou a mão na barriga grande.

Blake deu mais uns impulsos no skate para que pudesse alcançar Raven e perguntou:

— Então, Raven, o que você faz para se divertir por aqui?

— Trabalho.

— Só isso?

— Ela faz música.

Blake ergueu a sobrancelha.

— Faz música?

— Escreve e canta. — Jordan cutucou Raven. — Conta pra ele.

Ela preferia manter a vida pessoal para si mesma. Quanto mais compartilhasse com Blake, mas ele saberia sobre ela e quanto mais ele soubesse... mais próximo estaria.

Essa não era uma daquelas novas regras do Código da Atração? Algo sobre deixar coisas para a imaginação. Talvez ela devesse contar sobre si mesma... dessa forma estaria indo contra o Código de Atração.

Não, ela devia continuar quieta, isso é o que devia fazer. Como se sentiria se descobrisse que Horace estava em Detroit saindo com uma garota qualquer? E conversando sobre música que eles tocavam juntos? Raven ficaria com ciúmes e se sentiria traída. Não que não confiasse em Horace — confiava plenamente —, não confiava nas outras garotas. Horace era um fofo e extremamente bom para Raven. Qualquer garota mataria para tê-lo.

E Raven não queria perdê-lo.

Quando os três chegaram na frente da casa delas, Raven saiu andando na direção do gramado da frente.

— Ray! — chamou Jordan. — Aonde você vai?

— Tenho coisas pra fazer.

Raven ouviu a irmã dizer:

— Não, ela não tem. Só está tentando se afastar de você, provavelmente porque acha você gato e ela tem namorado e se sente mal.

Raven ficou tensa. Como a irmã podia saber de tudo isso? Raven era assim tão transparente? Ou Jordan simplesmente a conhecia bem?

— De qualquer forma, tenho que ir — disse Jordan. — A gente se vê!

— Até mais — disse Blake. O skate bateu no chão e ele saiu andando, Mil-D atrás.

Raven observou-o contornar a esquina para a rua seguinte de um ponto de sua varanda da frente que ela *esperava* ser discreto.

Por que as forças do universo estavam fazendo isso com ela? Por que um garoto gato precisava esbarrar com ela no exato período de sua vida em que o namorado — a quem ela amava — ficaria um mês longe?

Precisaria se trancar no quarto? Já podia sentir o começo daquela sensação de estar a fim de alguém percorrendo seu corpo. As coisas não estavam nada boas..

Oito

O telefone de Alexia começou a tocar na bolsa, o toque era o novo hit pop da Kay-J, "Settled Over You". Ela estremeceu e vasculhou a bolsa, silenciando-o. Era uma nova mensagem de Kelly.

O q vc tá fazendo?

Alexia olhou ao redor do minúsculo escritório nos fundos da Cherry Creek Specialty Store. Havia documentos em uma pilha de um quilômetro de altura sobre a mesa de metal. Amostras de cookies enchiam uma cesta sobre o armário de arquivos. Alguma estranha música new age tocava baixinho em algum canto.

Alexia tinha se candidatado para a vaga na loja havia apenas uma semana e era agora, oficialmente, uma funcionária.

Tô na loja esperando meu chefe pra poder preencher documentos, escreveu de volta para Kelly.

Kelly levou um total de sete segundos para responder.

Pena. Ia convidar vc pra ir à academia comigo.

Queria poder, mas vc sabe q agora sou uma moça q trabalha.

Eu sei! Boa sorte!

— É — resmungou Alexia, colocando o telefone de volta na bolsa.

Segundo os pais de Alexia, um "verdadeiro" trabalho de verão constrói o caráter, e esse era o motivo de ela estar na Cherry Creek Specialty Store às 10 horas da manhã de sábado. Felizmente, Alexia tinha uma sensação boa em relação à loja. Os donos, um casal de idosos em seus 60 e muitos anos, eram extremamente calorosos e solícitos e a loja tinha uma vibe boa.

Não seria tão ruim, certo?

Alexia não era de se queixar de trabalhar para valer, mas queria trabalhar na livraria. Soube que os funcionários ganhavam desconto de quarenta por cento! E quem não amaria trabalhar perto de livros o dia inteiro?

Os pais, ambos psicólogos, tinham discretamente sugerido que ela procurasse outro lugar, algum lugar fora da zona de conforto. Caráter não se constrói em estantes de livros. Alexia argumentou que havia personagens com caráter em estantes de livros, mas seus pais não acharam aquilo engraçado.

Recentemente eles estavam pegando pesado com tudo. Da escola ao trabalho de verão e até no relacionamento com Ben. Quando os pais estavam fora, promovendo os livros que escreviam, Alexia se dava muito bem com eles.

Agora estavam fazendo uma pausa nas viagens e em meio a uma mudança de escritório. O contrato de aluguel do antigo tinha acabado quando o novo lugar ainda estava sendo construído, o que significava que a maior parte do trabalho estava sendo feita em casa.

De repente os dois estavam em toda parte e participando muito dos assuntos de Alexia, incluindo o tipo de trabalho de verão que ela faria.

Bella, uma das chefes de Alexia, entrou no escritório.

— Pronto, obrigada por esperar. Que tal resolvermos essa papelada e depois fazermos um tour pela loja?

— Ótimo.

Vinte minutos depois, tendo resolvido a papelada necessária, Bella guiou Alexia pela porta dos fundos do pequeno escritório para dentro da cozinha.

— Aqui é onde fazemos nossos sanduíches. — Havia um balcão comprido e branco com vários compartimentos cheios de carne e vegetais e outros complementos para sanduíches.

No meio da cozinha havia uma ilha, com panelas e frigideiras penduradas sobre ela. Várias prateleiras ficavam abaixo com mais frigideiras e utensílios e outras pequenas ferramentas de cozinha.

Bella levou Alexia a uma salinha fora da cozinha.

— E essa é a sala de descanso. Você pode deixar sua bolsa aqui. Há aventais no armário em cima da pia. Fique à vontade para colocar o que quiser na geladeira.

Alexia pendurou sua bolsa carteiro em um dos ganchos atrás da porta e pegou um avental. Eles eram verde-escuros com a logomarca da Cherry Creek — um rio com uma cerejeira — impressa na frente.

Exatamente no momento em que amarrava o avental, a porta dos fundos se abriu e fechou. Várias vozes surgiram e sumiram enquanto os recém-chegados seguiam para a cozinha.

— Oh, e aqui está o resto da equipe da manhã — disse Bella enquanto eles entravam na sala de descanso.

— Essa é Nancy — disse ela, acenando com a cabeça para a quarentona. — Rachel. — Era a mulher de cabelos loiros e longos. — E Jonah.

Se fosse para dar um palpite, Alexia diria que Jonah tinha mais ou menos sua idade. Tinha cabelos loiros e um sorriso caloroso.

— Oi — disse Alexia, acenando com a cabeça para todos.

— Prazer em conhecê-la — disse Jonah, esquivando-se por trás dela para pegar um avental.

Alexia não o reconheceu da escola e se perguntou se ele era da Chisholm Academy.

— Bem — Bella bateu palmas —, estão prontos pra outro dia movimentado, pessoal?

♥

No fim de seu turno, às 4 da tarde, os pés de Alexia pareciam que iam cair. A testa estava lustrosa de suor, o avental, coberto de molho de cebola roxa e creme de abacate.

Se isso não era trabalho "de verdade", não sabia o que era. A correria do almoço tinha sido caótica e a limpeza depois dele foi ainda mais demorada. Quem diria que tanta coisa assim acontecia nos bastidores?

Alexia jogou o avental sujo no cesto e pegou a bolsa.

Jonah a encontrou na sala de descanso.

— Como foi o seu primeiro dia?

Alexia pensou na resposta. Não queria parecer resmungona.

— Foi duro — disse ela. — Muito mais trabalho do que eu pensei que seria.

Ele assentiu com a cabeça, afastando com dedos rápidos os cabelos loiros que caiam sobre a testa.

— Vai ficar mais fácil — disse ele, dando um sorriso encorajador. — Quando é seu próximo turno?

— Hum... segunda.

— Eu também. A gente se vê então.

Alexia agarrou suas coisas e se apressou para casa para colocar os pés para cima.

♥

Cada músculo do corpo de Alexia gritava. Sentia como se tivesse corrido 1,5 quilômetro, andado mais 3 de bicicleta e andado com uma cesta na cabeça por outros 6.

Ela se deitou de costas na cama, desfrutando do aconchego suave de seu colchão *pillow-top*. Se não se mexesse pelas 24 horas seguintes, ainda não seria tempo suficiente para se recuperar.

De olhos fechados, ouvia a própria respiração, sentindo o sono escapar no momento em que a porta do quarto se abriu de repente.

— Lexy? — disse Ben.

Ela abriu os olhos e sorriu para ele enquanto ele a olhava.

— Dia difícil? — perguntou ele.

Ela conseguiu fazer que sim com a cabeça.

— Bem, trouxe uma coisa pra fazer você se sentir um membro da realeza, o que me tornaria o escravo e você poderia mandar completamente em mim desde que faça amor comigo.

Ele sentou-se ao lado de Alexia, que dava risada.

— Aqui está. — entregou-lhe um saco plástico e ela enfiou a mão para ver o que havia dentro dele.

— Uauu, Ben!

Havia um sanduíche do Subway e um cookie com gotas de chocolate do tamanho de um hambúrguer.

— E água gelada também — disse ele, acenando em direção à xícara de plástico sobre a cômoda.

— Você é tão bom pra mim.

— É, sou.

Ela deu um cutucão na costela dele, e ele soltou um grito agudo.

— Eu não estava falando sério.

Ele curvou o corpo para beijar os lábios dela levemente.

— Nem eu.

—Hummm, gostei disso.

Ele arqueou uma sobrancelha.

— Sério?

Ela fez que sim com a cabeça, e ele curvou-se para beijá-la novamente, dessa vez permanecendo por mais tempo sobre os lábios dela. Ela puxou-o para mais perto, entrelaçando os dedos nos cabelos bagunçados dele. Ben colocou um braço sobre ela, a mão enfiando-se debaixo de sua blusa.

Arrepios surgiram ao contato da pele dele com a sua barriga. E então todas as terminações nervosas de Alexia pareciam estar pegando fogo.

Ben passou a língua sobre os lábios dela, e ela fez o mesmo, puxando-o mais para cima do seu corpo. Ele se afastou, a respiração quente e pesada.

— Você tem que parar de me provocar desse jeito — sussurrou ele, ainda afastando-a. — Assim você vai me deixar louco.

Essa era para ser uma das regras do Código, pensou Alexia. Dizia para seduzir e provocar o cara, mas Alexia não tinha essa intenção quando a escreveu, motivo pelo qual tinha deletado a regra. Mas de alguma forma, a regra deletada ainda persistia em sua mente.

— Você está certo — disse ela, desvencilhando-se dele. — Desculpa.

Ele deitou-se sobre os travesseiros, fechou os olhos e passou a mão na testa.

— Me desculpa mesmo, Ben.

— Eu sei. — Ele continuou sem olhar para ela. — É que... — Ele sentou-se. — Eu te amo e quero dividir tudo com você, e você é muito gata.

Ela sorriu, o rosto quente por causa do elogio, e por algo a mais.

Ele apressou-se em levantar da cama.

— De qualquer maneira, tenho que ir. Mais reunião de família hoje à noite. Só queria te fazer um mimo, mas aí você vai e tenta me seduzir. — Ele deu a volta na cama e beijou-lhe a testa. — Passo aqui mais tarde e faço uma massagem nos seus pés. Aposto que estão doendo.

— Estão, mas você...

— Psiu. — Ele colocou o dedo sobre os lábios dela. — É meu dever cuidar de você, e levo meu trabalho muito a sério.

Com um sorriso bobo, ela assentiu.

—Tudo bem. A gente se vê mais tarde, então.

— Te amo.

— Também te amo.

Ela o acompanhou até o andar de baixo, e observou-o sair pela sala de estar. Quando chegou ao carro, ele parou na frente do para-choque e fez uma reverência na direção dela.

Ela deu uma risadinha e acenou enquanto ele entrava no carro.

Tudo no relacionamento deles era perfeito.

Tudo, menos toda a questão com Aquilo.

Nove

Regra 1: *Seja alegre, divertida e sedutora! Garotos gostam de garotas que sabem se divertir!*

Regra 18: *Respeite-se! Exija que ele também respeite você!*

O irmão de Kelly, Todd, respirou fundo antes de entrar na Family Center.

—Ahh — disse ele. — Cheira a colchonete de borracha e suor.

— Você é tão porco. — Kelly revirou os olhos.

— Sim, ele é — acrescentou Drew, dividindo com ela um sorriso de cumplicidade.

— Vocês dois não são uns fofos? — disse Todd, passando na frente deles.

Kelly engoliu em seco, e sentiu o rosto quente de vergonha. Sempre que alguém mencionava ela junto a Drew, sentia-se desconfortável. Fazia apenas alguns meses que tinham compartilhado aquele momento de tensão. Kelly não sabia o que era ou onde teria dado caso tivesse explorado um pouco mais. Terminou antes mesmo que começasse.

Afastou os pensamentos antes que fosse longe demais. Ela e Drew eram amigos e, ainda mais importante, ele estava com Sydney.

— Simplesmente vou fingir que não te conheço — disse Kelly para Todd. — Então, fique longe de mim.

— Boa ideia — disse Drew registrando a sua entrada e a de Kelly na recepção. Depois disso, entraram juntos na parte principal da academia. Kelly diminuiu o passo assim que passou da entrada e olhou ao redor. Uma minúscula parte dela (bem, certo, talvez uma parte dela de tamanho médio) desejava esbarrar em Adam.

Ainda considerava o Código uma bobagem e, mesmo se funcionasse, Adam estava tão fora de sua órbita que podia muito bem ser o Saturno para a Terra dela.

De qualquer forma, dissera a Alexia que faria uma tentativa, mas estava adiando o momento desde que criaram o novo código na sexta-feira.

Agora, lá estava ela, na academia, no sábado seguinte, madrugando. Já tinha estado na academia da escola, mas, até semana passada, nunca estivera naquela. Havia um mar de máquinas brancas a sua frente, as paredes espelhadas refletindo tudo para que a sala parecesse dez vezes maior, e dez vezes mais intimidadora.

Quando tinha reclamado daquilo para o irmão e Drew, eles concordaram em acompanhá-la. Na verdade, era Drew quem ela queria por perto, pois sabia que Todd seria um total imbecil. Drew sempre era prestativo.

— Por onde começo? — perguntou Kelly.

Ele colocou as chaves da caminhonete no bolso do short de ginástica e acompanhou Kelly até a fileira de esteiras que se estendia por toda uma parede. Cada máquina tinha sua própria TV de tela plana. O Discovery Channel reprisava *Pesca Mortal*.

— Primeiro, aqueça — disse Drew, subindo em uma esteira. — Dez minutos caminhando rápido ou em *jogging*, depois começamos com a musculação, se você quiser.

— Por mim, tudo bem.

Kelly subiu na esteira ao lado de Drew e começou a 5 quilômetros por hora. Depois de dois minutos, aumentou a velocidade para 6.5 quilômetros por hora e fez *jogging* lentamente. Drew também aumentou a velocidade, mas ultrapassou-a completamente. Ela tinha se esquecido de como ele corria bem.

Usando os espelhos, Kelly examinou a academia atrás de si, procurando por Adam. A cada poucos segundos, checava a entrada e depois a porta do vestiário. Até agora, nem sinal dele.

Cinco minutos de aquecimento, suor se formando na testa, Kelly decidiu aumentar um pouco mais a velocidade e foi a 8 quilômetros por hora. As pernas gritavam em protesto, os pulmões comprimiam-se. Fazia uma semana que não se exercitava. Com certeza iria pagar por isso na manhã seguinte.

Ergueu os olhos quando um movimento na porta da frente lhe chamou a atenção.

Adam entrou parecendo ainda mais bonito do que da última vez que o vira. Seria possível?

Olhando para ele pelo espelho, Kelly perdeu o equilíbrio. Um pé saiu da esteira e fez com que ela tropeçasse e perdesse completamente o passo. Ela caiu na esteira, que a atirou para o chão.

— Kelly! — Drew saltou da esteira.

Adam foi correndo até ela.

Todd caiu em uma gargalhada estridente.

— Você está bem? — perguntou Adam.

Mental ou fisicamente? Porque fisicamente ela estava bem, mentalmente era como se fosse morrer.

O Código lhe veio à mente. Só sabia de cor a regra número um.

Seja alegre, divertida e sedutora! Garotos gostam de garotas que sabem se divertir!

Aquele era o melhor momento para colocar o Código em ação. Realmente precisava de algo inteligente para se salvar dessa situação.

Virou-se para Adam e lançou-lhe um sorriso discreto.

— Estou bem, obrigada. É que vi você passando pela porta mais lindo do que nunca e não consegui manter o foco.

O rosto de Adam adquiriu um tom vermelho vivo. Ele esquivou-se da atenção dela, desviando o olhar para o chão.

— Bem, obrigado... Eu acho.

Ela realmente o deixara atordoado? Ou era uma encenação? Não parecia ser fingimento, mas como alguém bonito como Adam fica envergonhado com um simples elogio? Ele devia saber que era gato. Provavelmente ouvia esse tipo de coisa o tempo todo.

Drew limpou a garganta e ajudou Kelly a se levantar.

— Tem certeza de que está bem? — Ele passou os dedos sobre as bochechas dela, afastando os cabelos do rosto conforme a olhava mais de perto.

— Estou bem. Sério.

Exceto pelo fato de se sentir uma idiota por ter caído na frente de Adam e de Drew e... talvez um pouco constrangida por ter dado em cima de Adam tão descaradamente.

Quando a atenção voltada para ela começou a se dissipar, Adam se apresentou para Drew. Os garotos começaram a bater papo, e Kelly escapou para o banheiro para ter certeza de que não tinha nenhum arranhão no rosto ou em outro lugar.

Satisfeita com sua aparência, voltou à área principal da academia. Entreouviu Drew convidar Adam para a próxima noite de pôquer.

— Sim, parece legal — disse Adam. — Estarei lá.

E Kelly também.

Dez

Regra 24: *Fique amiga dele! Converse com ele, mas não se torne um de seus amigos!*

Sydney sentou-se em um banco no lobby dos fundos do Hospital Infantil, o celular em um ouvido, a outra mão segurando com firmeza uma foto que imprimira na noite passada em uma copiadora.

No seu primeiro dia inteiro de trabalho no hospital tinha visto um cartaz anunciando um concurso de fotografia amadora. Quando o viu não considerou a ideia de se inscrever, mas não conseguia parar de pensar naquilo e hoje era o último dia de inscrição.

A foto que tinha escolhido era uma do amigo de Drew, Kenny, correndo pelo parque, o sol lançando raios tênues sobre ele, tirada neste ano. Era de longe uma de suas fotos favoritas, e ela sempre quis compartilhá-la com alguém. Alguém sincero e que lhe dissesse se era boa ou não.

Uma comissão de jurados em um concurso de fotos seria sincera, mas Sydney realmente queria saber? Gostava da foto. Isso já não era o suficiente?

— Alô? Syd? — disse Kelly do outro lado da linha.

— Ah, desculpa. — Sydney tirou os olhos da foto e olhou pelas janelas do lobby, para as pessoas que andavam apressadas de um lado para o outro. Alguns vestiam terno, outros, uniformes coloridos do hospital.

— Você disse que tinha uma coisa pra falar comigo — disse Kelly. — O que houve?

Sydney olhou novamente para a foto de Kenny. Tinha ligado para Kelly em busca de incentivo porque sabia que Kelly, mais do que todas as outras amigas, a incentivaria muito. Para Raven, não faria a menor diferença.

"Faça o que achar melhor", diria Raven.

Alexia diria alguma coisa neutra, como "Você tem que fazer o que sentir que é certo".

Mas Kelly iria surtar e encorajar Sydney, e lhe diria que ela estava sendo boba em não se inscrever. E era disso que Sydney precisava.

Sydney contou para Kelly sobre o concurso e a foto que tinha tirado de Kenny.

— Só queria sua opinião — disse Sydney. — Você acha que eu devo me inscrever?

— Bem, sim! É claro que você deveria! Que mal pode haver, certo? Além disso, você é perfeita em tudo. Duvido muito que o júri tire você do concurso.

Perfeita? Nem tanto. A vida amorosa de Sydney certamente não estava perfeita.

Nada em relação à sua vida estava perfeito no momento. Mas Kelly estava certa, Sydney tinha pouco a perder caso participasse do concurso, e só tinha até 7 da noite para apresentar a foto. Se deixasse o prazo passar e continuasse guardando a foto de Kenny, sempre se perguntaria "E se?". Sydney odiava essa frase.

— Obrigada por me ouvir, Kelly.

— Ei, sem problemas. Então isso significa que você vai participar?

Sydney levantou-se do banco e foi em direção à frente do hospital onde estava localizada a caixa para depositar a foto.

— Sim — disse ela. — Estou me inscrevendo neste exato momento.

♥

Sydney olhou para o relógio pendurado na parede atrás do posto de enfermagem na Oeste Dois. Uma coisa que Sydney não tinha se dado conta era de que trabalhava apenas alguns andares acima da caixa de inscrição para o concurso. Tinha uma hora até o término do prazo, antes que alguém aparecesse e esvaziasse a caixa, levando a foto de Sydney.

Não teria como voltar atrás. Estaria submetida a uma comissão de jurados, sua foto seria analisada, examinada detalhadamente e...

— Entrega de *muffins* hoje, Sydney — disse uma enfermeira corpulenta, empurrando um carrinho de *muffins* na direção de Sydney. — É a sobremesa do jantar de hoje à noite. Dê um para cada criança e para os acompanhantes. Os únicos quartos que você precisa pular são o 403 e o 408, porque as crianças estão com dieta restrita.

Na escola, Sydney estava acostumada a estar no controle. Sabia como trabalhar e sabia bem. Aqui, a situação era completamente diferente. Estava à mercê dos funcionários para ajudá-la. Um pequeno engano e essas crianças sofreriam por sua causa.

Odiava se sentir fora do controle.

Depois de anotar o número dos quartos restritos, Sydney tirou o carrinho do posto de enfermagem e seguiu em direção ao primeiro quarto. O garotinho estava dormindo e a mãe não quis o *muffin*. No quarto seguinte, a garotinha, agarrada ao seu coelho de pelúcia, fez que sim enfaticamente quando Sydney perguntou se ela gostava de *muffin* de chocolate.

— Aqui está — disse Sydney entregando-lhe um *muffin* e um guardanapo. A mãe e o irmão mais velho também pegaram um.

Até agora, tudo estava indo bem.

Sydney voltou ao carrinho e empurrou-o até o quarto 403.

Dieta restrita, pensou ela, lembrando-se das ordens da enfermeira.

Sydney olhou para dentro do quarto. O garotinho estava de lado, de frente para o corredor. O cobertor estava amontoado abaixo das pernas. Tubos saíam da mão e da boca. As máquinas atrás da cama bipavam e zuniam.

E sentado ao lado da cama, segurando a mãozinha dele, estava Quin. Ele estava de costas para ela e o cabelo preto, solto, fazia uma cortina entre os olhos dele e Sydney.

Mas, se pudesse ver, ele definitivamente a pegaria encarando-o.

Havia algo poderoso em relação a um garoto da idade de Sydney se sentar na sala de uma UTI pediátrica com um garotinho, que para ele era um estranho, segurando sua mão enquanto ele dormia.

Sydney terminou de entregar os *muffins* bem a tempo do intervalo. Desabando na mesa redonda, tirou o celular da bolsa e teclou o número dois da discagem rápida. O telefone chamou várias vezes antes de a secretária eletrônica de Drew atender.

Sydney apertou END e então o número 5 da discagem rápida. Kelly atendeu ao terceiro toque.

— Oi, Syd. E aí?

Sydney abriu uma lata de Sprite.

— O Drew está aí?

— Humm...

Sydney podia ouvir uma música tocando ao fundo. Era aquela nova cantora, Kay-J. Parece que ela já tinha ganhado duas vezes o disco de platina, ou algo assim, estava no topo das paradas musicais.

— Um segundo — disse Kelly, abaixando o volume da música. — Estou no meu quarto. Ouvi um carro estacionando não faz muito tempo. Pode ser que tenha sido Drew.

Sydney tirou uma laranja da bolsa e a descascou. Seu dia até então tinha sido um tanto rotineiro, a não ser pelo fato de se inscrever no concurso. Na verdade não tinha nada para falar com Drew, mas não conseguia evitar *querer* falar com ele. Só ouvir a voz dele ao telefone a deixava feliz. E ela havia concluído que quanto mais se falassem, mais forte ficaria a relação.

Como dizia a regra 24, *fique amiga dele!*

Sydney achava que um bom relacionamento começava aí, com uma boa amizade. Ela e Drew tinham pulado essa parte e ido direto para o namoro. Se o relacionamento fosse sobreviver dessa vez, precisava ser amiga *e* namorada dele, alguém em quem ele pudesse confiar, alguém com quem sentisse que podia conversar.

E, o mais importante, alguém com quem Drew pudesse contar que fosse escutá-lo, que fosse compreensiva.

Ela era uma nova e melhorada Sydney.

— Ops, ele está aqui — disse Kelly um minuto depois. — Espera.

O telefone trocou de mãos. Drew entrou na linha.

— Oi. Saiu do trabalho mais cedo ou algo assim? — perguntou ele.

— Estou no intervalo.

— Ah. Está tudo bem?

— Tudo. Eu só... não sei, estou com saudades.

— Ah. — Ele pareceu surpreso. Positivamente surpreso. Talvez Sydney precisasse fazer esse lance sentimental com mais frequência. — Bem, também estou com saudades.

O silêncio preencheu a ligação. Sydney cortou um pedaço da laranja e mordeu.

— Acho que não tenho mais nada pra dizer na verdade. Só liguei pra dizer que te amo.

Drew deu aquela típica risada solta dele.

— Te amo também. E, Syd?

— Oi?

— Você pode me ligar mais vezes desse jeito. Sabe, só pra me dizer que está com saudades. Eu meio que gosto.

Sydney deu um sorriso largo.

— Pode deixar.

Onze

Regra 30: *Não diga a qualquer um que está a fim de alguém, a menos que possa confiar que essa pessoa não contará a ninguém!*

O sol do início da tarde banhava a grade da varanda, e Raven balançava-se lentamente na rede. Mordia a ponta da caneta, tentando desesperadamente ignorar o barulho do skate batendo no cimento do outro lado da rua.

No colo, havia um diário, que ela tinha feito na Scrappe algumas semanas antes, especialmente para rabiscar suas letras de música. Havia notas musicais coladas na frente do caderno branco. Na parte inferior da capa, estava escrito *Divagações Musicais* em caneta roxa.

Até agora havia cerca de dez páginas cheias de rimas e pensamentos, mas nada substancial. Havia tantas coisas que queria dizer em uma música, mas não tinha certeza de por onde começar. A coisa mais importante que estava vivenciando no momento era angústia. Queria Horace aqui e agora, e não a milhares de quilômetros de distância.

Já fazia tanto tempo que o vira pela última vez (tudo bem, só duas semanas). Estava achando difícil evocar sua imagem na cabeça. E se não achasse que isso era extremamente idiota, teria lhe pedido que enviasse uma mensagem com uma foto para que ela tivesse algo para olhar.

Fechou os olhos, sonhando com Horace, quando a porta da frente da casa abriu e Jordan entrou se arrastando em uma sandália *espadrille*.

— O que você está fazendo? — perguntou Jordan, desabando em uma das cadeiras de vime de frente para a rede.

Raven suspirou.

— Tentando escrever uma música. Alguma coisa. Qualquer coisa! Mas não consigo me concentrar com todo esse barulho que ele está fazendo. — Ela fez um gesto com a cabeça na direção de Blake.

Jordan sorriu.

— Sim, porque não dá pra se divertir um pouco observando um skatista bonitão ficar todo suado e tal.

— Muito engraçado.

— Simplesmente admita, você está caidinha por ele.

Raven levou a caneta ao papel, mas não escreveu nada.

— Tenho namorado, Jordan. Não estou a fim de Blake.

— Ter namorado não tem nada a ver com isso.

Ah, tinha tudo a ver com isso, porque Raven estar a fim de alguém era a mesma coisa que o Super-homem estar em contato com criptonita. Raven imediatamente estaria com problemas se ficasse a fim de alguém. Não poderia deixar que isso acontecesse.

Blake saiu da entrada de sua casa e deslizou para o meio da rua. Fez um kickflip ou algo do tipo (Raven não iria fingir que sabia quais eram todas aquelas manobras) e aterrissou suavemente no skate.

Ela endireitou-se na rede e observá-lo. Era difícil admirar o corpo dele naquelas roupas largas, mas podia ver os músculos desenvolvidos se movimentando nos antebraços quando Blake equilibrou e agarrou a prancha para deslizar pelo corrimão da frente da casa do Sr. Kailing. Se aquela pequena parte dele era tão bonita, como seria o resto do corpo?

Ah, para! Ela se repreendeu. *Recomponha-se.*

— Ei, Raven!

Raven deu um pulo e perdeu o equilíbrio na rede, que virou, lançando-a no chão da varanda.

Jordan caiu na gargalhada. Raven se esforçou para se levantar.

— Cala a boca! — sussurrou ela.

— Vem aqui! — chamou Mil-D, acenando freneticamente.

— Não posso — disse ela.

— Ela pode, sim! —disse Jordan.

— O que você está fazendo? — Raven rangeu os dentes. — Você é uma... uma... intrometida!

Jordan ficou ali parada, apertando os lábios.

— Eu posso ser uma "intrometida", mas você está a fim dele, e eu gosto de te ver surtando por causa disso. — Ela riu novamente e empurrou Raven para fora da varanda. — A gente se vê, maninha.

Resmungando para si mesma, Raven atravessou a rua. Pôde sentir os olhos de Blake nela quando passou por ele.

— Obrigada pelo convite — disse ela assim que estava perto o suficiente de Mil-D para ter uma conversa normal. — Mas estou realmente ocupada agora.

Dali, Raven podia sentir o cheiro de churrasco nos fundos da casa.

— Nunca se está ocupado demais para comer, garota. Fique.

Blake passou de skate por trás de Raven.

— É. Fica só um pouquinho. Meu avô saiu pra jogar bingo, então estamos assando as coisas que ele comprou na noite passada.

—Humm... — O estômago de Raven roncou quando ela sentiu o cheiro da comida no fogo. Realmente parecia uma boa ideia...

Não, ela estava ocupada e Blake estava... suado e extremamente lindo. Mas ela estava morrendo de fome e, na verdade, que mal poderia haver nisso? Desde que ela não se entregasse a nada não comestível, estava segura.

— Tudo bem — disse ela. — Mas só um pouquinho.

♥

Raven tinha planejado se sentar à mesa, comer, bater um papo e depois ir embora, mas em vez disso ficou sabendo de várias coisas da vida de Blake. Na verdade, Mil-D não era de fato tio de Blake. Ele era o segurança de Blake.

— Então por que você disse que ele era seu tio? — perguntou Raven, limpando as mãos em um guardanapo. Estavam sentados no deque do quintal dos fundos da casa do Sr. Kailing. O sol ainda brilhava às costas de Raven, aquecendo seus ombros.

— Porque as pessoas me tratam diferente quando sabem que eu tenho um segurança. — Blake deu de ombros e pegou mais um pedaço de frango grelhado. — Além disso, Mil-D está comigo há tanto tempo que é como se fosse da família.

— Oh — disse Mil-D —, obrigado, filho. — Ele passou a mão carinhosamente nas costas de Blake.

Blake deu risada, balançando a cabeça.

— Então — disse Raven, olhando entre os dois —, ele é seu segurança porque na verdade você é um skatista famoso?

Blake deu de ombros.

— Sim, ele é — informou Mil-D. — Você deveria vê-lo quando formos para Nova York. O garoto é tipo um mini Tony Hawk ou coisa assim. As garotinhas de colégio ficam em cima dele.

Blake deu um tapa no braço de Mil-D.

— Cala a boca, cara. Não ficam nada.

Quando Blake virou as costas, Mil-D olhou para Raven e confirmou com a cabeça o que tinha dito.

Raven recostou-se na cadeira forrada do jardim. Como tinha conseguido *não* notar que havia uma quase celebridade morando do outro lado da rua? E, principalmente, como Jordan tinha deixado isso passar? Normalmente sabia tudo sobre celebridades.

— E sabe o que mais? — perguntou Mil-D. — Meu garoto ele é patrocinado por alguns grandes nomes: Redbull, Volcom, Etnies... O garoto é sinistro.

Raven ergueu as sobrancelhas.

— É mesmo?

Blake abaixou ainda mais a aba do boné, como se para se esconder sob sua sombra.

— Cara — murmurou ele.

— Desculpe, filho, é que gosto de falar bem de você. Não posso me sentir orgulhoso?

— Uau, que legal — acrescentou Raven com relutância. Não queria que Blake ficasse convencido, mas mesmo assim... o que ele fazia e o quanto era bem-sucedido nisso fizeram com que Raven ficasse ainda mais impressionada.

No fim das contas, ficar perto de Blake talvez não fosse tão ruim assim.

♥

Alexia raspou o molho de espinafre de um prato de plástico e o jogou no lixo. Aquilo parecia alga molenga em um molho cremoso, mas tinha de admitir que com pão ficava realmente delicioso.

Fazia mais de uma semana que estava trabalhando na Cherry Creek Specialty Store e agora sentia que estava finalmente se adaptando. Graças a Jonah. Claro, havia muitas coisas que ainda não sabia.

Jonah era sempre paciente com ela, não importava quantas perguntas fizesse. Ele era a pessoa que estava na loja havia mais tempo, o que significava que sabia tudo. Até mesmo os funcionários que estavam lá havia meses às vezes lhe faziam perguntas.

Bella entrou na cozinha, o cabelo bagunçado, fios ralos balançando sobre a testa.

— Você está indo muito bem — disse ela para Alexia. — Com certeza tivemos um dia movimentado hoje.

Alexia concordou com a cabeça e colocou o prato de plástico na enorme pia industrial.

— Os sábados são sempre movimentados aqui, né?

— Sim, são. —Bella desligou o forno e pegou uma forma de pão que já esfriava. Colocou-a no balcão para fatiá-lo. — Diminui no inverno.

Jonah entrou pelas portas vaivéns da parte da frente da cozinha.

— Posso sair para almoçar, Bella? — perguntou ele.

— Claro. Por que você não vai também? — perguntou ela para Alexia.

— Tem certeza?

— Sim. Podemos segurar as pontas.

Jonah pegou um sanduíche da geladeira.

— Quer um, Alexia?

— Humm, com certeza. De peito de peru, por favor.

Ele pegou um sanduíche de peito de peru e o levou até o balcão de sanduíche.

— Quer ir comigo lá pra fora?

— Claro.

Eles saíram pela porta dos fundos em direção a uma pequena área gramada do terreno da loja. Havia uma mesa de metal com quatro cadeiras. Alexia sentou-se, e Jonah ocupou o lugar de frente para ela.

Uma fileira de árvores de bordo os protegia do sol quente da tarde. Uma brisa suave refrescava o suor da nuca de Alexia.

— Dia bonito, né? — disse Jonah.

— É. Mas queria não estar trabalhando. Assim poderia realmente aproveitar.

Jonah riu.

— É. Acho que todos nós. — Ele partiu o sanduíche ao meio e mordeu. — Por alguma razão, minha namorada trabalha mesmo sem precisar. Ela é estranha a esse ponto. — Ele sorriu como se as qualidades excêntricas da namorada fossem as mais charmosas.

— Há quanto tempo vocês estão juntos?

— Dois anos.

Alexia arregalou os olhos.

— Uau. Isso é bastante tempo.

Ele fez que sim com a cabeça antes de dar um gole no refrigerante, e então disse:

— Eu a amo muito, e pode parecer careta da minha parte, mas gosto de pensar que só existe um amor na vida. Acho que é ela.

— Sério?

Alexia não tinha certeza se concordava com a existência de apenas um grande amor, mas gostava do fato de Jonah admitir ser careta e romântico. Ela admirava isso. Ben era romântico. Pena que não era careta. Se fosse, ia querer esperar até se casarem para transar. Isso pouparia Alexia de muito estresse. Passaria os próximos cinco ou dez anos (tudo bem, talvez não dez) alegremente relaxada enquanto esperava o dia do casamento chegar.

Assim não ficaria pensando constantemente sobre Aquilo. E se preocupando com o fato de Ben terminar com ela se não fizesse Aquilo.

Ele não parecia esse tipo de cara, mas Alexia definitivamente não era como as outras garotas com quem ele havia saído. E se ele se desse conta de que sentia falta de sexo e encontrasse outra pessoa?

As amigas lhe diriam que ela não precisava de Ben se no fim das contas ele se provasse ser esse tipo de cara, mas Alexia o amava de verdade. Talvez não precisasse dele, mas com certeza queria estar com ele.

Doze

Regra 4: *Descubra do que ele gosta — hobbies, esportes, música! Depois mergulhe fundo nisso!*

A cerimônia de entrega do prêmio do concurso de fotografia estava marcada para as quatro da tarde. Sydney tinha se levantado por volta das nove da manhã e já estava de banho tomado e arrumada. Sentou-se à mesa na sala de jantar, o joelho sacudindo nervosamente. Ficou batendo a caneta no diário aberto.

Tinha se sentado com a intenção de escrever um pouco sobre como estava se sentindo, mas não conseguia se concentrar.

— Syd?

Sydney olhou para a frente e viu Drew. Ele estava fazendo a redação para as inscrições nas faculdades. Drew não perderia um segundo das férias, não quando o fim do colégio estava tão próximo.

— O quê? — perguntou Sydney, largando a caneta na lombada do diário aberto.

— Não consigo focar — disse Drew, sorrindo. — E você também não está exatamente concentrada.

Sydney suspirou e passou a mão na testa. Nunca tinha estado tão nervosa na vida. Inscrever-se no concurso do hospital parecera divertido, mas agora que sabia que as pessoas estavam examinando sua foto e julgando-a, queria voltar atrás e pegar de volta a foto que inscreveu.

— Levanta daí — disse Drew. — Tenho uma ideia.

— Que tipo de ideia? — perguntou Sydney, olhando cautelosamente para ele.

Ele fechou o caderno, depois o diário dela, e lhe ofereceu a mão.

— Vou te levar para a loja de peixe, sempre ajuda a relaxar.

Desde que a mãe e o pai a levaram ao aquário de Nova York, no Brooklin, Sydney ficou apaixonada pela vida selvagem marinha. Ver peixes simplesmente a relaxava, e parecia fazer meses que não ia à loja de peixes de Birch Falls.

Drew estava certo — ir lá talvez a relaxasse —, e ela precisava desesperadamente relaxar se quisesse chegar à cerimônia de premiação sem vomitar.

— Tudo bem — disse ela, colocando os tênis. — Vamos lá.

♥

Drew virou à esquerda na avenida Franklin, que os levaria para I-99 Leste.

— Humm, é tarde demais para pedir que você pegue as ruas secundárias? — perguntou Sydney, enquanto Drew sinalizava e entrava no acesso para a rua principal.

Ele olhou para ela.

— Já estou pegando a via expressa. Além disso, o caminho é mais rápido.

— É, mas... — disse ela de modo arrastado, quando o sinal ficou verde e Drew fez a curva. Ele acelerou, atingindo 80 quilômetros por hora, e depois chegou a 110 conforme o carro seguia pela autoestrada.

— É que eu gosto das ruas secundárias — disse Sydney. — A via expressa é tão... chata. É só trânsito e concreto.

Drew pegou a mão dela, apertando-a delicadamente.

— Na próxima vez a gente pega as ruas secundárias e você pode trazer sua câmera se quiser. Podemos reservar um dia para fazer isso.

Ela fez que sim com a cabeça, gostando da ideia.

— Ok.

À uma da tarde, o tráfego não era tão ruim, e Drew dirigiu a uma velocidade regular de 120 quilômetros por hora, passando apenas por dois carros no caminho até a loja de peixes. Sydney olhava em silêncio pela janela do carona, distraída, conforme os sinais verdes da interestadual se tornavam um borrão.

Quando saíram da autoestrada, a sensação de diminuir a velocidade foi boa. Sydney rompeu o silêncio.

— Estava pensando em comprar um aquário — disse ela enquanto esperavam sob o semáforo.

— Ah, é? Eu estava pensando em ter um cachorro.

Sydney instantaneamente ficou tensa.

— Que tipo de cachorro?

Sydney gostava de cachorro, só não gostava de cachorros grandes. Aos 8 anos, o *chow chow* do vizinho mordeu sua mão quando ela se aproximou demais da comida dele. Desde então cachorros grandes a assustavam a ponto de ficar em pânico sempre que estava perto de algum.

— Não sei — disse Drew. — Acho que qualquer tipo que eu gostar.

— Mas não um muito grande, né?

Ele deu de ombros, mal olhando para ela.

— Acho que vai depender do que eu encontrar.

Ele virou no estacionamento do grande centro comercial, e eles desceram do carro, o sol brilhando através de nuvens finas e brancas. Sydney pegou a mão de Drew enquanto caminhava. Isso era bom, os dois juntos, saindo, fazendo alguma coisa.

— Você se importa se eu for rapidinho à pet shop? Ver os cachorros? — perguntou Drew. — Depois eu vou até a loja de peixe.

Sydney fez que sim com a cabeça, soltando a mão dele.

— Claro.

Eles se separaram, Drew indo para a pet shop à esquerda e Sydney entrando na loja de peixe à direita. Dentro da pequena loja especializada, o mundo do lado de fora se dissipou. Ali, não havia luzes no teto, apenas o leve brilho das luzes dos aquários. Com dúzias de aquários enfileirados em cada lado da loja, era quase como se estivesse no próprio oceano.

—Olá — disse um homem do balcão. — Posso ajudar?

— Estou só olhando, obrigada.

Sydney contornou as prateleiras de aquários vazios, a vitrine de pedras de aquários e esculturas, indo direto para os peixes. Começou pelos peixinhos dourados, abaixando o rosto para observar seus corpos laranja disparando um em volta do outro. Seguiu para os barrigudinhos e peixes ornamentais, depois para os peixes tropicais.

O aquário de exposição ocupava quase uma parede inteira. Uma placa acima dele dizia O GRANDE RECIFE DE CORAL.

Havia corais cogumelo verdes fluorescente e colônias de pólipos amarelos, entre outras coisas. Também algumas anêmonas e esponjas.

Dois peixes-palhaço vibrantes nadavam lentamente à frente. Um cirurgião-azul atrás de uma pedra colocou a cabeça para fora enquanto um peixe-borboleta passava por ele.

Sydney foi até os outros tanques de espécies similares, parando para admirar os cavalos-marinhos pretos. Eles eram, de longe, seus favoritos. Era capaz de se sentar e observá-los o dia todo enquanto pareciam flutuar na água.

Quanto custaria montar um aquário? O pai ajudaria com as despesas? Talvez Drew ajudasse...

— Syd!

Ela se assustou e ergueu o corpo, e viu Drew entrando apressado.

— Vem aqui na pet — disse ele, agarrando a mão dela e puxando-a para a porta ao lado. Ele abriu a porta da pet shop para ela, sorrindo como uma criança numa loja de brinquedos. Sydney entrou, e uma cacofonia de latidos de cachorros soou vinda dos fundos. O lugar cheirava a cachorro molhado e ração de gato. Não era um cheiro ruim, apenas algo com o qual Sydney não estava acostumada.

— Nos fundos — disse Drew, apressando-se pelos corredores de ração de gato e cachorro e depois pelas gaiolas de hamster e bolas de exercício de plástico. Finalmente chegaram ao fim da loja, onde uma passagem em arco levava a outro ambiente. Acima da arcada se lia PET LAND em grandes letras de forma.

Sydney passou pelo arco e olhou ao redor. Em um dos lados do ambiente, filhotes ganiam de pequenos canis, e, do outro lado, cães adultos, maiores, latiam e pulavam contra suas jaulas.

— Ei — uma mulher sussurrou. — Acalmem-se, garotos. — Vários dos cães adultos relaxaram, sentando-se sobre as pernas traseiras e olhando atentamente para a pequena mulher. Ela tinha cabelos longos e negros trançados até o meio das costas. Óculos de armações quadradas grandes repousavam sobre o nariz torto.

— Ah, você está de volta — disse ela para Drew. — Então essa deve ser a sua namorada. — Ela ofereceu a mão para Sydney, que a cumprimentou.

— Oi — disse Sydney.

— Seu namorado aqui disse que não poderia adotar ninguém sem seu consentimento. — A mulher sorriu. — Mas você parece uma garota que pode lidar com um husky.

— Hum... husky?

A mulher foi para trás de uma divisória e voltou com um cachorro grande e peludo em uma coleira, o rabo agitando-se alegremente.

— O nome dele é Urso — disse a mulher. — E acho que foi feito pra vocês dois.

Drew agachou-se e acariciou a parte de baixo do queixo de Urso.

— Acho que ele gosta de mim — disse Drew suavemente. O cachorro tinha a maior parte do pelo branca, exceto por uma mancha marrom clara no topo da cabeça e outra nas costas.

— Ele não é fofo? — disse a mulher, a coleira balançando frouxamente em sua mão. — Ele tem os olhos iguais aos seus.

Sydney tinha de admitir, se Drew tivesse um irmão gêmeo em forma de cachorro, aqui estava ele. Mas adotá-lo? Claro, naquele momento ele estava sentado, bem mansinho, mas o que aconteceria se Drew o levasse para casa e acidentalmente Sydney ficasse perto da comida dele?

Os ombros de Sydney ficaram tensos ao lembrar-se daquele cachorro de tanto tempo atrás, rangendo os dentes e atacando-a. Ela estremeceu, passando os dedos sobre a cicatriz da mão esquerda, onde o cachorro do vizinho a mordera. A mordida em si não tinha sido tão grave assim. Tinha sangrado, claro, mas não precisou de pontos. A mãe de Sydney quis que o cachorro fosse sacrificado, mas os vizinhos, o Sr. e a Sra. Yates, juraram mil vezes que o cachorro ficaria preso em uma cerca.

Eles cumpriram a palavra, mas se mudaram um ano depois.

— Então, o que você acha? — perguntou Drew, olhando para Sydney com expectativa.

Nunca tinha contado para ele sobre a mordida do cachorro há tanto tempo e os efeitos prolongados daquilo.

Ela esticou os braços de forma hesitante e fez carinho nas costas do cachorro, longe, muito longe da boca e dos dentes. Ele virou-se lentamente, observando-a com aqueles olhos azuis cintilantes. Sydney deu um passo atrás, colocando as mãos a salvo nos bolsos do short.

— É lindo.

— Não é? — disse a mulher, passando a mãos pelas costas do cachorro. — Queria poder levá-lo pra casa, mas já tenho muitos! Meu marido me mataria se eu levasse mais um.

— Cathy? — disse Drew. — Você pode nos deixar um pouco com ele?

— Claro. — A mulher, presumidamente Cathy, entregou a coleira de Urso para Drew e desapareceu para um escritório aos fundos.

Agora de pé, o cachorro dava no meio da coxa de Drew, de tão grande. Drew enfiou distraidamente os dedos no tufo de pelos da testa do cachorro.

— Acho que ele só tem hoje — disse Drew calmamente. — Ninguém o adotou ainda porque ele é grande demais.

— Ele *é* grande.

Cachorro grande significava dentes grandes e uma mordida ainda maior. Outra imagem do cachorro do vizinho rosnando surgiu em sua mente. Sydney piscou, tentando afastar o calafrio.

— Acho que nós deveríamos adotá-lo — disse Drew baixinho.

Nós? Pensou Sydney. Ela riu, sem jeito, gostando da maneira como ele tinha colocado as coisas. Ele queria adotar um cachorro junto com ela, como se estivessem começando a própria família ou algo assim. Ultimamente família era a única coisa que faltava a Sydney.

— Ele é treinado — acrescentou Drew como se estivesse tentando vender um carro usado com banco de couro.

Talvez fosse divertido ter um cachorro que ela e Drew adotariam juntos. E ter um cachorro seguiria a regra número quatro, pois Sydney estaria se envolvendo com alguma coisa que Drew gostava.

— Tudo bem — disse ela finalmente. — Vamos adotá-lo.

— Você ouviu isso, Urso? — disse Drew. — Você está salvo! — Urso latiu várias vezes antes de se aproximar de Sydney. Ele se sentou nas patas traseiras e olhou para ela como se para dizer "Posso lamber você ou coisa do tipo?".

— Ele se apaixonou por você bem rápido — disse Drew. — Exatamente como eu.

Sydney sorriu. Ela estava hesitante em relação à história toda, mas salvar o cachorro pareceu deixar Drew feliz, e ele era a única coisa que ela ainda tinha.

Treze

Regra 9: *Seja você mesma! Ele gostará de você pelo que realmente é!*

Sydney cruzou as pernas, desejando parar de se sacudir. Um minuto depois seus pés batiam impacientemente no carpete, fazendo seus joelhos ficarem para cima e para baixo. A ida à loja de peixes a tinha acalmado, mas depois Drew a convenceu a adotar um cachorro, um cachorro grande, além disso, e...

Ela suspirou. No momento, precisava se concentrar na cerimônia do concurso de fotografia.

Drew estava sentado de um lado, Raven do outro. Alexia, Ben, Kelly e Todd também estavam todos lá. Sydney não esperava que viessem, mas Kelly a surpreendeu contando para os amigos. Estavam todos esperando por Sydney na entrada do hospital no início da cerimônia.

Para ser sincera, Sydney estava feliz por estarem presentes. Claro que perder na frente deles seria decepcionante, mas gostava de ter o apoio dos amigos para algo com o qual se sentia tão inadequada. Fotografia era algo novo para ela. Sem contar o fato de que algumas pessoas talvez achassem uma perda de tempo. Mas os amigos dela não achavam e isso a deixava agradecida.

Durante os dez minutos em que o grupo esteve sentado, a sala se encheu. Estavam na sala de conferência do primeiro andar do Hospital Infantil, cercados por no mínimo cem cadeiras vermelhas. O corpo de jurados, dois homens e duas mulheres, estavam sentados em silêncio em suas cadeiras sobre um estrado na entrada da sala.

Os joelhos de Sydney começaram a sacudir mais rápido.

— Está tudo bem — sussurrou Drew, colocando a mão na perna dela. — Não importa o que aconteça, pelo menos você foi selecionada, certo?

Ela fez que sim com a cabeça.

Às cinco para as duas, a sala ficou em silêncio, e um homem subiu no pódio do estrado. Ele era mais velho, 40 e poucos anos, tinha cabelos grisalhos ralos e usava óculos de armação preta.

— Boa tarde — anunciou ele. — Meu nome é Eddison Gerald, diretor de relações públicas. Fico feliz por estarem aqui. Bem-vindos ao Quinto Concurso Anual do Hospital Infantil. Para aqueles que são novos aqui, todo ano recebemos inscrições de fotografias de amadores. Essas fotos ficam penduradas em nossa galeria de arte para que as crianças vejam, para lhes oferecer algo belo para olharem enquanto passam por tratamentos difíceis no caminho para a cura.

"E, para incentivar as inscrições, premiamos a primeira, segunda e terceira melhor fotografia todos os anos. Agora, apresento a vocês nosso corpo de jurados.

Ele deu um passo para trás, apontando para o homem sentado mais a esquerda.

— Temos Roy Harrison, crítico da Escola de Arte de Yale. Katie Taylor, professora do Instituto de Fotografia de Nova York. Jamie Munson, diretor de fotografia da revista *Shutter*, e o proeminente fotógrafo Cook Porter cujas fotos foram publicadas em revistas como *National Geographic*. Por favor, deem-lhes as boas-vindas.

O público aplaudiu. Sydney bateu palmas timidamente, os dedos tremendo. Não reconhecia os nomes dos jurados, mas, se suas credenciais fossem alguma indicação, eram figuras importantes na indústria fotográfica. Quem era ela para se inscrever? Provavelmente viram a foto dela e começaram a rir, colocando-a de lado.

— Vamos embora? — sussurrou ela para Drew.

— O quê? Agora? — Ele franziu a testa. — Acabou de começar. Não quero me levantar no meio da cerimônia.

— Você está bem? — perguntou Raven. — Você está pálida.

— Foi um a péssima ideia — disse Sydney conforme os aplausos diminuíam. — Esses jurados são muito sérios e eu sou apenas uma amadora!

— Mas é um concurso de amadores — observou Kelly.

— Agora — disse o Sr. Gerald, indo ao microfone —, junto com uma assinatura gratuita por dois anos da revista *Shutter*, nossos vencedores ganharão alguns outros valiosos prêmios. O terceiro lugar vai ganhar o prêmio de cem dólares. O segundo lugar, duzentos dólares, e o primeiro vai ganhar quinhentos dólares.

O público aplaudiu novamente, o som parecendo estar no ritmo das batidas aceleradas do coração de Sydney. Não ganharia, mas queria, queria muito, ficar entre as três primeiras colocações. Será que realmente tinha talento? Deveria continuar investindo na fotografia?

Aquele momento parecia uma declaração de sua futura trajetória. Imaginou-se indo para a escola de artes, tornando-se uma fotógrafa, viajando pelo mundo, tirando fotos que significavam alguma coisa.

Mas se perdesse hoje, talvez continuasse seguindo o caminho que já tinha planejado. Faculdade em Yale, um diploma em alguma coisa séria como ciências ou negócios.

De repente, aquilo não lhe pareceu empolgante.

O Sr. Gerald levantou a mão e o público ficou em silêncio.

— O terceiro lugar vai para...

Uma mulher entrou na sala por uma porta lateral. Segurava nas mãos a moldura de uma foto coberta por um tecido. Ela subiu no estrado, parando ao lado do Sr. Gerald. Ele pegou uma ponta do tecido e puxou-o rapidamente, revelando uma fotografia de uma flor rosa e uma abelha pousada no meio.

— Macy Bernard.

Uma garota próxima a frente da sala levantou-se e subiu no estrado. Ela cumprimentou o Sr. Gerald e aceitou um certificado de prêmio emoldurado com seu nome.

— O segundo lugar vai para...

Outra mulher entrou na sala e subiu no palco carregando uma foto. O Sr. Gerald puxou o tecido para revelar a foto de uma enorme árvore de bordo, sem folhas, gigante contra um céu negro carregado de chuva.

— Michael Shallen

Um homem mais velho subiu no palco, pegou seu certificado de prêmio e seguiu para o lado de Macy.

— Agora — anunciou o Sr. Gerald —, o nosso grande vencedor.

A última foto apareceu, coberta por um tecido branco. A mulher que o segurava mostrava um sorriso largo, os pés silenciosos ao subir os dois degraus para o estrado. Ela parou ao lado do Sr. Gerald e observou o público como se tentasse avistar o vencedor.

Sydney fechou bem os olhos, tentou acalmar as batidas do coração. Sentia-se zonza, os dedos tremiam, a respiração estava rápida demais.

Não posso ser a vencedora, não sou eu...

— Oh, meu Deus — disse Kelly.

— Essa é a... — Raven ficou sem voz.

Sydney abriu os olhos. Lá estava a foto dela, emoldurada por uma linda moldura de mogno, sendo exibida para a sala inteira.

— Sydney Howard! — anunciou o Sr. Gerald.

O público aplaudiu. Os amigos de Sydney se levantaram, assobiaram.

— Vai lá! — disse Kelly.— Anda!

Sydney ficou de pé sobre pernas trêmulas. Tinha vencido? Era a fotografia dela, mas talvez houvesse algum engano.

Ela foi até o estrado, subiu os degraus e parou ao lado do Sr. Gerald. Ele a cumprimentou e parabenizou-a. Ela o agradeceu e pegou o certificado de prêmio, o nome escrito em negrito, em letras cursivas grandes e elegantes.

Tinha vencido e agora era Sydney Howard, fotógrafa amadora. Era um título oficial, pensou ela, um título que refletia quem ela era por dentro. Queria se livrar da velha Sydney, a Sydney careta, perfeita e certinha. A que assistia a todas as aulas do Programa de Colocação Avançada, e que tinha como meta Yale, Harvard e Stanford.

Estava na hora de fazer o que queria fazer. Estava na hora de ser ela mesma.

Catorze

Regra 5: *Seduza-o com os olhos! Faça contato visual durante as conversas. Nunca quebre o contato visual!*
Regra 8: *Deixe sua beleza interior brilhar! Mostre a ele o maravilhoso tesouro que há dentro de você!*
Regra 22: *Não responda perguntas imediatamente! Leve alguns instantes para responder!*

Kelly puxou uma cadeira da mesa do restaurante e sentou-se. O lugar cheirava a feijão frito e carne de rechear tacos. Fora ideia de Sydney vir para o restaurante mexicano, embora tivesse precisado convencer Drew.

Ele queria restaurante italiano, ela, mexicano. Como era a noite de comemoração dela, Sydney acabou ganhando e ali estavam. Alexia sentou-se do lado esquerdo de Kelly, Raven, do direito. Drew, Sydney e Todd estavam do outro lado da mesa, Ben na cabeceira.

Um jukebox com detalhes em vermelho e luzes de neon tocava música em espanhol. Havia instrumentos musicais pendurados nas paredes além de uma saia flamenca e fotos de uma banda espanhola que havia inspirado a abertura do restaurante em Birch Falls.

Para uma quinta-feira à noite, o restaurante estava lotado. O grupo teve de esperar mais de dez minutos para que uma das mesas maiores nos fundos do restaurante fosse liberada. Agora que estavam sentados, a garçonete anotou os pedidos e apressou-se para os fundos, a saia em tom vermelho vivo balançando em volta das panturrilhas.

A mesa era uma mistura de várias conversas. Os garotos falavam sobre esportes enquanto Raven e Alexia papeavam sobre música. Sydney estava definitivamente quieta para alguém que acabou de ganhar um concurso, apesar do fato de estar radiante. Não iria chegar e dizer que estava orgulhosa de si mesma por ter ganhado, mas qualquer um podia dizer só de olhar para ela. Havia um sorriso permanente em seu rosto, e de tempos em tempos ficava com aquele olhar distante, como se estivesse em outro lugar.

Kelly não a censurava por isso. A foto que Sydney tinha tirado de Kenny no início do ano era realmente bonita. Kelly não podia dizer que entendia alguma coisa de fotografia, mas o sol irradiando em Kenny era como se o paraíso tivesse se aberto ou algo do tipo. Aquilo tinha de ser um sinal de uma boa habilidade fotográfica, certo?

Mas Drew... não parecia assim tão impressionado com a história toda. Tinha dado os parabéns a Sydney, tinha convidado-a para jantar, mas não parecia tão animado quanto deveria.

Talvez porque já esperasse esse tipo de coisa da parte de Sydney? Porque ela era boa em tudo que fazia?

Por outro lado, há algum tempo Kelly vinha sentindo os dois um pouco distantes. Não que pudesse explicar em palavras, era mais uma sensação física. Para não falar no fato de ele agora passar muito mais tempo com Todd na casa de Kelly.

— Você devia ter visto Drew semana passada — disse Todd, dando um tapinha amigável nas costas de Drew, a voz ficando mais alta a cada segundo. — Estamos perdendo de seis, certo, e estamos a 20 jardas da *endzone* quando Drew pega a bola e dispara! Ele escapa de todo mundo, sai pulando. Cara, nunca o vi jogando desse jeito!

— Que pena eu não ter visto — disse Ben.

— É — acrescentou Todd —, porque agora você é só um brinquedinho, sempre com a namorada em vez de estar com os amigos.

Ben deu um riso debochado.

— Você está é com ciúmes!

Todd revirou os olhos, mas se acalmou.

— Não, não estou.

Drew riu e balançou a cabeça. Encontrou o olhar de Kelly a sua frente.

Nunca quebre o contato visual!

Regra cinco, pensou Kelly. Havia mais em relação à regra, mas de repente não conseguia se lembrar. A primeira coisa que Kelly notou em Drew quando o conheceu havia tanto tempo foram os olhos. Ele tinha olhos azuis misteriosos, olhos pelos quais Kelly se apaixonara quando garotinha.

Sydney cutucou Drew, e ele desviou o olhar.

Kelly piscou e se endireitou na cadeira. Tentou entrar na conversa de Raven e Alexia, mas não conseguiu evitar prestar atenção em Sydney e Drew. Sydney queria dar uma caminhada no parque estadual depois do jantar, ele queria ir com Todd para casa de Kelly.

Quando Drew finalmente concordou em caminhar, Kelly ficou arrasada. Era divertido ter Drew em casa. Em vez disso, talvez Kelly fosse convidar Adam para ir a algum lugar, se conseguisse reunir coragem para chamá-lo para sair.

♥

Dois dias depois, Kelly ainda não tinha chamado Adam para sair. E se ele dissesse não? Não aguentaria ser rejeitada.

Em vez de sair no sábado, fez um turno extra no abrigo de animais.

— Vamos, Clove — disse ela, tentando atrair o gato cinza adulto. Ele estava encolhido de medo em um canto, nos fundos no canil, os olhos âmbar arregalados, observando-a. Ainda não estava silvando, o que era um bom sinal. Mas por outro lado, gatos podiam atacar sem demonstrar nenhum sinal.

Por esse motivo Kelly estava usando óculos de proteção e luvas grossas. Morris, o responsável pelo controle dos animais, sempre ria dela quando colocava o aparato, mas não queria perder um olho por causa de um gato maluco. Melhor parecer uma boba do que se arrepender depois.

No entanto, nunca teria vestido essa coisa se Will ainda trabalhasse ali.

Felizmente, assim que se formou na Birch Falls High, ele deu ao abrigo um aviso prévio de duas semanas. Kelly tinha o verão inteiro para desfrutar do trabalho com os animais sem ter de se preocupar com o que Will achava dela.

Claro, se ainda *tivesse* Will, ou, aliás, qualquer um, não teria aceitado este turno extra no abrigo.

Estando solteira, tinha muito tempo livre disponível. Pelo menos era uma vantagem para o abrigo. Trabalhava mais de vinte horas por semana e estava amando cada segundo.

Depois de conseguir tirar Clove do esconderijo e colocá-lo em um outro compartimento, limpo, Kelly deixou a área dos gatos. Atravessou o pequeno corredor até o lobby de entrada, parando abruptamente quando viu Adam do outro lado do balcão.

— Adam!

Ele olhou para ela e sorriu discretamente.

— Você parece tão oficial nessas luvas e nesses óculos.

Regra número... qual era? Qualquer que fosse, dizia para deixar a beleza interior brilhar! E ela acabou de detonar essa regra totalmente !

Tirou as luvas e os óculos.

Morris tentou disfarçar o risinho de deboche. Kelly lançou-lhe um olhar mortífero, mas ele não conseguiu se controlar. Ele nunca a deixaria se esquecer desse momento.

Adam pegou uma caixa de papelão.

— Acharam atrás do McDonald's — disse ele. — Uma ninhada de seis gatinhos.

Morris pegou a caixa do balcão e entregou a Kelly. Ela colocou-a no chão.

— Nossa! — Ela pegou um filhotinho preto e branco e esfregou o focinho dele no nariz. — Eu amo gatinhos.

— Eu também — falou ele.

— Sério?

Adam deu de ombros e disse:

— Minha avó tinha uma fazenda quando eu era pequeno e sempre tinha filhotinhos por perto. Ela costumava dizer que eles eram como luz do sol e veludo.

Kelly passou a mão atrás da orelha do gatinho, depois passou os dedos sobre os pelos macios das costas.

— Mas eles são tipo um veludo mesmo, né?

Morris saiu para organizar a papelada para a admissão dos gatinhos. Kelly devolveu o que segurava à caixa e a ergueu.

— Espera. — Adam deu a volta no longo balcão e pegou a caixa das mãos de Kelly. — Deixa eu ajudar.

— Tem certeza?

Ele fez que sim com a cabeça.

— Só me mostra o caminho.

♥

Kelly fez mais um carinho no filhote tigrado antes de colocá-lo no grande gatil com os irmãos. Eles tinham uma caixa de areia limpa, comida e água frescas.

— Obrigada — disse Kelly, virando-se para Adam. — Foi legal da sua parte trazê-los para cá e ajudá-los a se acomodar.

— Foi um prazer. — Ele tirou as chaves do carro do bolso da calça jeans. — Então... hum... você vai trabalhar amanhã à noite?

Ela conseguiu dizer não com um gesto de cabeça.

A garganta de Kelly trepidou como se tivesse sido atingida por um maremoto. Adam iria convidá-la para sair? Parecia que sim. O que ela diria se ele a chamasse para sair?!

— Quer ir comigo ao Bershetti's?

Kelly ficou olhando para ele. Ele a *estava* convidando para sair. Estava cheirando a caixa de areia para gatos e provavelmente sua aparência era mesmo de uma caixa de areia para gatos. E *mesmo assim* ele a estava convidando para sair? Era algum tipo de brincadeira? Raven ou Alexia o colocaram nessa?

Não, elas não fariam isso, o que significava...

Que ele a estava convidando para sair!

Adam ergueu a sobrancelha.

— Kelly?

Adam e Kelly... realmente soava bem, não soava?

— Kelly?

— Sim! — deixou escapar.

Ele sorriu.

Ela respirou fundo, esperando acalmar o coração acelerado.

— Quero dizer, sim, adoraria. Domingo no Bershetti's, tipo umas sete?

— Por mim, ótimo. — Ele continuou a mexer nas chaves. — A gente se vê, então. — Ele inclinou a cabeça como uma maneira de dizer adeus. Kelly acenou, sentindo-se a maior bobona do universo. Pelo menos ele não tinha desfeito o convite. Isso era um bom sinal, não?

Quinze

Regra 20: *Corra riscos e aparente viver a vida no limite! (Garotos gostam do perigo.)*

Raven entregou o frapê de baunilha para a mulher do outro lado do balcão.

— Obrigada — agradeceu ela, colocando um sorriso no rosto e esperando não parecer tão miserável quanto se sentia.

Trabalhar na Scrappe não era a mesma coisa sem Horace por perto. Parecia mais silencioso. Mais tedioso. Raven estava contando os dias. Só faltavam 17.

Dezessete? Ela suspirou. Parecia uma eternidade.

Ela passou água quente na máquina de expresso e pegou as louças sujas.

— Ei, Katie? — ela chamou a outra funcionária. — Como o movimento está fraco, acho que vou tirar meu intervalo, se você não se importar.

— Não, vai lá.

Raven foi para os fundos da loja e entrou no escritório da mãe. Sentou-se no sofá de veludo cor de abóbora, enfiando as pernas sob o corpo.

Ao checar o celular, viu uma mensagem esperando por ela.

Me liga assim que puder.

Era de Horace!

Raven discou o número dois na discagem rápida, o batimento cardíaco acelerando a cada toque do outro lado da linha.

— Ray — disse Horace quando atendeu. — Como você está?

O coração de Raven pareceu sair do peito.

— Melhor agora. — Ela sorriu para si mesma, apoiando a cabeça no encosto do sofá. — Meu Deus, como sinto sua falta.

— Eu também.

— Então, me conta, o que você tem feito aí em Detroit?

Horace contou-lhe sobre ter ido a um jogo de baseball, ao Museu Histórico Motown e a alguns lugares com música local.

— A música aqui é maravilhosa — contou ele. Você e eu deveríamos vir aqui juntos no verão que vem.

Raven fechou os olhos, imaginando a cena. Só ela e Horace atravessando o país de carro sem a mãe incomodando.

— Olha — disse Horace, tirando Raven de seus pensamentos —, fui a um lugar outro dia e conheci um cara, o Tommy, que me contou sobre um concurso que vai ter. Um concurso de canto.

— Ah, é? Tipo *American Idol* ou coisa assim?

— Não. Estão procurando uma backing vocal para aquela cantora pop, a Kay-J.

Kay-J estava no topo das paradas de sucesso havia dez semanas seguidas. Estavam provavelmente aproveitando a fama dela e fazendo um reality show para encontrar uma backing vocal. Aproveitando o momento, certo?

— Que legal — disse Raven.

— Acho que você devia se inscrever.

Raven riu.

— Sim, claro. — Ela pensou que Horace estivesse brincando, mas quando ele não respondeu, Raven disse: — Você está falando sério?

— Claro que estou, Ray. Você é uma cantora maravilhosa.

Ela corou e sorriu. Fazia três anos que as pessoas lhe diziam que tinha uma voz linda, que estava destinada a ser uma estrela, mas nenhum desses elogios se comparava ao de Horace.

— Não sei, Horace. Quer dizer, em primeiro lugar é em Nova York. Minha mãe nunca me deixaria ir. Em segundo, backing vocal da Kay-J? Não sei se sou *tão* boa assim.

— Você é, Ray. Só não consegue enxergar isso.

Ela apertou a mão no aparelho, sabendo que precisava voltar ao trabalho, mas ao mesmo tempo sem querer desligar.

— Vou pensar, ok? — falou ela.

— Ok.

— Tenho que ir. Já estou no telefone há... — ela olhou para a tela do celular — ...vinte minutos. Katie provavelmente está se perguntando por onde eu ando.

— Me manda uma mensagem mais tarde, então — disse Horace. — Te amo.

Sempre que ele dizia aquelas palavras, Raven sentia um nó na garganta. Amor, amor *de verdade*, era um comprometimento enorme!

— Te amo também — respondeu ela. Disse adeus e voltou ao trabalho.

♥

— Você pesquisou sobre alguma faculdade? — perguntou Sra. Valenti enquanto Raven varria a frente da loja.

Raven, de costas para a mãe, revirou os olhos e disse:

— Pesquisei.

Depois de uma pausa, a Sra. Valenti perguntou:

— E então? O que você encontrou?

Apesar do fato de a mãe de Raven ter aceitado o amor da filha pela música, ainda era absolutamente séria quanto ao fato de Raven entrar para uma faculdade. E, além disso, para uma universidade da Ivy League.

A Sra. Valenti tinha fantasias sobre Yale, Harvard e Princeton. Raven já estava satisfeita em se formar no colégio; não se importava muito com nada além disso. Não estava nem cogitando entrar para a faculdade. Se odiava o colégio, não seria justo assumir que odiaria igualmente a faculdade?

O que queria era se formar, fazer uma viagem de carro, cantar e ver o que aconteceria a partir daí. A mãe tinha passado os últimos dez anos planejando a vida dela. Raven queria simplesmente sair do circuito, viver longe das expectativas rígidas da mãe. E esses planos incluíam Horace. Detroit seria a primeira parada e depois... Nashville? Raven não cantava música country, mas Nashville tinha uma cultura musical inegável.

Raven apoiou a vassoura na parede.

— Realmente gosto do jeito de Yale.

Como se algum dia fosse conseguir entrar lá. Sério. Era mais provável ganhar um concurso de Melhor palhaço.

— Yale tem um campus tão bonito — disse a Sra. Valenti. Ela virou-se e seguiu para a sala dos fundos, o calçado sem salto ressoando no piso de cerâmica. — Tenho um novo folheto que peguei outro dia. Tinha me esquecido dele até você falar disso. Vou ao escritório pegar.

— Ah, tá bom — disse Raven, desejando poder colocar os fones no ouvido imediatamente para não ter de ouvir a mãe.

Jordan apareceu.

— Mamãe te deixando louca? — Ela ainda vestia o uniforme do Bershetti's: calças pretas, camisa branca de botão, mas estava linda.

— Ela não cala a boca — resmungou Raven. — Espere até você estar no último ano.

— Ah, mal posso esperar. — Jordan sentou-se a uma das mesas pretas quando Raven voltou a varrer. — Ei, contei pra você o que Nicholas fez?

— Não — Raven endireitou o corpo. — O quê?

— Me mandou uma mensagem. Aqui, vou te mostrar. — Ela pegou o telefone e ficou passando as mensagens. — Olha.

Oi, nova garota --- vc está indo bem

— Não é fofo? Eu estava toda preocupada de ter ido mal porque estava me confundindo com as coisas, e ele deve ter notado como eu estava chateada. Então recebi esta mensagem. Anna disse que ele pediu meu número pra Dee, e ela passou pra ele.

Raven sorriu. A animação da irmã era contagiosa.

— Foi legal da parte dele — disse Raven.

— Eu sei. Foi, não foi?

O sino acima da porta da frente ressoou. Raven e Jordan olharam.

Blake e Mil-D entraram. Blake entrou primeiro, como sempre, Mil-D vinha atrás, o corpo balançando como o de um lutador de sumô.

— Oi — disse Blake, inclinando a cabeça na direção de Raven.

Um sorriso se espalhou involuntariamente pelo rosto dela. Raven o reprimiu rapidamente.

— Fechamos em mais ou menos 15 minutos — informou ela.

Jordan deu um tapa no braço dela.

— Que foi? — Raven ergueu as sobrancelhas.

— Deixa de ser idiota.

— Não estou sendo idiota.

Blake e Mil-D foram até o balcão e pediram duas bebidas a Katie.

— Por que você foi tão antipática com ele? — sussurrou Jordan. — Ele é bonito. E super legal.

— Porque... — Raven não conseguiu pensar em uma desculpa boa o suficiente.

— Porque o quê?

— Porque sim, tá bem?

Pegando a vassoura novamente, Raven varreu uma pilha de sujeira e embalagem de canudo e jogou no lixo com a pá. Tentou escapar para os fundos antes que Blake tivesse a chance de dizer qualquer coisa a ela, mas ele se enfiou em seu caminho.

— Oi. Você vai estar ocupada hoje à noite? — perguntou Blake.

Não. Na verdade, não tinha planos.

— Sim — disse ela.

— Porque eu e o Blake aqui — disse Mil-D, que apareceu por trás de Blake, uma soda italiana nas mãos —, estávamos nos perguntando se talvez você não quisesse ir ao parque de skate para Z-O-A-R um pouco.

Blake se virou para ele.

— Mas o quê... cara? Z-O-A-R?

— O quê? — Mil-D deu de ombros. — zoação, filho.

Jordan deu uma risadinha.

— Vocês são sempre assim?

— Assim como? — disse Blake.

— Como irmãos?

— Sim — disseram os dois em uníssono.

Raven teve vontade de rir também, mas isso arruinaria toda a encenação do você-não-me-atinge.

— Preciso voltar ao trabalho — disse ela em vez disso, e tentou mais uma vez entrar na porta de trás.

— Espere, Raven. — Blake impediu a passagem dela novamente. — Vamos ao parque de skate com a gente. Não tem graça quando não tem ninguém pra quem eu me exibir — disse ele de brincadeira.

Não sorria! Pensou Raven.

— Eu realmente não...

— Nós iremos — interrompeu Jordan. — Que horas nos encontramos lá?

Raven arregalou os olhos para a irmã caçula, tentando fazer transparecer irritação. Jordan somente sorriu.

♥

Raven nunca tinha ido ao parque de skate de Birch Falls, e mesmo se tivesse, teria reconhecido seu novo vizinho no instante em que o visse. O rosto dele tinha sido grafitado em uma das rampas de concreto com o nome abaixo dele em letras grandes e grossas. Ele estava entre o nariz de Tony Hawk e o sorriso abobalhado de Bam Margera.

— Que maneiro! — disse Jordan assim que ela e Raven encontraram um espaço vazio no muro de concreto.

Raven tinha de concordar, a atmosfera era muito mais animada e convidativa do que tinha imaginado. Grandes refletores iluminavam a área, que era do tamanho de metade de um quarteirão na cidade. Espectadores formavam um círculo desordenado ao redor do parque. Havia muitas garotas assistindo, batendo papo; garotos mais novos olhavam maravilhados, observando as manobras e habilidades dos maiores.

Raven examinou os rostos dos skatistas em busca de Blake. A multidão estava mais numerosa perto da extremidade do parque, e aumentava a cada segundo.

Blake estava sobre seu skate, tomando velocidade e mirando em uma rampa no meio do parque. Curvou os joelhos e logo antes de chegar ao topo da rampa, pulou, virando o skate. A multidão respondeu com assovios e gritos.

— Isso foi o máximo — disse Jordan.

Logo em seguida, Blake tinha o parque inteiro para ele, todo mundo tendo se juntado nas laterais para assistir. Ele pegou mais rampas, deslizou por corrimãos, curvou o skate conforme manobrava por escadarias.

E quanto maior a manobra, mas tensa ficava Raven esperando que ele aterrissasse perfeitamente.

No fim da série, estava aplaudindo junto com a multidão.

Blake foi até ela sobre o skate e deu um pisão nele para segurá-lo.

— O que você achou? Fui bem? — O suor cobria o rosto dele, formando uma máscara brilhosa. Ele tirou o boné e entregou-o a Mil-D, que o lançou para a multidão. Um grupo de garotas berrou e lutou para agarrá-lo no ar.

Blake era assim *tão* famoso?

Aparentemente era.

— Quer tentar? — disse ele, passando a mão sobre o cabelo bem curto.

Raven levantou uma sobrancelha.

— Tentar o quê?

— Andar de skate.

Ela começou a negar com a cabeça, mas parou. Por que não tentar? Blake provavelmente a considerava uma idiota, fria e mal-humorada. Afinal de contas, estava agindo como uma. Por que não mostrar a ele que sabia se divertir? Que era aventureira?

— Tudo bem.

— Hã, Raven? — Jordan ergueu o corpo. — Você nunca subiu num skate.

— Não pode ser tão difícil.

Mil-D riu.

— Ei! — Blake gritou do outro lado do parque, gesticulando para que uma garota viesse até ele. Ela se aproximou.

— Minha amiga aqui pode usar seu equipamento só um segundo?

A garota rapidamente fez que sim com a cabeça.

— Claro, sem problemas. — Ela abriu o velcro das joelheiras e entregou-as a Raven, sem fazer perguntas. Ou a garota era extremamente generosa ou Blake era como um deus para essas pessoas.

— Tem certeza? — perguntou Raven.

— Sim — disse a garota.

Blake pegou o capacete dela e enfiou-o na cabeça de Raven, apertando a alça sob o queixo.

— Você vai precisar disto — informou ele com um sorriso.

♥

Raven olhou para a rampa de concreto. Não parecia assim tão grande quando ela estava na lateral, mas agora, mais parecia ser uma queda de três andares.

— Vamos lá, Ray! — gritou Jordan.

— Vai dar tudo certo — disse Blake atrás dela.

— Você disse isso todas as vezes e eu *caí* todas as vezes.

Ele deu de ombros.

— Você tem que cair, é assim que se aprende. — Os olhos verdes dele a observavam, a ela e mais ninguém. Havia pelo menos trinta garotas no parque, todas aparentemente observando-o, mas ele não percebia. Ou se percebesse, não o atingia.

Raven respirou fundo e olhou para a rampa. Se não fosse, seria chamada de medrosa. E ela não era. Queria mostrar a Blake e a todas as outras pessoas que estavam olhando que não tinha medo de nada, muito menos de passar vergonha.

Levou o skate à margem da pista. A metade da frente ficou pendurada no ar, somente o pé esquerdo o mantinha no lugar.

Lá vamos nós, pensou ela, e colocou o pé direito na frente do skate, o peso do corpo impulsionando-a pela rampa. Chegou ao fundo, e várias pessoas aplaudiram. Por causa dela? Não sabia, mas podia escutar Blake gritando atrás dela.

— Uhuuuuu! — gritou ele. — Você conseguiu, Rave.

Rave? Blake tinha inventado um apelido para ela. Tinha feito de propósito? E ela por acaso tinha gostado? Sim, decidiu ela, sim, tinha gostado.

Ela levantou os braços vitoriosamente, mas perdeu o equilíbrio. O skate escapou dos pés e saiu andando. O mundo se elevou conforme Raven caía, os quadris aterrissando no chão. Sentiu uma fisgada de dor na perna e na costela.

— Raven!

— Você está bem? — perguntou Blake.

Ele riu, virando-se sobre as costas. Estaria muito roxa amanhã.

— Estou bem — falou ela. Talvez até melhor que bem.

Dezesseis

Regra 16: *Fique interessada nas coisas que o interessam!*
Regra 37: *Aprenda a ouvir! Não fique apenas falando sobre si mesma!*

— Ei, Sydney? — disse Quinn à porta da sala multimídia. — Você pode pegar pra mim — disse ele, olhando para uma folha de papel nas mãos — *Scooby-Doo e os irmãos Boo*, *Peter Pan* e qualquer coisa dos Ursinhos Carinhosos?

— Claro — respondeu ela, indo até os filmes, enfileirados organizadamente nas prateleiras. Passou os olhos na lombada das capas e logo encontrou o do Scooby-Doo. *Peter Pan* foi mais difícil. Estava na última prateleira perto dos filmes do Bob, o Construtor. O que estava fazendo ali? Talvez alguém devesse colocá-los em ordem alfabética para serem mais fáceis de encontrar.

Uma tarefa para outro dia? Precisava falar com Quin sobre isso. Ele podia achar que ela era uma grande tola por gostar de algo tão metódico, mas se isso ajudaria a Ala Oeste, quem se importava?

Filmes em mãos, Sydney foi até a Oeste Dois e encontrou Quin no quarto 412 com o novo paciente que passaria a noite no hospital depois de uma cirurgia.

— *Irmãos Boo* agora mesmo — disse Quin ligando a TV.

O garotinho, Seth, cerrou os punhos e agitou-os no ar animadamente.

— Eu amo esse filme. É o meu favorito — contou ele para Sydney.

— Ah, é? — Ela entregou a capa para Quin, e ele colocou o disco no DVD player.

Seth apertou o botão da cama para levantar o encosto.

— É. É o filme mais engraçado do Scooby-Doo. Provavelmente. Bem... Também gosto de *Ilha dos Zumbis*.

— Legal — disse Sydney.

Quin apertou PLAY e começou a passar um trailer.

— Meu Scooby-Doo favorito é o com o Johnny Bravo — falou ele.

Seth riu e disse:

— Ah, sim! Johnny é um bobão.

Quin concordou com a cabeça de forma enfática.

— Pronto, cara. — Ele diminuiu as luzes de cima. — Aproveite o filme. Se precisar de mais alguma coisa, é só chamar.

— Tá bom — disse Seth, se aconchegando debaixo dos cobertores.

No corredor, Sydney virou-se para Quin.

— Você assiste ao Scooby-Doo?

Ele limpou a garganta.

— Bem... Sabe... Scooby é bem legal.

Sydney sorriu.

Eles distribuíram os outros dois filmes e oficialmente encerraram seus turnos.

— Quer comer alguma coisa comigo na lanchonete? — perguntou Quin depois de baterem o ponto.

— Hum...

Ela *estava* com um pouco de fome. E, de qualquer forma, já estava planejando comer alguma coisa rápida. A mãe iria dormir em Hartford, e o pai iria para algum jantar de trabalho. Sydney teria de se virar sozinha. Tinha falado com Drew mais cedo, durante o intervalo, na esperança de marcar alguma coisa para o jantar, mas ele já tinha combinado de ir ao cinema com Todd.

— Claro — respondeu ela para Quin. — Estou morrendo de fome.

♥

A lanchonete do Hospital Infantil tinha o melhor bufê de salada do mundo. Sydney não tinha dado muita atenção a ele antes. Sempre acabava comendo alguma coisa mais rápida, como um sanduíche pronto, mas iria mudar isso.

Pegou um prato cheio de alface, pedacinhos de frango grelhado, ovo cozido, sementes de girassol e croutons. E eles tinham um molho ranch caseiro que, como Kelly diria, fazia a salada ficar impressionante.

Quin tinha comprado um *club sandwich* e agora estava sentado de frente para Sydney em uma das mesas próximas às enormes janelas do chão ao teto nos fundos da lanchonete. Do lado de fora, o céu estava escuro e nuvens cinzentas cobriam o sol, transformando-o em uma esfera branca e brilhante ao longe.

— Queria que minha câmera estivesse aqui comigo — disse Quin exatamente quando Sydney pensava a mesma coisa.

— Você gosta de fotografia?

Ele olhou para ela, franzindo a testa.

— Você também?

— Aham. Na verdade, ganhei o concurso de fotografia amadora que o hospital promoveu.

— Isso! — Quin apontou para ela com um dedo e sorriu. — Acho que minha irmã me disse que você ganhou, mas eu estava falando no celular ao mesmo tempo e ela ficava me interrompendo. Parabéns.

Sydney não conseguiu evitar o sorriso.

— Obrigada.

— Esse concurso é superfamoso por aqui — disse Quin. — Não pude me inscrever porque minha irmã trabalha aqui. Você deveria ficar orgulhosa.

Sydney não tinha falado muito sobre isso, mas estava, *sim,* orgulhosa de si mesma. A sensação que teve naquele dia foi melhor do que qualquer uma que tivera por passar em alguma prova na escola.

— Então, há quanto tempo você fotografa? — perguntou ele.

— Comecei este ano, mas já tenho centenas de fotos. Ainda não me aprimorei na arte de distinguir entre a boa e a ruim, então guardei todas — disse ela, dando de ombros. — Mas acho que vai acabar sendo bom ter todas por perto. Assim posso ver o quanto melhorei ou mudei.

Quin concordou com a cabeça.

— Você está certa quanto a isso. Somos nossos piores críticos, mas depois de alguns anos a gente olha pra trás e vê que está melhor do que quando começou. Isso deve contar para alguma coisa.

Sydney deu uma garfada na salada e tomou um gole de coca-cola.

— Então, você fotografa nas horas vagas ou...

— Não. — Ele sorriu. — Minha irmã adoraria que eu cursasse medicina, mas prefiro ser um artista morto de fome a um residente morto de fome. Na verdade, vou cursar o segundo ano no Instituto Brooks, na Califórnia.

Sydney ficou boquiaberta.

— Sério?

Ele fez que sim com a cabeça.

— Eu sei, é bom demais. Às vezes até acho que é muito pra mim.

— Ah, sim, é só o melhor curso de fotografia do país. E também extremamente difícil de entrar.

Um tom vermelho se espalhou pelo rosto dele.

— Bem...

— Você está em algum outro curso de arte também? Ou só fotografia? Porque eu sei que o Brooks também oferece diploma de design e cinema.

Quin fez que sim.

— Oferecem, mas não cursei muita coisa deles. Estou matriculado em quase todos os tipos de artes visuais, assim não me fecho para a ideia de algo diferente. Quero dizer, gosto de todo tipo de arte. Inclusive das formas menos aceitas.

Sydney franziu a testa.

— Como assim?

— Deixa eu te mostrar. — Ele desabotoou a camisa branca. Vestia uma camiseta preta lisa debaixo dela.

Sydney se perguntou aonde ele queria chegar quando tirou a camisa branca, e ela arfou.

Os braços dele, do limite da manga curta até os pulsos, eram cobertos por tatuagens pretas.

— Oh, meu Deus.

Colocando a camisa branca de lado, ele disse:

— Não posso deixar minhas tatuagens à mostra por razões óbvias.

Sydney pegou a mão dele e ergueu-a, virando o braço dele de modo a conseguir ver cada ângulo.

Havia uma flor de lótus no antebraço e um Buda acima dela. Havia palavras em latim e datas, estrelas e padrões lineares precisos.

— Nunca poderia imaginar.

Bem, ele tinha cabelos pretos e longos, que ficavam meio destoantes com a roupa formal que vestia para trabalhar. No entanto, Sydney tinha imaginado que o cabelo longo era algo de que ele gostava. Se ele nunca tivesse tirado a camisa, ela nunca saberia que ele era coberto de tatuagens.

Agora que ele estava de camiseta preta, com vários fios de cabelos negros longos caindo sobre o rosto, Sydney sentiu que estava realmente o enxergando, que a pessoa para quem estava olhando do outro lado da mesa era o *verdadeiro* Quin, e ela o respeitava ainda mais.

♥

— Como foi o trabalho hoje à noite? — perguntou Drew, inclinando-se para beijar a testa de Sydney.

Ela ficou em silêncio, em dúvida se deveria contar a Drew sobre Quin. Sentia que deveria ser honesta com ele. Se ele estivesse ficando amigo de alguém do trabalho, ela gostaria de saber, pois manter em segredo tornava as coisas ainda piores. Mesmo se não fosse nada *demais*. E não era mesmo.

Sydney pegou duas colheres da lava-louça e deu uma para Drew. Ele enfiou-a na sua tigela de sorvete.

— Foi bom. — Sydney e Drew foram se sentar na sala de estar. Ela começou uma longa explicação sobre como tinha conhecido uma mãe jovem que parecia saber tudo sobre o hospital e as máquinas do quarto da filha e como tinha ficado impressionada. Drew balançava a cabeça em todos os momentos certos, mas Sydney podia notar que ele tinha começado a ficar indiferente durante a maior parte de sua explicação prolixa.

Ela repassou o Código da Atração em sua cabeça, tentando pensar em uma regra para usar em uma situação como esta. Talvez estivesse falando demais, centrando a conversa só nela.

— E então, como foi o filme?

Drew deu de ombros.

— Foi bem legal, mas nada que você fosse realmente gostar.

Viu, pensou ela, Drew está acostumado a você não dar a mínima.

— Mas me conta sobre ele de qualquer maneira — insistiu ela.

Ele olhou para ela de forma estranha.

— Tá bom. Bem, a trama principal do filme é que se passa em 2100 d.C., certo, e robôs dominaram o mundo...

O que se seguiu foi uma conversa de 15 minutos sobre a diferença entre filmes de robôs e de alienígenas e como a computação gráfica 3D estava colocando a ficção científica na próxima geração de filmes. Sydney não via Drew tão animado em uma conversa desde... bem, desde que tinham adotado Urso.

Sydney fez perguntas quando precisou, balançou a cabeça quando necessário. Mas na maior parte do tempo só escutou, apesar de, como Drew disse, ela não se interessar por nada relacionado a ficção científica.

Mas isso tinha importância? Podia sacrificar 15 minutos se isso significasse fazer Drew feliz.

Dezessete

Regra 35: *Conheça seu crush lentamente! (Você pode descobrir que não gosta dele!)*

Regra 36: *Não finja ser uma pessoa diferente quando ele estiver por perto!*

— O que devo vestir — disse Kelly para o armário, desejando ter um *personal stylist* que lhe desse a resposta.

Decidiu ir com uma bermuda cáqui da American Eagle e uma camisa de manga bufante cor de banana.

Estava sentada na beirada da cama calçando as sapatilhas marrons quando o irmão passou pela porta aberta, a irmã caçula, Monica, correndo atrás dele.

— Me devolve, Todd! Mãe!

Todd segurava um bloco de papel sobre a cabeça com uma das mãos e o celular ao ouvido com a outra.

— A mamãe não está em casa — disse ele. — Saiu pra comprar café.

Kelly deixou os sapatos de lado, veio atrás do irmão e arrancou o bloco de Monica das mãos dele.

— Deixa de ser babaca.

— Obrigada — disse Monica quando pegou o bloco das mãos de Kelly.

Todd levou o celular à boca.

— Minhas irmãs estão aqui me importunando — disse ele. Todd esperou por uma resposta, balançou a cabeça e disse:

— Drew disse para vocês duas me deixarem em paz.

Kelly revirou os olhos e arrancou o celular das mãos de Todd.

— Ei!

— Drew? — perguntou Kelly.

— Oi?

— Você realmente disse isso?

Ele riu.

— Não.

— Bem que eu achei.

Kelly devolveu o celular.

— Agora sai daqui, Todd, por favor. Preciso me arrumar.

Monica entrou no quarto de Kelly e desabou na cama, os longos cabelos louros escuros caídos sobre os ombros nus.

— Aonde você vai?

— É — disse Todd. — Aonde você vai?

— Não é da sua conta.

Kelly sentou-se ao lado da irmã e calçou o par de sapatilhas que tinha deixado de lado havia alguns minutos.

— Vou sair.

Monica ergueu uma sobrancelha.

— Com quem?

Kelly olhou para irmã e depois para o irmão, os dois olhando para ela com expectativa.

— Com um amigo — disse, olhando para o próprio reflexo no espelho que havia atrás da porta do quarto.

Suspirou para si mesma. Essa era a exata razão pela qual considerava o Código da Atração uma má ideia. Adam e ela simplesmente não combinavam. Ele provavelmente precisava de alguém que escalasse o Everest enquanto recitava o hino nacional de trás para a frente e que saltasse de paraquedas sem piscar.

E aqui estava ela, a velha Kelly Waters, fanática por roupa, voluntária em um abrigo de animais, saindo com o Deus dos Corpos Esculturais.

Era tão ridículo.

Mas Adam havia chamado Kelly para sair, afinal de contas, e ela prometera para as amigas que daria uma chance ao Código da Atração, nem que fosse para provar que estavam erradas.

Como dizia a Regra 35, *Conheça seu crush lentamente! Você pode descobrir que não gosta dele!*

E a Regra 36 era importante para esta noite: *Não finja ser uma pessoa diferente quando ele estiver por perto!*

Era exatamente isso que Kelly faria. Se Adam não gostasse dela por quem ela era, então não precisava dele. Tinha aprendido isso depois de sair com Will.

Então o plano era o seguinte: sair com Adam, conhecê-lo melhor e depois se afastar quando tivesse todos os motivos que provassem que não tinham sido feitos um para o outro listados organizadamente para mostrar a Alexia.

Porque não tinham sido feitos um para o outro mesmo Adam tendo um rosto que fazia as garotas chorarem. Kelly sabia qual era o tipo de garoto que precisava; precisava de alguém com quem se desse bem. Precisava de alguém como Drew. Ele era atraente, sem ser demais. Inteligente, sem ser arrogante. E o mais importante? Ele *entendia* Kelly. Todas as peculiaridades dela, sua obsessão por roupa. Não parecia se importar com o fato de Kelly ser tão menininha.

Pena que ele já tinha dona.

♥

Jordan Valenti veio ao encontro de Kelly e Adam na entrada do Bershetti's quando eles chegaram.

— Ei, Kel! — disse ela. — Mesa pra dois?

— Sim, por favor.

Jordan pegou dois cardápios e os conduziu à partir do pódio da recepção. Kelly caminhou ao lado dela enquanto Adam mantinha-se na retaguarda.

Jordan inclinou-se para sussurrar no ouvido de Kelly enquanto caminhavam entre as mesas do restaurante.

— Esse garoto com quem você está é realmente um gato.

Kelly assentiu com a cabeça.

— Ele é, não é? O nome dele é Adam.

As duas se viraram para olhá-lo. Embora no outro dia estivesse, como de hábito, usando roupas de malhar — calças Adidas, camiseta Under Armour — hoje usava jeans azuis desbotados e camisa de botão azul listrada, da qual os três botões de cima estavam abertos, deixando a mostra uma camiseta branca.

Jordan acomodou Kelly e Adam em uma mesa nos fundos do restaurante. Eles pediram água e seus pratos; Adam pediu espaguete, Kelly, frango italiano com cuscuz.

Surpreendentemente, a conversa fluiu com facilidade e logo os pratos chegaram. A conversa continuou durante a refeição e de alguma forma chegou ao assunto da paixão de Adam por poesia e o hobby de escrever.

— Você precisa me mostrar uma linha ou duas de alguma coisa que escreveu — disse Kelly.

Adam corou e abaixou a cabeça.

— Eu disse que era um poeta enrustido e por bons motivos. Não sou muito competente.

— Tudo bem — provocou Kelly. — Mas quem sabe algum dia?

— Com certeza.

Terminaram a refeição e Kelly pediu licença para ir ao toalete. Como o encontrou vazio, aproveitou um minuto para checar o celular e ver se tinha algum e-mail ou mensagem novos. Tinha colocado no modo silencioso, pois um celular tocando durante o jantar era indelicado.

Abriu o telefone e foi saudada por um alerta que dizia: *5 novas mensagens.*

— Cinco? — perguntou a si mesma. Só fazia uma hora que estava com o telefone no silencioso!

A primeira era de Raven: *Vc tá com o gato!!*

Jordan deve ter enviado uma mensagem para Raven assim que teve oportunidade.

Havia uma mensagem de Alexia dizendo: *Lembre-se do Código.*

E uma da Sydney: *Drew me disse q vc tinha um encontro. boa sorte.*

Todd: *Não diz pro garotão q vc come lápis de cera. ele pode achar vc esquisita.*

Kelly revirou os olhos. O irmão às vezes era tão idiota.

E a última era de Drew. Dizia, com pontuação e gramática perfeitas: *Seja você mesma. Ele não vai conseguir se controlar.*

E se ele não vir como você é maravilhosa, Todd e eu podemos dar uma surra nele. É só dizer. Até mais.

Kelly sorriu ao ler a mensagem novamente. Drew tinha de ser o melhor amigo do mundo.

Por alguma razão boba, lágrimas brotaram em seus olhos. Ela fungou e riu sozinha. Drew era tão bom para ela, tão bom que quase doía. Por que não estava neste encontro com ele em vez de com Adam?

Não era justo com Adam, mas era verdade.

Algumas lágrimas escaparam do canto do olho. Kelly as enxugou quando chegaram ao queixo.

Volte a si, pensou ela. *Drew não é seu nem nunca será.*

Dezoito

Alexia detestava trabalhar no último turno do Cherry Creek, mas pelo menos era terça-feira à noite, o que significava que era praticamente um restaurante-fantasma.

— É sempre assim? — perguntou Alexia a Jonah enquanto limpavam a cozinha.

— Normalmente. Segunda e terça-feira são os piores dias. — Ele balançou a cabeça, afastando dos olhos uma mecha de cabelos loiros que tinha invadido seu campo de visão.

Alexia curvou uma sobrancelha.

— Piores?

— Gosto de me manter ocupado. Prefiro ficar de um lado para o outro no caos a ficar sentado no silêncio.

— Meu namorado é assim. Gosta de estar ocupado. É o único ponto em que se parece com o irmão gêmeo. No resto são completamente diferentes.

— Há quanto tempo vocês estão juntos?

— Uns quatro meses.

— Vocês dois se dão bem então?

Alexia fez que sim com a cabeça enquanto empilhava as louças limpas no escorredor. Jonah colocou mais louça suja na água com sabão e então olhou para Alexia enquanto esfregava uma vasilha.

— Você está fazendo que sim com a cabeça, mas sua expressão não é exatamente a feliz-de-amor.

Era tão óbvia assim?

Ela deu de ombros e pegou a vasilha dele para enxaguar.

— Estamos bem, sério.

Exceto pela história toda do sexo, claro.

— Alexia?

— Oi?

— Tem certeza de que está tudo bem? — Ele fez um gesto em direção à mão dela. Ela agarrava a vasilha com força, os nós dos dedos começaram a ficar brancos.

— Ah. — A vergonha transpareceu em seu rosto. Alexia colocou a vasilha na água quente e limpa. — Eu estou... — ela virou-se para ele, apoiando-se na bancada da pia —, bem, você se lembra daquela conversa que tivemos? Sobre você ser conservador? — Ele fez que sim com a cabeça. — Então, queria que Ben fosse mais conservador também.

O calor nas bochechas aumentou. Por que estava falando sobre isso? E ainda por cima para um estranho. Em janeiro deste ano, se você perguntasse para ela o que mais queria antes de tudo, teria respondido que queria um namorado — ter uma vida sexual de fato — mas agora que tinha, não tinha certeza de que queria.

— Me deixa adivinhar — disse Jonah. — Vocês estão conversando sobre o próximo passo?

Alexia deveria ter se dado conta de que ele adivinharia a situação. Não tinha sido exatamente discreta. Qualquer um deduziria ao que estava se referindo.

— Sim — disse ela. — E essa situação está me estressando.

Jonah enxaguou a louça e colocou-a no escorredor. Alexia pegou um pano de prato para secar.

— Minha namorada e eu tivemos essa conversa também, então sei pelo que você está passando.

Alexia demonstrou interesse.

— Sério?

Jonah fez que sim com a cabeça.

— Decidimos esperar até o casamento.

Por essa Alexia não esperava. Ela arregalou os olhos.

— E por você tudo bem?

— Com certeza. Amo minha namorada. Posso esperar. E como disse antes, gosto de acreditar que na vida só existe um grande amor. Se Nina é o meu, no fim tudo terá valido a pena.

Se Jonah e a namorada podiam esperar, por que Alexia e Ben não podiam? O sexo complicava as coisas. Esperar deveria ser o melhor em todos os aspectos.

♥

Ben passava os dedos pelos cabelos de Alexia enquanto assistiam a um programa de televisão na sala de TV. Os pais de Alexia estavam no fim do corredor, em seu escritório, preparando um novo seminário que apresentariam no outono. Com os pais em casa, Alexia evitava ficar sozinha com Ben. Ainda não era exatamente uma regra, mas tinha de manter a porta do quarto aberta. A razão por trás daquilo fazia Alexia estremecer. Os pais estavam preocupados com a vida sexual dela. Arg! Como se quisesse que seus pais sequer pensassem sobre ela desse jeito.

Preferia ficar na sala de TV, que, de qualquer maneira, funcionava a favor de Alexia. Com os pais em casa, ela não precisava se preocupar com tensão sexual.

— Então, estive pensando — disse Ben, abaixando o tom da voz — que se decidíssemos... você sabe... e se você quisesse que fosse especial, reservaria um quarto de hotel pra nós dois ou planejaria alguma outra coisa especial...

Ele continuava mexendo no cabelo dela, os dedos roçando no pescoço a cada poucos segundos, fazendo-a estremecer. Queria fechar os olhos e sentir os dedos dele em outro lugar, mas não, não podiam. Não com os pais dela do outro lado do corredor e seus hormônios indignos de confiança.

— Na verdade — começou ela —, estava aqui me perguntando, o que você acharia se eu decidisse me manter virgem?

Ben levou as mãos ao peito, sobre o coração. Ele resmungou e gemeu.

— Ai, meu Deus, acho que sinto meu coração se despedaçando!

— Hahaha. — Ela cutucou as costelas dele.

— Juro, Alexia. Morrerei se não puder ter seu corpo divino. — Ele sorriu, fazendo com que ela soubesse que ele estava brincando. Mas estava mesmo?

Nada mais fazia sentido direito. Era bom saber que Ben a queria tanto. Chegava quase a excitá-la, mas o medo de tomar a decisão lhe dava um aperto forte no peito.

Ben virou-se para ficar de frente para ela.

— Se você quer esperar, então vou te apoiar, mas não vou gostar.

— Olha, não vai ser particularmente fácil pra mim também. E, além disso, não estou dizendo que essa é minha decisão final, é só um pensamento.

Ele abaixou o rosto e beijou-lhe a testa.

— É meio fofo, sabia? Você esperar até o casamento.

— Obrigada, acho.

— É um elogio. Juro. — Ele se mexeu, desta vez a beijando nos lábios. — Preciso ir.

Alexia se lamentou, olhando para o relógio do aparelho da TV a cabo. Só eram duas e pouco da tarde e Ben ia encontrar o irmão e o pai às duas e meia no campo de golfe.

— Não quero que você vá — disse ela.

— Ah, eu não quero ir. Pode acreditar. — Ele se levantou do sofá, os shorts cáqui frouxos na cintura. Ele esticou-se, a camiseta subindo e deixando a mostra um pedaço do tanquinho e pelos saindo da cueca.

Alexia sentiu um frio na barriga. Ela rapidamente desviou o olhar para o rosto dele.

— Eu podia sequestrar você — ameaçou ela, ficando de pé ao lado dele.

— Sim, por favor, faça isso. E, por favor, prometa que não vai fazer nada com meu corpo enquanto me mantiver em cativeiro.

Alexia perdeu o fôlego, e os dois riram.

— Como eu posso ter sido tão sortudo de ter você?

Ela desviou o olhar, rindo feito louca. Ben ainda conseguia fazer com que se sentisse a garota mais legal do mundo.

— Bom, não diria exatamente sortudo... sabe... já que não... sabe...

— Ei. — Ben colocou um dedo sob o queixo dela e levantou--o para que ela olhasse para ele. — Pare de pensar nisso por enquanto, combinado? Não pense sobre isso durante uma semana. Conversamos sobre isso depois. Tudo bem?

Para ele era fácil dizer. Fazia semanas que ela tentava não pensar nisso.

— Não quero pressionar você. Eu te amo muito — disse ele.

— Também te amo.

Alexia o acompanhou até o carro, onde deram mais um longo beijo antes de Ben ir embora.

Dentro de casa, Alexia foi até a cozinha pegar uma garrafa de água. Encontrou os pais sentados à mesa, falando em voz baixa. Quando notaram a presença de Alexia, pararam.

— Oi, querida — disse o pai.

— Oi. — Alexia foi até a geladeira e pegou uma garrafa de Smartwater. — O que vocês estão fazendo?

Os pais trocaram um olhar de cumplicidade.

— Estávamos aqui conversando sobre uma coisa. — A mãe levantou-se do banco e deu a volta na mesa. — Queríamos conversar com você sobre Ben.

Alexia deu um passo para trás, sentindo de repente a tensão na sala. Como pôde não perceber isso ao entrar?

— Hã? O que tem Ben?

— Bem — começou a mãe. — Gostamos de Ben, não entenda mal, mas achamos que talvez vocês estejam indo rápido demais. Você tem só 17 anos, querida.

O Dr. Bass virou-se no banco, encostando-se nele, e cruzou uma perna sobre o outro joelho. Alexia conhecia aquele olhar. Ele estava analisando a filha, tentando analisar sua expressão e linguagem corporal.

Alexia ficou imóvel.

— Achamos que você devia passar um pouco mais de tempo com suas amigas — disse ele.

— Mas eu passo. — Alexia tentou não alterar o tom de voz.

A mãe ocupava-se na bancada da pia, adicionando mais leite à xícara de chá.

— Não estamos tentando nos meter na sua vida, Alexia. Só estamos tentando aconselhar você. Seu pai e eu esperamos até o casamento pra... fazer sexo. — Alexia ficou de boca aberta enquanto a mãe continuava a falar, desatenta ao desconforto que estava causando à filha. — E acho que nosso relacionamento como adultos dá muito mais certo do que daria se tivéssemos nos entregado um ao outro prematuramente.

Alexia piscou. Os dois a encaravam.

— Você *não* acabou de dizer isso — sussurrou Alexia.

— Querida — preparou-se o Dr. Bass. — Nós te amamos. Só queremos que você faça boas escolhas, e pressão do grupo é um inibidor muito potente.

Alexia fechou os olhos e respirou fundo. Os pais a estavam deixando louca. Quando iriam sair de casa e deixá-la sozinha como tinham feito pelos últimos três anos?

De repente, os dois estavam em casa o tempo todo e, sim, eles estavam se intrometendo na vida dela. *O tempo todo.*

— Obrigada, mãe e pai — disse Alexia, passando lentamente por eles como se eles pudessem atacá-la. — Vou levar em consideração tudo que vocês disseram.

Assim que chegou à entrada da sala de estar, saiu correndo.

Dezenove

Regra 4: *Descubra do que ele gosta — hobbies, esportes, música! Depois mergulhe fundo nisso!*

Sydney pegou a câmera digital e ligou-a para checar a bateria. Totalmente carregada. Ótimo. Enfiou a câmera na bolsa carteiro e passou-a pelo ombro.

No corredor, bateu na porta do banheiro. A mãe tinha chegado tarde na noite anterior, e Sydney não tinha tido a oportunidade de falar com ela.

— Mãe?

— Sim?

— Só queria dizer oi. Estou indo pro parque e volto daqui a pouco. Talvez a gente possa almoçar juntas ou algo assim?

Houve uma longa pausa. Sydney apertou os dedos contra a porta, esforçando-se para escutar a mãe do outro lado.

— Mãe?

— Hum... o que você acha de a gente falar sobre isso quando você voltar?

— Claro. Se precisar de alguma coisa, é só ligar pro meu celular.

— OK. E, querida?

— Oi?

— Eu te amo.

— Também te amo. Tchau.

Sydney saiu, dirigindo direto até o parque. Passava um pouquinho das onze quando chegou. As mães ainda estavam lá com seus filhos. As pessoas estavam começando a chegar para aproveitar o ar livre no intervalo do almoço. Era o lugar preferido de Drew e sua época do ano preferida. Achava que o surpreenderia se tirasse algumas fotos e as enquadrasse; desse jeito, ele teria para sempre um pedaço do verão.

Essa era a Regra 4, da maneira como a interpretava.

Sydney já sabia do que Drew gostava e o que odiava, então a primeira parte da regra não lhe dizia respeito. No entanto, podia se dedicar a algo de que Drew gostasse.

Encontrou uma mesa de piquenique aberta sobre uma das mais jovens árvores de bordo que a prefeitura tinha plantado, havia cerca de cinco anos. Lhe dava um pouco de cobertura ao mesmo tempo em que, de certa maneira, também mantinha as fotos sob a luz do sol. Não queria precisar acionar o flash.

Depois de acomodar-se à mesa, abriu a bolsa carteiro e pegou a câmera. Ligou-a e olhou através do visor.

A distância, uma mãe tirava seu bebê de um carrinho. Ela passava o nariz no do garotinho, dando beijos de esquimó. Sydney aumentou o zoom e tirou três fotos. Resistiu à vontade de conferir o resultado no visor digital. Queria deixar como uma surpresa para quando chegasse em casa.

Sydney continuou, encontrando uma mãe e sua filha perto do lago. A mãe apontou para os cisnes e a garotinha foi para perto da mãe, caminhando devagar, com medo de espantar os cisnes.

A mãe surgiu com um saco de pão dormido e as duas jogaram migalhas na água.

Sydney bateu várias fotos. A garotinha dava risadas enquanto a mãe sorria ao observá-la somente, nada mais.

Muito tempo atrás, Sydney e a mãe eram assim. Antes de a Sra. Howard se focar em trabalho, vinham juntas ao parque para alimentar os cisnes. Depois, compravam sorvete na Dairy Scoop. Sydney sempre escolhia o de cheesecake de morango, e a mãe, o de chocolate simples. Mas elas dividiam, então Sydney aproveitava das duas porções.

Parecia ter sido há séculos. Como se não fossem lembranças dela, mas talvez de outra pessoa em uma vida passada.

A Sra. Howard prometera diminuir as horas de trabalho, ficar mais em casa, mas ultimamente tinha voltado à sua antiga rotina, passando as noites em Hartford. Sydney não a via desde quarta-feira de manhã e até mesmo este encontro tinha sido breve.

Pelo menos ela passaria o fim de semana em casa. Provavelmente conseguiriam sair juntas.

♥

— Mãe? — Sydney colocou a bolsa sobre a mesa da sala de estar. — Mãe?

A televisão da sala de estar estava desligada. Aquele relógio de peixe estúpido ficava fazendo tique-taque com a cauda.

— Mãe?

Ainda sem resposta.

Sydney procurou na sala de estar e na de TV. Depois no banheiro e nos três quartos.

A mãe não estava em lugar nenhum.

Na cozinha, Sydney foi pegar uma Coca-cola quando alguma coisa na porta da geladeira chamou sua atenção. Era um bilhete com a letra da mãe.

Primeiramente, achou que a mãe tinha ido ao supermercado ou algo do tipo, mas o bilhete era mais longo que isso, uma página inteira de letra cursiva inclinada.

Queridos John e Sydney,

Queria muito fazer isso dar certo. Queria ser uma esposa, ser uma boa mãe. Eu costumava ser, numa época, lembra-se, Sydney? Às vezes me pergunto o que aconteceu com aquela mulher. O trabalho dominou a minha vida, não nego isso. Mas gosto de trabalhar. Gosto de trabalhar muito. Gosto da responsabilidade. Gosto de ser importante.

Vocês dois se viram sem mim. Nesses últimos meses, me senti uma impostora em minha própria casa. Sinto como se não pertencesse a este lugar, e não sei por quê. Não sei como resolver isso. No trabalho, é isso que eu faço, resolvo as coisas, organizo, tomo decisões importantes para fazer com que tudo corra bem na empresa, mas em casa, me sinto perdida e não gosto dessa sensação.

Há um enorme cliente em potencial com quem estamos trabalhando na Itália, e fui chamada para ir até lá. Não sei quando volto para casa. Nem se voltarei.

De qualquer forma, às vezes acho que vocês vão ficar melhor sem mim.

Lembrem-se de que amo vocês de todo o coração.

Mamãe.

Sydney cerrou os dentes enquanto olhava para o bilhete preso à geladeira com um imã de plástico em forma de abacaxi, como se fosse uma lista de compras ou algo até menos importante.

Lágrimas embaçaram sua visão, e ela cerrou ainda mais os dentes.

Sua mãe foi embora? Para sempre?

Assim?

Sydney pegou o telefone da bolsa e discou dois, na discagem rápida. A secretária eletrônica atendeu imediatamente.

"Aqui é Anita. Deixe seu recado e eu retorno a sua ligação."

Bipe.

— Mãe! Como você pôde fazer isso! — gritou Sydney. — Espero nunca mais ter que ver a sua cara de novo!

Sydney apertou com força a tecla FIM do celular e desmoronou sobre a bancada da pia, dominada pelos soluços.

♥

— Você podia pelo menos se sentar por um segundo? — disse Drew, colocando delicadamente uma das mãos sobre o ombro de Sydney.

Ela virou-se bruscamente para ele.

— Não quero me sentar.

Ele recuou e colocou as mãos para o alto.

— Tudo bem.

Fazia duas horas que Sydney tinha chegado em casa e encontrado o bilhete da mãe. Desde então, tinha ligado para o celular dela mais seis vezes e todas caíram na caixa postal.

E quando o pai chegou em casa e leu o bilhete, em vez de ficar enfurecido e também ligar para o celular da esposa, tinha simplesmente balançado a cabeça e desaparecido na sala de TV.

Sydney não o vira mais depois disso.

O que estava acontecendo com seus pais? Eram alienígenas? Incapazes de sentir emoção? Por que o pai não estava furioso? Por que não estava batendo portas e atirando coisas para o alto? Qualquer marido normal estaria andando furioso pela casa, mas não, o pai de Sydney foi para a salinha de TV e provavelmente tinha começado a colocar seus livros de história em ordem alfabética.

E a mãe...

Ela não se importava com a família que tinha? Tinha considerado o que aquilo representaria para Sydney ou para o marido? Em vez disso, tinha simplesmente se mandado para a Itália. Trabalhar lá era provavelmente uma curtição. Aparentemente ela não amava a família o suficiente para ficar por perto e tentar resolver as coisas.

O que Sydney tinha feito de errado? Devia ter conversado mais com a mãe? Ter tido mais tempo para ela?

Sydney sentou-se na cama e colocou a cabeça entre as mãos. Talvez tenha sido ela a razão pela qual a mãe partira. Talvez tenha afastado a mãe porque não era fofa, cheia de vida e calorosa como Kelly. Talvez devesse ter insistido mais em ser uma boa filha. Precisava admitir que não tinha uma relação tão boa com a mãe como quando era criança.

Quando estava no ensino fundamental, a mãe era sua heroína. Queria passar o tempo todo com ela. E atualmente Sydney sentia a distância aumentando, mesmo antes de a mãe dedicar a maior parte do tempo ao trabalho. E talvez fosse essa a razão pela qual tinha se focado mais na SunBery Vitamins do que na família.

Se Sydney tivesse precisado da mãe um pouco mais, talvez ela não tivesse voltado sua atenção para o trabalho.

— Syd? — perguntou Drew, pegando a mão dela. — Tem alguma coisa que eu possa fazer pra ajudar?

Ela negou com a cabeça, mantendo os olhos apertados.

— Pode ir — murmurou ela. — Só quero ficar sozinha.

Ele soltou a mão dela e levantou-se, indo até a porta.

— Se precisar de mim, estou na casa do Todd.

— Tudo bem — ela conseguiu dizer quando passos dele já desapareciam no corredor.

Julho

Vinte

Regra 17: *Sempre esteja linda na companhia dele!*

Kelly pegou o celular quando começou a tocar na cômoda. Viu a foto de Alexia na tela, dando a língua. Kelly sempre ria quando Alexia ligava e aquela foto aparecia.

— Oi! — disse ela assim que atendeu.

— Oi, Kel. — Alexia não soava tão alto-astral quanto Kelly pensou que deveria estar. Era Quatro de Julho! Dia de festa e comemoração da independência! E, mais importante ainda, dia de fogos de artifício!

— O que você vai fazer hoje à noite? — perguntou Kelly.

— Vou ao parque. Vou encontrar com Ben lá mais tarde.

Kelly sentou-se na cama e voltou a folhear a nova edição da *Teen Vogue*. Passou os olhos nos *looks* buscando inspiração para a festa de hoje à noite. Não que tivesse, ou mesmo pudesse comprar, o tipo de coisa que havia dentro das páginas daquela revista. No entanto, era bastante fácil encontrar versões mais baratas. Era só saber onde procurar.

— O que você vai fazer?

— Encontrar com Adam no parque.

— Sério? — Alexia finalmente pareceu mais animada. — O que você vai vestir? Vai fazer o cabelo ou coisa do tipo? Eu disse que vocês eram perfeitos um para o outro. É o Código em ação.

Kelly revirou os olhos. Tudo bem, estava agradecida pela ajuda e pelo entusiasmo da amiga, mas tecnicamente, hoje à noite, estavam saindo apenas como amigos, e Kelly não tinha nem cem por cento de certeza de que gostava de Adam.

Ele era gato e superlegal, e tinha um lado doce e sentimental, mas...

Simplesmente ele não era Drew. E estava sendo bem difícil esquecer isso. Não que ela fosse loucamente apaixonada por Drew, era apenas... ah, não conseguia nem explicar para si mesma se tentasse. Era complicado demais para expressar em palavras.

— Você precisa de ajuda para se arrumar? — perguntou Alexia antes mesmo que Kelly tivesse a oportunidade de responder aos bilhões de perguntas que ela tinha feito.

Kelly estava quase dizendo não, que estava bem, mas Alexia a interrompeu.

— Sabe de uma coisa? Estou entediada mesmo. Por que não passo aí e te ajudo a seguir a regra 17: *Sempre esteja linda na companhia dele!* — Ela suspirou profundamente. — Chego aí em cinco minutos.

— Espera, Lexy!

A linha ficou em silêncio. Kelly tirou o telefone do ouvido e apertou a tecla FIM. Arfou, colocando o telefone e a revista de lado. De repente, sentiu vontade de encher a cara de chocolate. De preferência cookies com gotas de chocolate. Quando chegou ao corredor, escutou o som familiar de *video game* vindo do quarto de Todd. Todd gritava alguma coisa sobre velocidade turbo e comer poeira, e Drew respondia com uma retaliação envolvendo um chute na cabeça.

Kelly olhou para o quarto de Todd.

— Oi — disse ela.

Todd ignorou-a, mas Drew ergueu os olhos e disse, "Oi" em reposta, o que estimulou Todd a cumprimentar. Drew voltou-se para a tela da televisão e lamentou.

— Você está acabado, cara — disse Todd. — Não devia ter tirado os olhos da tela.

— Não tem importância. — Drew jogou o controle na cama. Passou a mão no rosto e nos cabelos, deixando uma trilha de cabelos negros bagunçados. Estava tão lindo naquele momento. Kelly às vezes desejava que pudesse apertar os olhos e fazê-lo desaparecer. Assim, não precisaria vê-lo tão lindo e tão Drew.

— Preciso mijar. — Todd levantou-se e passou por Kelly, cutucando a costela dela.

Ignorando o irmão, Kelly entrou no quarto dele e empurrou para o lado algumas roupas sujas na cama para poder se sentar ao lado de Drew.

— Você e Sydney vão para o parque hoje à noite? — Disse a si mesma que não se importava para onde ele ia ou deixava de ir, mas na realidade se importava.

Drew esticou o braço para pegar a garrafa de água da mesa.

— Vamos. — Ele deu um gole e colocou a tampa de volta. — Umas oito horas, acho. Você vai?

Kelly fez que sim com a cabeça.

— Com Adam.

Drew esticou as costas na cama, apoiando-se pelos cotovelos.

— Ele parece um cara legal.

— É. — Kelly ficou de lado, cruzando as pernas tipo índio. — Ele é ótimo e tudo o mais, mas...

— Mas o quê?

— Não sei. É só que... Não deu o clique, sabe? Talvez isso não faça sentido.

Drew sentou-se e virou-se também, o joelho roçando no de Kelly. Ela estremeceu.

—Sim, faz — disse ele. — Faz total sentido.

— Quero gostar dele.

Drew deu de ombros.

— Não tem como forçar esse tipo de coisa, Kel.

— Sim, eu sei.

— Talvez não fosse melhor você contar pra ele... sabe... antes de ele ficar envolvido demais?

Kelly finalmente ergueu o olhar e encontrou os olhos azul neon de Drew escondidos por trás dos óculos de armação preta. Ultimamente vinha usando mais os óculos. Por mais bonitos que fossem os olhos dele, Kelly achava que ele ficava tão bem com eles quanto sem, e já tinha dito isso para ele.

— É — disse ela, engolindo em seco. — Talvez.

Todd bateu palmas à porta do quarto.

— Pronto pra levar uma surra?

— Tenho que ir. — Kelly levantou-se rapidamente. — Alexia vai passar aqui.

À porta, olhou para trás e cruzou com o olhar de Drew. Ele piscou e desviou o olhar.

Um calor subiu pelo pescoço de Kelly e espalhou-se pelo rosto. De repente sentiu um imenso frio na barriga.

Saiu do quarto apressada.

♥

Alexia pegou uma blusa listrada azul sem manga do armário de Kelly e lhe entregou.

— Experimenta esta.

Kelly suspirou e virou-se para trocar de roupa.

— Acho que gosto mais do short jeans que do cáqui — disse Raven empoleirada na quina da escrivaninha de Kelly.

Sydney balançou a cabeça.

— O cáqui.

Quando Alexia decidiu ir até a casa de Kelly para ajudá-la a se arrumar para a comemoração do Quatro de Julho no parque, achou que seria divertido também chamar Sydney e Raven, e reunir todas as garotas.

E tirar sexo e Ben da cabeça estava ajudando Alexia. Pelo menos sabia que hoje estava segura. Iam para o parque. Parque significava nada de quarto e de cama, o que definitivamente significava nada de sexo.

Pelo menos sabia que esta noite poderia respirar e apenas se divertir.

Kelly deu meia-volta e levantou os braços.

— O que vocês acham?

Raven deu de ombros.

— Ainda prefiro o short jeans.

— Gosto do que você está vestindo — disse Sydney.

Alguém bateu na porta. Kelly abriu-a e Drew entrou de forma casual. Ele sentou-se ao lado de Sydney, dando-lhe um beijo nos lábios.

Até mesmo ele parecia desconfortável perto de Sydney, como se ela fosse morder a qualquer momento.

Todo mundo sabia que a Sra. Howard tinha ido para a Itália, deixando para trás apenas um bilhete, mas Sydney não estava falando sobre isso, assim como não falava sobre o fato de Drew ter terminado com ela uma vez, no início do ano.

Parecia bem agora, mas todos ali sabiam que os sentimentos reprimidos dela podiam extravasar a qualquer momento. Alexia se esforçava para não ser o gatilho, evitando falar sobre a Sra. Howard ou perguntar como ela *realmente* estava. Sydney falaria quando se sentisse preparada e se não falasse, bem... então... testemunhariam o ataque de nervos, que serviria como uma terapia a seu modo.

— Vocês estão quase prontas? — disse Drew, colocando um braço nos ombros de Sydney.

Kelly olhou para ele, depois para seu braço em Sydney. Desviou o olhar rapidamente, focando a atenção nos sapatos que estavam no chão do armário.

— Estou pronta — disse Alexia.

— Eu também. — Raven levantou-se, checando o celular para ver se recebera alguma mensagem. — E também tenho que encontrar com uma pessoa lá.

Sydney franziu a testa.

— Com quem você vai encontrar?

— Hum, alguém que se mudou lá pra perto de casa.

— Legal. — Kelly vestiu as sandálias de dedo. — Vamos, então.

♥

Estacionar em dia de evento era sempre extremamente difícil, especialmente no Quatro de Julho. Em vez de dirigir as quatro quadras até o parque e lutar para conseguir uma vaga, o grupo foi caminhando, saindo da casa de Kelly.

O sol estava começando a se pôr e as temperaturas altas do dia desapareciam com ele. Nuvens pontilhavam o céu como pinceladas delicadas e a lua não chegava a ser uma lasca.

Alexia acompanhava Raven, que estava praticamente correndo para o parque, enquanto Kelly, Todd, Sydney e Drew estavam bem atrás.

— Então, quem é essa pessoa com quem você vai encontrar? — perguntou Alexia mais por curiosidade do que outra coisa.

— Só uma pessoa que se mudou pra vizinhança. Mamãe pediu que eu apresentasse os lugares pra ele.

Alexia ergueu uma sobrancelha.

— Ele?

Raven apertou os lábios e lançou um olhar irritado para Alexia.

— Ele é legal. Só um amigo.

A duas quadras do parque, os carros lotavam o meio-fio ao longo das ruas laterais. As pessoas caminhavam em grupos em direção ao centro da cidade, as mãos e braços sobrecarregados com coolers, cestas de piquenique e cadeiras de armar dobradas.

Alexia ia trazer cadeiras, mas não sabia quais eram os planos de Ben. Decidiu aparecer de mãos vazias, uma vez que Ben era do tipo aventureiro, que gostava de ser levado pelo momento. Talvez fosse querer sair do parque principal e dirigir até o parque estadual, depois subir o Sky Trail para assistirem aos fogos de uma colina. Ou talvez fosse pegar o barco dos pais emprestado e levá-lo até o lago Garver.

Quando o grupo chegou ao parque, começaram a desviar de cadeiras de armar e cangas estendidas na grama. As crianças corriam pelo playground, gritando e rindo, os pais de olho logo ali perto.

O ar cheirava a churrasco, cachorro-quente e fogos de artifício.

— Aonde estamos indo exatamente? — perguntou Sydney, alcançando Raven e Alexia.

Kelly também se apressou, deixando Drew e Todd para trás.

— Disse para o Blake que o encontraria perto do chafariz — disse Raven.

— Vou ligar para o Adam e dizer que me encontre lá também. — Kelly pegou o celular da bolsa. — Oi — disse ela quando Adam atendeu. — Você já está aqui? — Kelly fez que sim. — Tá, então me encontra no chafariz.

Alexia apertou o ombro de Kelly.

— Você é tão sortuda.

— Por quê? — Kelly franziu a testa.

— Aposto que todas as garotas daqui estão olhando pra ele.

— É — disse Kelly de maneira distante, olhando de relance para trás, longe do chafariz onde Adam estaria.

E o que estava havendo com ela? Ia sair com o cara mais gato da região, mas não estava nem um pouco animada em encontrá-lo. O Código da Atração não estava dando certo? Talvez Adam não estivesse reagindo ao Código como Alexia tinha esperado? Talvez estivessem faltando algumas regras.

— Lá está o Blake — disse Raven, apontando para um garoto baixo ao lado de um cara realmente alto.

— Qual deles é o Blake? — perguntou Sydney.

— O que está de boné preto.

Blake parecia ter a idade deles, talvez um ano mais velho. Além do boné preto, vestia tênis de skatista e jeans largos. Usava um bracelete preto no pulso.

Sydney diminuiu os passos, olhando para o realmente alto.

— E ele?

— Ah — disse Raven —, aquele é o se..., uh, o tio de Blake.

Raven apresentou todo mundo. Blake e Mil-D deram um aperto de mão em todo mundo.

— Legal conhecer vocês — disse Blake, indo ficar bem ao lado de Mil-D.

— Kel? — Adam apareceu atrás de Kelly, passando os dedos na nuca dela.

Ela se virou e lançou-lhe um sorriso amigável.

— Oi.

— Você está linda. — Adam curvou-se para beijar o rosto de Kelly, o que fez Drew expressar desaprovação e desviar o olhar.

O que aquilo significava? Kelly perguntou-se.

— Tenho uma coisa pra te mostrar — falou Adam para Kelly, e depois se virou para o grupo. — Posso roubar ela? Se vocês não se importarem?

— Vá em frente — disse Alexia. Para Kelly ela sussurrou "boa sorte".

Os dois saíram com todos os observando. Alexia desejava que ela e Ben fossem assim novamente, um casal recente apenas se conhecendo, sem pressão em relação a sexo.

— Drew? — Sydney pegou a mão dele, e ele piscou.

— Oi?

— Vamos lá buscar alguma coisa pra beber.

— Tudo bem — respondeu ele.

Eles também saíram, deixando Alexia e Raven com Blake, Mil-D e Todd. Os dois últimos engataram em uma conversa sobre *video game*. Blake e Raven estavam tendo a própria conversa sobre andar de skate.

Raven sorria, pestanejando quando olhava para Blake. Como ela conseguia enxergá-lo por trás da aba daquele boné,

Alexia não sabia. Quando Blake desapareceu para buscar uma garrafa de água, Alexia puxou Raven de lado.

— Não sei se você sequer se deu conta de que está fazendo isso, mas você está meio que flertando com Blake — disse Alexia. — E o Horace?

O sorriso de Raven rapidamente transformou-se em uma expressão séria.

— Não estou flertando com ele. Somos só amigos.

— Bem, não parece que vocês são só amigos.

Raven levou as mãos aos lábios e ajeitou os ombros. Enormes argolas de prata balançavam em suas orelhas.

— Sabe de uma coisa, Alexia? Você podia parar de se meter na minha vida. — Depois dessa, ela saiu de forma arrogante, deixando Alexia sozinha ao lado do chafariz, o barulho da água de repente parecendo alto demais para seus ouvidos.

Estava sendo intrometida demais? Só queria que Raven se lembrasse de Horace e pensasse em como ele se sentiria se visse Raven agora. Será que *Raven* conseguia ver a si mesma neste momento? Porque não importava o que dissesse, ela *estava* flertando com Blake, e Blake mal conseguia tirar os olhos dela.

Vinte e um

Regra 14: *Faça-o notá-la! Atraia a atenção dele! Atraia-o até você!*
Regra 26: *Não se sinta obrigada a dizer a suas amigas de quem você está a fim!*
Regra 30: *Não diga a qualquer um que está a fim de alguém, a menos que possa confiar que essa pessoa não contará a ninguém!*

A animação flutuava pelo ar como as faíscas dos fogos de artifício, mas Sydney simplesmente não conseguia se sentir assim. A Regra 14 do Código da Atração dizia, *Faça-o notá-la! Atraia sua atenção!* Mas Sydney não se sentia sequer presente, muito menos sorrindo, flertando e fingindo que tudo estava bem. Só queria estar em casa, enroscada na cama, lendo um livro com um balde de pipoca ao lado.

E, ainda mais importante, queria estar sozinha. Não tinha nada a ver com Drew ou os amigos. Só queria um tempo para si, para tentar entender as coisas. Talvez fosse ter esse tempo amanhã, sair para algum lugar com a câmera.

— Precisa de alguma coisa? — perguntou Drew, segurando firme a mão dela, como se estivesse com medo de que, se a soltasse, fosse perdê-la.

— Na verdade — ela se sentou em um dos balanços abandonados pelas criancinhas agora que a noite tinha caído —, você podia ver se consegue encontrar *palmier*? Estou sentindo o cheiro, mas não consigo encontrar.

Drew fez que sim com a cabeça e passou os dedos nas costas dela.

— Acho que vi alguém vendendo na entrada dos fundos. Vou lá.

— Obrigada.

Ele desapareceu em meio à multidão, e Sydney se agarrou ao balanço, apoiando a cabeça em uma das correntes e fechando os olhos. O barulho do parque era quase ensurdecedor. As conversas se misturavam com o barulho dos fogos de artifício, zunindo e estourando. Crianças gritavam, pais as chamavam, uma dor de cabeça brotava na base de seu crânio. Ela gemeu.

Dentro de minutos, Drew voltou com um enorme *palmier* na mão.

— Encontrei um — disse ele, entregando-o para ela.

— Obrigada. — Ela deu uma mordida. Estava morninho, doce e macio. Seu mau humor quase diminuiu. Pelo menos comida nunca a desapontaria.

— Mais alguma coisa? — perguntou Drew, sentando-se no balanço ao lado dela.

Ela queria a câmera fotográfica, mas não pediria que Drew fosse até a casa dela buscar. Devia ter pensado em trazê-la.

— Podemos só ficar sentados olhando tudo?

Mais crianças berraram quando os fogos formaram uma cascata de raios dourados na semiescuridão. Alguns cachorros latiram com o barulho e a luz.

— Claro — respondeu Drew, mexendo com as pontas dos pés nas lascas de madeira espalhadas em meio à areia.

E foi assim que passaram o resto da noite, sentados em silêncio até os fogos de artifício acabarem.

♥

Kelly estava apoiada sobre os cotovelos na manta que Adam tinha esticado para os dois. Era de lã azul, no mínimo *queensize*. Também tinha enchido um cooler com Pepsi e água e colocado alguns brownies ao lado. Ele era tão absurdamente perfeito que Kelly era capaz de se casar com ele naquele exato segundo se não fosse a coisa toda da falta de química.

— Tudo bem? — perguntou Adam, virando-se de lado.

Kelly fez que sim com a cabeça.

— Você foi perfeito.

— Sério? Porque você parece... não sei... estar em outro lugar.

Kelly finalmente olhou para ele. O tecido de algodão da camiseta dele marcava os bíceps e abraçava o peitoral definido. A camiseta tinha levantado um pouquinho, então Kelly podia ver um pedaço da barriga *extremamente* definida e o cós da cueca Calvin Klein.

Mentalmente ela estava, de fato, em outro lugar, mas querendo se matar por isso.

Queria estar ali, concentrada em nada, a não ser em Adam. Mas só conseguia pensar em Drew.

Por que ele tinha feito aquela cara quando Adam disse que ela estava bonita hoje? Drew tinha comentado mais cedo que achava que Adam parecia ser um cara legal, e no entanto aquela expressão tinha transparecido outra coisa.

Será que ele achava que Adam estava jogando com ela? Será que Adam *estava* jogando com ela?

Kelly repreendeu a si mesma. Tecnicamente podia-se dizer que Kelly estava jogando com Adam. Tinha admitido para si mesma *e* para Drew que não estava atraída por Adam. Mas continuava saindo com ele.

Alguém alto e de cabelos negros se balançava lentamente em um balanço a apenas 6 metros de onde Kelly estava. Uma explosão vermelha de fogos de artifício iluminou seu rosto, e Kelly sentiu um frio no estômago.

Era Drew.

Ao lado de Kelly, Adam suspirou. Ela desviou os olhos de Drew.

— O que foi? — perguntou ela.

Adam sentou-se.

— Você está em outro lugar, não está? — Ele acenou na direção de Drew.

— Oh... — Que bom que tinha começado a ficar escuro. Kelly sentiu o rosto quente como brasa. — Drew... ele é só um amigo.

— Kelly. — Adam virou-se para ela. — Gosto de fingir que sou escritor, lembra?— Ele sorriu. — Se eu não conhecesse as pessoas ou o jeito delas quando estão zangadas, irritadas, apaixonadas... então não deveria ser um escritor. — Ele cutucou-a. — Eu conheço esse olhar.

Ela começou a balançar a cabeça, mas depois olhou para a manta e passou os dedos pelo tecido macio. Seria tão fácil ficar aqui, ficar com Adam e se forçar a gostar dele.

Seria um caminho fácil.

Mas ela não queria.

O que queria fazer era se levantar e ir correndo até Drew e então...

Bem, não sabia exatamente o que faria depois disso. E Sydney? E Adam?

Estava tudo errado.

— Eu vim aqui com você — disse ela para Adam. — E gosto de sair com você.

Como amigo, pensou ela.

Mais fogos de artifício estouraram no céu, iluminando o rosto de Adam agora que a noite estava mais escura. Ele segurou-a, puxando-a mais para perto. O coração dela ficou em pânico dentro do peito. Ele estava tentando beijá-la?

Ele sussurrou no ouvido dela.

— Tem um poema — disse ele — que minha avó costumava declamar o tempo todo. "O amor é um animal selvagem correndo pela floresta." Ela dizia: "Se você vir o animal selvagem, Adam, corra atrás dele. Não deixe que ele escape." — Ele afastou-se, olhando Kelly nos olhos.

Fogos púrpura surgiram na escuridão. Kelly ergueu o olhar, vendo Drew a distância. Ele estava apoiado na corrente do balanço, olhando para os fogos sem muito entusiasmo.

— Ele é o namorado da minha melhor amiga — Kelly se ouviu dizer. — Simplesmente não posso.

Drew percebeu que ela estava olhando. Endireitou-se no balanço e levantou alguns dedos em um aceno quase imperceptível.

Era errado. Errado. Errado. Errado.

Não podia. Nunca.

Ela desviou o olhar.

— Vou ficar aqui com você — disse ela para Adam, decidindo que o caminho mais seguro era ficar ali com ele.

Vinte e dois

Regra 7: *Seja corajosa e ousada! Veja a vida como uma aventura!*

Regra 18: *Respeite-se! Exija que ele também respeite você!*

Regra 19: *Não permita que ele pressione você a fazer algo que não queira! Faça apenas coisas que* você *e apenas* você *queira fazer e com as quais se sinta confortável!*

O celular de Alexia tocou dentro da bolsa. Ela pescou o aparelho lá dentro e sorriu quando viu que era Ben. Ela afastou-se de Raven e Blake.

— Oi — disse ao atender.

— Oi. Onde você está?

— Estou perto da fonte. Você está aqui?

Alexia esperou uma resposta, mas quando nenhuma veio achou que talvez a ligação tivesse caído.

— Ben? — Nada ainda.

Fogos estouravam atrás de Alexia, várias crianças passavam gritando e rindo. Ela tapou o outro ouvido.

— Ben, você está aí?

— Rá! — Alguém cutucou sua costela. Ela gritou e se virou.

— Te peguei — disse Ben.

— Ah, meu Deus. É você! — Ela guardou o telefone e levantou os braços para bater nele, mas ele a pegou pela cintura, a rodopiou e deixou que seu corpo se inclinasse para trás.

— Ben! — Alexia ria enquanto segurava nos braços dele com força. — Me levanta!

E assim ele fez, envolvendo-a em seus braços e puxando-a para um beijo demorado.

— Estou tão feliz de estar aqui com você e não no barco com meus pais. — Ele suspirou, passando as mãos pelos cabelos sem corte. Os cabelos dele formavam cachos na nuca e em volta das orelhas. Provavelmente isso deixava os pais dele malucos, e essa provavelmente era uma das razões pelas quais ele os deixava longos.

— Então o churrasco não foi tão bem? — perguntou Alexia.

— Foi tão bem quanto a Revolução Francesa. Mas eu finalmente recebi meu presente de formatura, que meio que compensou o fracasso que foi o encontro de família.

— O que você ganhou?

— Vem comigo. — Ele a pegou pela mão e a puxou pelo parque, esquivando-se de mais fogos, desviando de mantas, cadeiras de armar, até que enfim chegaram às ruas.

— Aonde estamos indo? Vamos perder os fogos!

Eles caminharam por uma quadra e depois viraram à direita rumo ao estacionamento que ficava atrás da padaria Wendell. Ben levou Alexia na direção de um jipe Wrangler verde-escuro e parou.

— O que estamos fazendo aqui? — perguntou ela, olhando ao redor. — Onde...

Ela finalmente entendeu. Olhou para o jipe novamente e então para Ben. Os dentes branco-perolados brilhavam em um grande sorriso.

— Você ganhou um jipe novo?

— Sim. Esse é meu presente de formatura.

— Oh, meu Deus, Ben! Isso é maravilhoso. — Alexia percorreu com os dedos a lataria lisa e reluzente. Ela contornou todo o veículo. A capota estava baixa, e as portas abertas.

— Quer dar uma volta? — Ben balançou as chaves na mão e mexeu as sobrancelhas.

— Mas e os fogos?

— Se a gente se apressar, podemos ir até o parque estadual e pegar o fim do espetáculo.

Alexia passou os dentes sobre o lábio inferior.

— Certo. Vamos lá.

♥

Ben reduziu a marcha quando viraram para o parque estadual. O vento despenteou os cabelos de Alexia, e ela os afastou do rosto.

— Que maravilha — disse ela, imaginando-os passando o resto do verão passeando por Birch Falls no novo jipe. Seria perfeito.

— Eu sei — disse Ben —, eu amei. A melhor coisa que já ganhei.

Encontraram uma vaga e desceram do carro. Os fogos estouravam ao longe, as fagulhas iluminando o céu de vermelho. Não havia outros carros ali, o que significava que tinham o parque inteiro para eles. Só para eles.

— A gente podia subir até a Sky Trail — disse Ben, segurando a mão de Alexia, enfiando os dedos entre os dela. — Ah, espere. Eu trouxe uma manta. — Ele a pegou no jipe e os dois seguiram pela escada que os levaria ao topo da Sky Trail.

Quando chegaram ao topo, Alexia estava sem fôlego, mas os fogos iluminavam o céu e ela queria ver pelo menos *um pouco* deles. Apressaram-se pela trilha de terra até a extremidade do monte perto do lago Garver.

Ao encontrarem um espaço entre as árvores, esticaram a manta e se sentaram. Fogos de artifício roxos e laranja estouravam a distância. Ben deitou-se, colocando as mãos sob a cabeça. Alexia deitou-se ao seu lado, aconchegando-se em seu braço.

— É lindo. — Alexia suspirou. Deviam estar a cerca de 8 quilômetros do parque da cidade, mas ainda assim os fogos eram espetaculares, as cores mais vibrantes que nunca. E Alexia gostava do silêncio.

Ela se sentou e olhou nos olhos de Ben.

— Oi — disse ele.

— Oi. — Ela se inclinou e o beijou suavemente. Estava tudo perfeito, e ela queria compartilhar isso com Ben. Ele se sentou e Alexia se apoiou na manta. Ben passou os dedos pelos cabelos dela, depois na nuca. Ela estremeceu, puxando-o para mais perto quando ele começou a passar a língua delicadamente pelos lábios dela.

Cada nervo do corpo de Alexia ficou alerta. Ela começou a sentir um frio na barriga, e de repente parecia não conseguir pensar direito. O beijo passou de delicado e inocente para urgente e intenso. Alexia podia sentir o coração de Ben batendo forte contra seu peito.

— Acho melhor a gente parar — disse Ben, ainda beijando-a.

Sim. Sim, é melhor pararmos, pensou ela, mas não queria.

Ben abaixou as mãos e tocou a pele nua que ficava exposta fora da blusa de Alexia. Os dedos dele estavam quentes, macios sobre a pele dela. Alexia estava ofegante.

Pare, Alexia pensou novamente, mas então a mão de Ben subiu ainda mais sob sua blusa e tudo que podia pensar era, *continue. Continue.* Os dedos dele acariciaram as costelas e depois seguiram para o sutiã.

Oh, meu Deus.

Ben afastou os lábios da boca de Alexia e desceu para o pescoço.

— Você quer que eu pare? — perguntou ele.

Diga alguma coisa, pensou Alexia, mas ela parecia não conseguir conectar o cérebro com a boca, e a mão dela agarrou a nuca de Ben para mantê-lo ainda mais perto. Não queria parar.

Vinte e três

Regra 6: *Faça-o se sentir especial, como se ele fosse o único garoto no mundo!*

Raven virou o Nissan Sentra na direção do estacionamento do aeroporto e dirigiu pelo labirinto para encontrar uma vaga. Finalmente encontrou uma a cinco minutos do prédio, mas ainda tinha vinte minutos até a hora programada para a chegada de Horace. Queria chegar ali o quanto antes para não fazê-lo esperar mais do que precisava.

Depois de desligar o carro, Raven jogou as chaves na bolsa e checou a imagem no espelhinho do quebra-sol.

Dentes brancos? Ok.

Gloss nos lábios? Ok.

Maquiagem no lugar? Ok.

Passou a mão pelos cabelos uma vez, depois outra. Queria que estivesse perfeito. Tinha secado com o secador para que ficasse completamente liso. Queria que ficasse com volume, mas em vez disso ficava caindo no rosto como uma cortina negra.

Talvez devesse ter usado o gel modelador de ondas Giovanni Vacell e optado pelo visual despojado.

Por que você está se preocupando tanto? Horace vai te amar de qualquer jeito.

Raven estava esticando a mão para a maçaneta quando o celular começou a tocar na bolsa. Sorriu para si mesma pensando que devia ser Horace e que ele devia ter chegado mais cedo! O visor do celular dizia que era Kelly. Os ombros de Raven se encolheram quando ela abriu o telefone.

— Alô — disse ela.

— Oi. Você falou com Alexia depois do Quatro de Julho?

Raven saiu do carro e trancou as portas.

— Não, por quê?

— Porque eu também não. Ela virou uma eremita.

— A relação dela e de Ben está mais séria. Eles mal saem para tomar um ar. Ela provavelmente está com ele.

— É.

— Bem — disse Raven, subindo o degrau da calçada na frente do aeroporto —, estou vindo buscar Horace agora. Posso te ligar mais tarde?

— Ah, esqueci que Horace estava chegando! Diz que eu mandei um abraço.

— Pode deixar.

— Até mais!

Se despediu e desligou.

As portas de vidro do aeroporto se abriram. Raven atravessou-as e foi em direção ao local de restituição de bagagens, onde Horace disse que a encontraria.

Ainda tinha 15 minutos. Agora era sentar e esperar.

Ela esbarrou com o ombro no ombro de alguém.

— Raven?

Com a coluna ereta, ela olhou para trás e viu Blake.

— O que você está fazendo aqui? — O pânico fez com que a voz dela ficasse estridente, o que a fez corar feito uma colegial bobinha.

Blake apontou para Mil-D na fila do McDonald's do aeroporto.

— Vamos passar alguns dias em Los Angeles. Mil tem que comer o McCrack dele antes de a gente embarcar.

Raven acabou rindo com a piada sobre o McDonald's, mas rapidamente reprimiu o riso quando um novo fluxo de pessoas começou a passar pelo aeroporto. Horace apareceu, o rosto bronzeado de sol, os cabelos alguns centímetros mais longos, acenando para ela acima das cabeças dos outros passageiros.

Ela engoliu em seco. Com força.

— Quem é aquele? — perguntou Blake, observando Horace abrir caminho entre as pessoas.

— Meu namorado — murmurou ela, e o sorriso perpétuo do rosto de Blake desvaneceu.

Ele enfiou as mãos nos bolsos dos jeans.

— Então esse é o namorado, é?

Horace se aproximou e colocou a mão na cintura de Raven.

— Oi — disse ele, a voz rouca atingindo as notas certas e fazendo o frio crescer na barriga.

Ele vestia jeans rasgados com fios brancos pendurados nos joelhos. A gola de uma camiseta branca aparecia sob uma camisa quadriculada vermelha, branca e amarela. Havia um colar no pescoço com um dente de algum tipo de animal pendurado nele.

Raven amava Horace, mas de repente ficou com as bochechas quentes ao observar Blake olhar para Horace. Queria saber o que ele estava pensando, e por alguma razão insuportável ela se importava mesmo com isso.

Será que Blake achava que Horace era um babaca, assim como o resto dos atletas da escola achavam?

— Oi — disse Blake, estendendo a mão. — Sou Blake, o novo vizinho de Raven.

Horace apertou a mão dele porque era um cavalheiro.

— Horace. Prazer.

— Prazer também.

Mil-D apareceu. O Big Mac que tinha nas mãos parecia minúsculo comparado ao seu tamanho.

— Já está pronto, filho? — perguntou ele entre uma mordida e outra. — Ray-ray!

— Oi, Mil — disse ela, segurando com mais força a mão de Horace. Queria dar o fora dali. Tipo agora.

Toda aquela situação lhe parecia errada. Não tinha motivo para se culpar — não tinha traído Horace —, mas o frio na barriga começou a ficar contraditório.

— Vamos — disse ela para Horace. — Divirta-se em Los Angeles — disse para Blake, agradecida porque, depois desse encontro desajeitado, ficaria alguns dias livre de Blake. Isso lhe daria um bom tempo para esquecer como foi divertido sair com ele. Ou como ele era fofo quando as pessoas o elogiavam.

Ele abaixou o boné ainda mais no rosto, escondendo os olhos.

— A gente se vê.

— Até mais, garotos — disse Mil-D, fazendo um sinal de paz antes de seguir atrás de Blake.

Horace curvou-se e beijou os lábios de Raven.

— Senti saudades — disse ele, com aquele sorriso discreto iluminando o rosto. Ele nem mesmo parou para perguntar sobre

Blake, ou Mil-D, ou por que Raven não tinha mencionado que o novo vizinho era um garoto da idade deles.

Ela o amava por isso, por essa confiança resoluta que tinha nela.

Só esperava que pudesse estar à altura de suas expectativas.

♥

Raven estacionou do lado de fora do Bershetti's.

— Está com fome? — perguntou ela, levantando uma sobrancelha para Horace.

— Na verdade, estou morrendo de fome. Os amendoins do avião não enchem muito.

Eles saíram do carro e Raven foi direto para o lado de Horace, pegando novamente na mão dele. Não conseguia soltá-lo desde o aeroporto.

— É por minha conta. — Ela abriu a porta do restaurante para que Horace pudesse entrar antes dela.

— Ray, você não precisa fazer isso.

Ela balançou a cabeça.

— Já fiz as reservas para o almoço. Além disso, quero fazer você se sentir especial hoje.

A regra 6 do Código da Atração dizia: *Faça-o se sentir especial, como se ele fosse o único garoto no mundo!*

Para ela, Horace era especial.

Entraram no restaurante e se sentaram perto das janelas. O sol batia na mesa. Estava tão claro que Horace não tirou os óculos escuros de aviador, e Raven colocou os enormes óculos escuros brancos.

— Aposto que está todo mundo olhando pra gente como se fôssemos loucos — disse ela, rindo. Horace deu de ombros.

— E daí? As celebridades fazem isso o tempo todo.

— Sim, mas nós não somos celebridades.

Ele chegou para a frente, cruzando os braços sobre a mesa.

— Falando em celebridades, você chegou a ver algo sobre o concurso que te falei? Com Kay-J?

Raven fez uma expressão meio sem graça.

— Humm... não.

— Ray. — Horace suspirou. — Por que não?

— Não quero ganhar nenhum concurso do tipo *American Idol*. Quero ficar com você, quero ficar com a October.

— A October vai estar sempre aqui. Você pode voltar a qualquer momento. Se você conseguisse esse emprego, pense na experiência que ganharia. Você seria boba em deixar essa oportunidade passar.

A expressão no rosto de Raven se suavizou ao ver a seriedade no rosto de Horace. Ele normalmente não era tão... bem, insistente. Ou direto.

— É quase como se você quisesse que eu saísse da October.

O pomo-de-adão de Horace se movimentou. Ela desejava poder ver seus olhos agora.

— Só não quero você esperando por alguma coisa que talvez não aconteça. Pode ser que a October nunca vá mais longe que Birch Falls, Connecticut, e não quero que você fique presa aqui por minha causa.

Raven franziu a testa. Ele estava começando a soar igual à mãe dela.

— O que significa isso?

Ele suspirou novamente e passou as mãos nos cabelos.

— Só me prometa que você vai pelo menos dar uma olhada no site.

— Tudo bem — disse ela rapidamente porque não gostava de vê-lo tão agitado. — Vou dar uma olhada quando chegar em casa.

Ele se inclinou sobre a mesa e a beijou.

— Obrigado.

Em seguida pegou o cardápio e comentou como tinha sentido falta da comida de Birch Falls.

Raven colocou uma expressão animada no rosto porque queria aproveitar a tarde, mas lá no fundo não conseguiu deixar de se perguntar se Horace não estava escondendo nada.

Ele queria terminar com ela? Era por isso que estava insistindo para que ela tentasse o concurso? Esse era seu jeito de se livrar dela com facilidade?

Não, não parecia algo que Horace faria. Tinha certeza de que se algum dia ele tivesse dúvidas sobre o relacionamento, falaria com ela antes de tomar qualquer decisão maluca sozinho.

Então o que exatamente significava aquilo tudo?

Vinte e quatro

Regra 3: *Use spray corporal de framboesa no corpo — isso deixa os garotos loucos!*
Regra 26: *Não se sinta obrigada a dizer a suas amigas de quem você está a fim!*

Sexta-feira de manhã, a caminho do trabalho, Sydney passou na farmácia da esquina da rua Mulberry com Danner para comprar hidratante labial. Não conseguiu achar o seu, e gostava de usar durante o trabalho porque fazia frio no hospital. Os lábios estavam sempre ressecados.

Dentro da farmácia, a assistente do gerente, Tammy acenou para Sydney do mostruário de um novo spray corporal.

— Tudo bem com você? — perguntou Tammy, abrindo uma caixa de papelão a seus pés.

— Tudo bem, obrigada.

Sydney foi direto ao setor de hidratantes labiais e pegou da prateleira dois tubos do de baunilha. Melhor ter um de reserva. Decidiu pegar uma garrafa de água também, já que estava ali, e foi até os freezers nos fundos da farmácia.

Quando passou por Tammy na frente da loja, Sydney parou, sentindo o perfume de alguma coisa doce.

— Que cheiro é esse?

Tammy ergueu o corpo e puxou as mangas da blusa florida.

— Spray corporal de framboesa. Um dos frascos estava vazando na caixa. Mas o cheiro é bom, né?

Sydney concordou com a cabeça, olhando para o display que Tammy organizava. Havia frascos de spray corporal de melão e pepino, de maçã McIntosh, de algo chamado gengibre havaiano e outro de cerejas japonesas.

Spray corporal de framboesa... por que isso estava fazendo sinos tocarem em sua cabeça?

O Código da Atração. Havia uma regra sobre spray corporal de framboesa deixar os garotos doidos. Esse tinha sido um dos acréscimos de Kelly ao novo código. Ela tinha uma prateleira inteira de sprays no quarto. A propósito, normalmente Sydney não usava spray ou perfume ou nada disso.

Spray corporal de framboesa realmente deixava os garotos doidos ou Kelly tinha inventado essa regra inútil porque na verdade não queria o Código da Atração?

Bem, o spray *tinha* um cheiro bom, de qualquer maneira. E Sydney não era avessa a experimentar coisas novas. Drew iria gostar? Iria ficar "doido"? Apesar de seus maiores esforços, Sydney ainda tinha que reacender a fagulha de seu relacionamento, e já estava quase frustrada de tanto tentar.

Tentar salvar um relacionamento com spray corporal era um ideia tão idiota, mas aqui estava ela, pegando um frasco da prateleira mesmo assim.

Depois de pagar, Sydney seguiu até o carro e borrifou o spray de framboesa na parte interna do pulso. Não queria que ficasse forte demais. Não queria sufocar as crianças do hospital. Mas um pouquinho não faria mal, faria?

♥

— Oi, Carl — disse Sydney quando entrou no quarto do garoto da Oeste Dois. — Tudo bem com você?

Carl, um garotinho de 11 anos que tinha acabado de fazer uma cirurgia no tornozelo, deu de ombros e ficou trocando os escassos 15 canais a cabo da TV.

— Estou entediado, tipo muito, muito entediado.

— Onde está sua mãe?

— Foi comprar o almoço.

Sydney pensou por um segundo e então perguntou:

— O que você acha de eu trazer o Xbox?

Carl parou de trocar os canais da TV e olhou para Sydney de olhos arregalados.

— Tem um Xbox aqui?

Sydney fez que sim com a cabeça.

— Com vários jogos também.

— Vocês têm Madden?

— Não sei, mas vou checar.

— Que legal! Obrigado.

Sydney foi até a sala multimídia e parou assim que entrou pela porta. Quin estava lá organizando os filmes.

Ele olhou para ela através dos óculos. Hoje o cabelo dele estava caído no rosto e ondulado, como se o tivesse lavado e deixado secar ao ar livre.

— Oi — disse ele endireitando os ombros.

— Oi. — Ela entrou na sala e foi até a prateleira do *video game*. Examinou os títulos, passando o dedo pela lombada de caixa de jogo. Havia tantos, mais do que em qualquer locadora que ela já tinha visto.

— Procurando alguma coisa? — perguntou Quin.

— Humm... Madden alguma coisa?

Quin foi até a terceira prateleira e puxou um jogo de futebol. Aqui está.

— Você sabe onde está tudo, não sabe?

Ele deu de ombros.

— Ah, ei, a propósito, estava querendo te dizer que vi sua foto outro dia no salão de arte. Fiquei realmente impressionado.

Um sorriso se espalhou rapidamente pelo rosto de Sydney.

— É mesmo?

Quin fez que sim com a cabeça.

— A composição de cores estava linda, e eu amei o movimento fluido do corredor.

Sydney nem mesmo fingiu saber sobre o que ele estava falando.

— Acho que não conheço muito a parte técnica da fotografia.

— Bem, você começou bem com o instinto. Pode aprender algumas técnicas. Se quiser, posso levar você pra tirar fotos um dia desses. Meu conhecimento tem que servir pra alguma coisa, certo?

— Sério? Você não se importaria?

— Não. Eu amo fotografia e as pessoas gostam de falar sobre as coisas que amam.

Sydney riu.

— Isso é verdade.

Mas o que Drew diria se ela saísse com outro garoto? Não havia nada de romântico em relação ao convite de Quin, mas isso não teria importância para Drew. Garotos não pensavam como garotas. Não era legal para uma garota sair com um cara com quem não estivesse romanticamente envolvida. Eram dois pesos e duas medidas, porque Drew saía com Kelly o tempo todo, e Sydney nunca dizia nada em relação a *isso*.

— Vou pensar sobre o convite — disse Sydney para Quin. — É que eu tenho namorado e não sei se ele... sabe, ficaria numa boa com isso. Mas obrigada pelo convite.

— Ah, sim, claro.

Ela pegou o carrinho de TV e voltou para o quarto 412, arrependimento e decepção pesando no estômago. Não queria magoar Drew, mas realmente queria sair com Quin para um passeio fotográfico. O que havia de errado com ela? Odiava ter que decidir entre o namorado e o hobby que amava. O fato é que podia aprender alguma coisa com Quin. Ele estudava no Instituto Brooks!

Simplesmente a decepcionava ter de perder uma oportunidade tão boa.

Vinte e cinco

Regra 10: *Tenha senso de humor! Garotos gostam de rir!*

— Meu Deus, eu te amo — disse Ben, puxando Alexia para seu lado enquanto estavam deitados na cama dela. — Você é a melhor coisa que me aconteceu desde que meu irmão fez xixi nas calças naquele parque de diversões seis anos atrás. Alexia riu, porque o irmão gêmeo de Ben, Will, normalmente se comportava como se fosse melhor que todo mundo. E Alexia tinha ido àquele trem fantasma. E não tinha feito xixi nas calças.

Ben beijou a testa dela, os dedos percorrendo as costelas de Alexia pela camiseta. Um arrepio de excitação surgiu nas costas e ela se levantou rapidamente.

— Acho que vou olhar meus e-mails. — Ela foi até a mesa e mexeu no mouse do computador.

Ela, Alexia Bass, não era mais virgem, mas só tinha transado aquela única vez, e já fazia mais de uma semana. Ainda estava um pouco assustada com o que tinha acontecido.

Ben ficou sentado na quina da mesa. Estava usando a habitual bermuda cargo e uma camiseta azul. A única pele que Alexia podia ver era a de suas pernas e de seus braços, mas o cérebro dela completava o resto usando a noite do Quatro de Julho como referência.

— Alexia? O que você está fazendo?

Um rubor espalhou-se pelo seu rosto, e ela voltou a olhar para a tela do computador.

— Só estou checando meus e-mails.

— Mas você está olhando para a tela do computador há cinco minutos. Está tentando ver seu e-mail usando o poder da mente?

Ela balançou a cabeça negativamente, mal conseguindo sorrir.

— O que foi, Lexy?

Ela suspirou e passou a mão na testa. Podia dizer para ele no que estava pensando? Claro que podia. Ele nunca riria dela.

— Aquela noite — começou ela.

— Você está arrependida?

— Não. — Mas não era inteiramente verdade. No entanto, não era sobre isso que queria falar. E, além disso, não podia voltar atrás e mudar de ideia. Já estava feito. O que podia controlar era o que aconteceria dali em diante.

— Sei que usamos aquilo — murmurou ela, olhando para as mãos sobre o colo —, mas...

— Eu sei. Olha. — Ben tirou a carteira do bolso de trás e mostrou para ela duas camisinhas que havia dentro dela. — Pegue uma. Assim você vai sempre saber que tem uma.

Ela fez que não com a cabeça.

— Toma. — Ele colocou-a na mão dela, fechando seus dedos ao redor da camisinha. Ele inclinou o corpo, colocou o dedo sobre o queixo dela e beijou-a. — Eu te amo, Lexy. Tudo que eu quero é que você esteja feliz.

Ela concordou com a cabeça, sentindo um frio na barriga de satisfação.

Apesar de tudo em relação ao quesito sexo, ela também o amava. E se sentia a garota mais sortuda do mundo por tê-lo. Sabia que ele gostava dela, e que sexo não tinha sido o objetivo de Ben desde o início.

Estava simplesmente feliz pelo estresse de ter que tomar uma decisão ter terminado. Agora tinha apenas que lidar com as consequências de ter *tomado* a decisão.

Tudo ficaria ok, pensou ela. Desde que estivesse com Ben, tudo ficaria ok.

♥

Mais tarde naquela noite, depois que Ben foi embora, Alexia ligou para Raven para chamá-la para dar uma volta. Queria falar com uma das amigas sobre o lance do sexo, porque precisava contar para alguém, e Raven parecia a escolha óbvia. Alexia e Raven sempre foram mais próximas que as outras garotas. Para não mencionar o fato de que Raven não era mais virgem, e Alexia esperava que Raven fosse fazer com que ela não se sentisse tão idiota por ter perdido a virgindade.

Como Raven não atendeu ao celular, decidiu ir até a casa dela.

Quando estava parando no meio-fio, percebeu que Raven estava do outro lado da rua, na varanda da casa do vizinho.

Alexia estacionou e foi até lá. Blake estava no meio de uma história sobre sua ida a Los Angeles semana passada. Raven, de costas, riu de uma piada sobre "bambinos" de Hollywood. Blake sorriu, visivelmente contente com a reação de Raven.

A regra 10 dizia para terem senso de humor. *Garotos gostam de rir!*

Raven estava usando o Código da Atração com Blake?

— Ei — chamou Alexia, acenando diante dos degraus da varanda.

— Alexia, certo? — perguntou Blake, balançando a cabeça uma vez em um cumprimento. Ele acenou para que ela subisse. — Vem aqui. Acabei de chegar de Los Angeles e estou louco para conversar com pessoas legais.

Raven ficou quieta, o sorriso deixando os lábios.

— Na verdade, eu só queria falar com Raven um segundo — disse Alexia.

Raven se levantou e ajeitou a blusa.

— Já volto — disse ela para Blake, e seguiu Alexia para a rua, fora do campo de audição dele.

— O que foi? — perguntou Raven, cruzando os braços sobre o peito na defensiva.

— Bem. — Alexia engoliu em seco, passou a língua nos lábios. De repente seus problemas desapareceram, e ela perguntou: — Você está traindo Horace com Blake?

Raven arregalou os olhos, e ficou de queixo caído, sem conseguir acreditar.

— Não. Como você tem coragem de me perguntar isso?

Alexia mudava o peso do corpo de um pé para o outro.

— É que parece... não sei... você tem saído muito com ele, e eu pensei que talvez você tivesse decidido usar o Código da Atração com ele. Sei como você é, Raven. Você gosta da emoção da caça.

De testa franzida, Raven endireitou o corpo, ficando um centímetro mais alta que Alexia.

— Você faz isso soar como se eu fosse algum tipo de... felina, ou algo assim. Meu Deus, Alexia, não sou uma vadia.

— Eu não disse isso...

— Mas sugeriu.

— Não.

Alexia balançou a cabeça, sentindo que a situação estava começando a ficar fora de controle. Não sabia como consertá-la. Ou como acalmar Raven. Blake e Mil-D de repente ficaram em silêncio na varanda.

Alexia se aproximou de Raven e abaixou a voz.

— Só não quero ver Horace triste, e depois você ficar me ligando porque está chateada porque estragou o namoro de vocês. Você ama Horace, Raven.

— Sim, Alexia, eu sei. — Os ombros de Raven ficaram rígidos. — Eu não estou traindo. Então, porque você não para de se meter na minha vida e vai fazer análise em outra pessoa.

Raven atravessou a rua até a própria casa batendo os pés, abriu a porta da frente e fechou-a com força. Alexia ficou imóvel ao lado da caixa de correspondência do Sr. Kailing, desejando entender o que tinha acontecido.

O rosto estava quente, a garganta pronta para fechar.

Ela olhou para a casa de Blake, e ele e Mil-D rapidamente desviaram o olhar. Alexia lançou um olhar sério a eles antes de entrar no carro e partir.

Vinte e seis

Regra 7: *Seja corajosa e ousada! Veja a vida como uma aventura!*

Regra 31: *Não mande sua amiga contar ao garoto que você quer ficar com ele!*

No domingo à tarde, Kelly estava sentada em um lado da sala de estar em uma poltrona reclinável acolchoada e o irmão do outro lado, no sofá. Havia um saco de pipoca no colo de Todd e uma tigela no de Kelly. A televisão retumbava com videoclipes. Era literalmente a única coisa ligada no momento.

— Pronta? — disse Todd, uma pipoca nas mãos.

Kelly abriu a boca em um O, e Todd atirou a pipoca. Ela conseguiu pegar.

— Yes! — exclamou ela, apertando as mãos em um gesto vitorioso. — Minha vez.

Ela jogou uma pipoca na direção de Todd, mas aterrissou bem na cabeça dele e desapareceu atrás do sofá.

— Belo lance — disse ele sarcasticamente.

— Há, há. Deixa eu tentar mais uma vez. — Ela lançou mais uma pipoca na direção dele, e dessa vez ele abocanhou-a no ar.

Ela bateu palmas.

— Yes! Foi tipo um cachorro agarrando um Frisbee.

Ele apertou os olhos.

— Como você é hilária.

Kelly colocou a tigela de pipoca na mesa de centro e foi até o sofá, sentando-se ao lado do irmão.

— Estou entediada!

— Vamos construir um castelo de queijo.

— Você é tão idiota.

Kelly fechou os olhos e instantaneamente pensou em Drew. Tinha passado o dia inteiro pensando nele. E o dia anterior inteiro durante o trabalho no abrigo. E o dia inteiro antes desse também.

O fato de ele ser o melhor amigo do irmão e estar o tempo todo na casa dela não ajudava. Alguma coisa tinha mudado entre eles. Não conseguia dizer o quê. Talvez fosse o fato de Kelly ter admitido para Adam que gostava de Drew.

Drew não sabia disso, é claro, mas isso deve ter mudado a maneira como Kelly agia quando estava perto dele e talvez ele tenha deduzido a partir daí.

— Vamos fazer alguma coisa, então — sugeriu Todd, com a boca cheia de pipoca.

— Tipo o quê? — Kelly ergueu o corpo na cadeira.

— Alguma coisa divertida.

O Código da Atração lhe veio à mente. Apesar da ideia por trás dele (forçar Kelly a ir atrás de Adam) algumas das regras eram divertidas de seguir. Talvez encontrasse uma ideia no código.

— Já volto — disse ela, e foi até seu quarto olhar a lista com as regras.

Regra 1: *Seja alegre, divertida e sedutora! Garotos gostam de garotas que sabem se divertir!*

Não.

Regra 6: *Faça-o se sentir especial, como se ele fosse o único garoto no mundo!*

Não.

Regra 7: *Seja corajosa e ousada! Veja a vida como uma aventura!*

Humm... essa tinha potencial, mas o que podiam fazer em Birch Falls que fosse radical e ousado?

Quando pequena, ela, Todd, Drew, e algumas outras crianças do bairro formavam um grupo para brincar de pique-bandeira.

Era a brincadeira favorita dela.

Enfiou o Código na gaveta da escrivaninha e voltou para a sala.

— Tenho uma ideia — disse ela. — Vamos jogar pique-bandeira.

Todd cuspiu um milho de pipoca.

— Claro, sim. Tô dentro.

— Legal. — Kelly pegou o celular da mesa de centro e atirou para ele.

— Liga pro Drew e vê se ele pode vir.

♥

Kelly inclinou o corpo, puxando todo o cabelo para a frente para fazer um rabo de cavalo no alto da cabeça. Drew e Todd estavam na frente dela, Adam ao seu lado. Ela o tinha convidado porque, apesar do fato de que não iriam namorar, tinham ficado bons amigos.

Kelly gostava de Adam, só que não *daquele jeito*.

Com o cabelo domado, Kelly tirou o elástico rosa que tinha no pulso e amarrou-o.

Alguém assoviou atrás dela.

— Bela visão.

Ela ergueu o corpo, lançando um olhar mordaz para Craig Theriot. Ele apenas riu para ela.

— Quem te convidou? — perguntou ela.

Todd e Craig se cumprimentaram com um aperto de mão.

— Eu convidei — disse Todd. — Por quê?

Kelly revirou os olhos. Craig e o irmão eram a dupla perfeita; fariam uma boa apresentação secundária no circo dos idiotas.

Outras pessoas apareceram enquanto o grupo esperava no estacionamento do Eagle Park. Kelly tinha chamado as amigas, mas Sydney disse que só queria ficar em casa. Raven tinha perguntado se Alexia estaria lá e quando Kelly disse que não sabia, Raven de repente tinha outras coisas para fazer. Quando ligou para Alexia para ter notícias, o irmão dela disse que ela estava trabalhando.

Agora, olhando ao redor para o grupo de 12 pessoas, Kelly se deu conta de que era a única garota.

Ótimo.

— Vamos dividir os times — disse Todd. — Sorteio de nomes? O capitão escolhe os times? Como vocês querem?

— Quem são os capitães?

— Vamos fazer sorteio para a escolha dos capitães — disse Drew, tirando o cabelo dos olhos. — E aí o capitão escolhe.

Kelly ficou grudada em Adam, tentando não olhar para Drew. Não queria que ele a pegasse olhando, mas de repente não conseguia tirar os olhos dele.

Ele estava usando jeans desbotados de boca larga e botas vintage marrons de couro. Faziam uns 18 graus agora que o sol tinha se posto, mas ele só usava uma camiseta branca de manga comprida e uma camisa azul sobre ela.

Craig disse alguma coisa para ele, e Drew balançou a cabeça negativamente, riu e deixou a mostra aqueles dentes brancos reluzentes. Quando tirou os olhos do amigo, virou os olhos azuis claríssimos diretamente na direção de Kelly.

Uma semana atrás, poderia ter sorrido ou feito uma careta. Mas em vez disso, virou-se para Adam, o rosto muito provavelmente vermelho. Havia uma fraqueza estranha em seus joelhos. Não se sentia assim desde o último inverno quando Will deu em cima dela na aula de governo americano e depois a chamou para sair.

— Time azul no lado sul — instruiu Todd, atirando a bandeira azul para Matt. — O time vermelho no lado norte.

— Eu chamo o Drew quando estivermos preparados — disse Matt. — Fechado?

Drew fez que sim com a cabeça.

— Estamos prontos, então? — Todd esfregou as mãos. — Vocês vão todos para o fundo.

— Tanto faz — reagiu Kelly. — Eles têm *você* como capitão.

Todd revirou os olhos.

— Sou o mestre do pique-bandeira.

— Mestre da derrota. — Kelly riu, dando um empurrão no irmão quando passou por ele e por Drew.

— Boa sorte — disse Drew para Kelly, sorrindo. — Porque você vai precisar.

♥

— Você já disse pra ele? — sussurrou Adam enquanto ele e Kelly esgueiravam-se pelas árvores.

A escuridão já tinha se estabelecido no parque. Kelly podia ver as árvores à frente, mas pouco além disso. Ela abaixou o boné que tinha colocado no início do jogo. Era isso que usavam como "bandeiras" individuais. Para tirar alguém do outro time, era preciso pegar seu boné.

— Disse o que pra quem? — perguntou ela.

Adam parou.

— Drew. Você contou pra ele?

Kelly apertou os lábios e passou a frente de Adam, ficando perto das árvores.

— Não posso contar pra ele — respondeu ela finalmente.

— Quer que eu conte, então?

Kelly virou-se rapidamente.

— Não! Não se atreva.

Adam deu risada.

— Tudo bem. Tranquilo.

Ela relaxou e continuou caminhando.

— Ele nunca pode saber. Está namorando uma das minhas melhores amigas. Esse é tipo, um dos pecados mortais da amizade.

— Sim, mas não se pode escolher de quem gostar. — Adam apressou-se para acompanhar os passos dela.

— Mas posso escolher estragar ou não outro relacionamento.

Um galho estalou em algum lugar à esquerda. Adam agarrou o braço de Kelly e puxou-a. Usaram o tronco grosso de uma árvore como cobertura, colocando as cabeças para fora para observar a floresta ao redor.

— Você está vendo alguém? — sussurrou Kelly.

— Psiu.

Alguns minutos depois, Kelly viu de relance uma camisa branca.

Quem tinha vestido uma camisa branca para brincar de pique-bandeira?

Drew, ela se lembrou.

Ele e Mike Renze moviam-se no meio da crescente escuridão.

— Lá está o *animal selvagem* — disse Adam bem no ouvido de Kelly.

Ela apertou os olhos para ele, lembrando-se do verso da poesia que ele tinha citado na noite do Quatro de Julho. Aquele amor era o animal selvagem que corria pela floresta.

— Vai pegar — disse ele, sorrindo, então levantou-se, e saiu correndo na outra direção.

Mike e Drew ficaram imóveis.

— Vou pegá-lo — disse Mike, disparando na direção de Adam. Agora sozinho, Drew inspecionou a área. Kelly agarrou--se à árvore a sua frente, o tronco afundando-se em seu braço. Segurou a respiração, com medo de que Drew pudesse escutá-la. O coração martelava alto nos ouvidos.

Quando Drew passou pelo seu esconderijo, Kelly deu a volta na árvore para surpreendê-lo por trás. Ela deu o bote, mas ele agarrou o braço dela e derrubou-a.

Ela caiu na gargalhada quando Drew tentou tirar seu boné.

— Eu disse que você ia precisar de sorte.

Kelly olhou bem nos olhos dele. Mesmo na escuridão podia ver o azul vibrante.

— Eu deixei você me pegar — ponderou ela.

Drew estava praticamente sobre ela, o rosto apenas a alguns centímetros.

Eu podia beijá-lo, pensou ela. Estavam realmente próximos.

O corpo dele estava quente perto do de Kelly, podia sentir o calor da respiração de Drew no rosto. Ela podia sentir o coração dele batendo através da camisa.

Ele não estava mais rindo, nem ela. E ela também estava bem certa de que não estava respirando.

Drew abaixou a cabeça. Todos os nervos do corpo de Kelly chamuscavam. Os lábios dele roçaram nos dela. Ela respirou fundo. Os dedos tremiam ao lado do corpo. A respiração de Drew estava pesada, e ele passou a língua nos lábios. Ele curvou--se como se fosse beijá-la novamente, dessa vez de verdade, vigorosamente, quando o celular tocou no bolso.

Ele se sobressaltou, assustado com o barulho. Kelly permaneceu deitada nas velhas folhas secas entre as bolotas de carvalho e os musgos.

Drew atendeu o telefone.

— Oi, Syd — disse ele, olhando para Kelly.

O estômago de Kelly ficou embrulhado. Engoliu o calor que subia pela garganta. Não tinha como Syd saber do que havia acabado de acontecer, mas Kelly sentia-se tão culpada quanto se Sydney estivesse de pé ali, olhando para ela.

Kelly se levantou, arrumou o cabelo e limpou a poeira da calça. Seguiu pela trilha que a tiraria da floresta.

Ouviu passos apressarem-se atrás dela.

— Espera — pediu Drew, colocando a mão sobre o celular.

— Tenho que ir — disse Kelly, mantendo os olhos bem adiante.

— Kelly. — Ele correu para a frente dela. — Me dá dois segundos. — Ele voltou a atenção para o celular e disse para Sydney: — O quê? Não, estou com Mike. Kelly arregalou os olhos diante da mentira descarada. Drew inclinou a cabeça, tentando se desculpar. Não era para ela que deveria se desculpar.

— Vou indo — sussurrou ela, e saiu apressada da floresta.

Dessa vez Drew não a seguiu.

Vinte e sete

Regra 13: *Não seja mandona! Não fique dizendo o que ele deve fazer!*

Regra 19: *Não permita que ele pressione você a fazer algo que não queira! Faça apenas coisas que* você e *apenas* você *queira fazer e com as quais se sinta confortável!*

Sydney enfiou a cabeça dentro do escritório.

— Pai?

Ele desviou o olhar de o que quer que estivesse fazendo à mesa.

— Oi.

Uma barba grisalha espetada cobria seu queixo. Ele ainda estava de pijamas — calça de flanela e uma camiseta branca — e estava com olheiras.

— Você não vai trabalhar hoje?

— Tirei uma licença. — Ele ajeitou os óculos sobre o nariz.

— Bem, tenho que trabalhar hoje, e depois do trabalho acho que vamos ao Festival.

Ele fez que sim e pegou uma caneta.

— Então, divirta-se.

O relógio na parede atrás dele fazia tique-taque a cada segundo, era o único barulho na casa, havia dias.

Não tinham recebido nenhuma notícia da mãe de Sydney. Nenhum telefonema, mensagem, nem mesmo um cartão-postal.

A raiva fazia Sydney ranger os dentes. Era como se eles não existissem. Era como se a mãe tivesse ido para a Itália e esquecido que tinha um marido e uma filha.

Não se importava com o que a partida repentina tinha causado à família?

Aparentemente não.

O que deixava Sydney com ainda mais raiva.

— Tudo bem — disse ela para o silêncio. — Estou saindo — acrescentou, antes de fechar a porta e dar de cara com a sala de estar deserta. A mesa de centro vazia. A tela da TV escura. O sofá que parecia novinho em folha, porque quase não era usado.

Sydney morava num set de filme.

Ou pelo menos era o que parecia ser.

Havia coisas na sala de estar — livros, quadros, uma estátua romana —, mas pareciam objetos cenográficos em um falso cenário, um lugar retratado como uma sala de família, mas sem a família.

Ficou com lágrimas nos olhos. Rangeu os dentes novamente, respirou fundo pelo nariz. Nada de chorar.

Preciso perder menos tempo com minha mãe e me concentrar mais em mim mesma, porque é isso que ela faria.

♥

Sydney entrou no estacionamento do Hospital Infantil e encontrou uma vaga. Desligou o carro e rapidamente ligou para Drew enquanto tinha alguns minutos extras.

— A gente vai fazer alguma coisa hoje à noite? Tipo, talvez ir ao Festival?

— Você quer ir? — perguntou ele.

Sydney revirou os olhos. Drew estava agindo de maneira estranha nos últimos dias. Imaginava que tivesse muito a ver com a atitude dela. Sydney não estava exatamente de bom humor desde que a mãe tinha ido embora. Só havia duas coisas que conseguiam colocar um sorriso em seu rosto. O trabalho no hospital e fotografia.

Passou gloss nos lábios e esfregou um no outro.

Não seja mandona, uma voz em sua cabeça advertiu, a voz que estava encarregada de se lembrar das regras do Código da Atração.

— Queria ir para o Festival — disse ela suavemente —, mas se tiver alguma outra coisa em mente, por mim tudo bem.

— Pode ser divertido. Ouvi dizer que eles estão com uma nova atração este ano. Chama-se Zipper.

Sydney tinha ouvido falar sobre esse novo brinquedo. Eles o trancavam em uma gaiola em forma de lágrima e então o Zipper girava a gaiola a uma velocidade que induzia a histeria.

Aquele não era o tipo de brinquedo que atraía Sydney. Preferia de longe algum que ficasse mais próximo ao chão.

Não seja mandona, aquela voz idiota disse novamente.

Quando chegassem ao parque de diversões, ela diria educadamente a Drew que eles não iriam a nenhum brinquedo louco feito o Zipper.

— Vamos combinar de ir depois que eu sair do trabalho — disse ela, saltando do utilitário e trancando. — Passo na sua casa lá pelas sete?

— Ótimo. Te amo — disse Drew.

— Também te amo.

♥

O Festival de Birch Falls vinha para a cidade todo ano, em meados de julho. Quando Sydney era criança, seus pais a traziam, colocavam-na nos brinquedos infantis, enquanto a mãe se afastava, a câmera na mão, e tirava fotos de uma Sydney sorridente. Essas fotos estavam enfiadas em uma sacola em algum lugar do sótão, esquecidas como o resto da vida da mãe, aparentemente.

— Como foi o trabalho hoje? — perguntou Drew, entregando uma nota de vinte dólares para a mulher na bilheteria.

Sydney olhou ao redor do parque, uma enorme instalação no meio de um campo na parte norte da cidade. Luzes vermelhas, amarelas e verdes brilhavam no céu que escurecia. Uma voz macia e animada soou através do sistema de alto-falantes.

— Bem-vindos ao 26° Festival de Birch Falls. Pulseiras para o Festival podem ser compradas em todas as bilheterias.

O aviso continuou, anunciando uma exposição de esculturas entalhadas com motosserra perto da entrada oeste e o espetáculo de mágica daquela noite. Um grupo de garotas passou correndo por Sydney em direção à montanha russa em forma de crocodilo.

— O trabalho foi legal — respondeu Sydney distraidamente, buscando na multidão algum rosto familiar. As amigas deveriam encontrá-la aqui. Raven disse para encontrá-la naquela entrada, mas Sydney não a viu. Aliás, nem ela nem a ninguém.

— Sydney? — chamou Drew. — Você tem que pegar sua pulseira.

Sydney foi até a bilheteria e enfiou o braço dentro da pequena abertura na parte de baixo da janela de acrílico. A mulher corpulenta do outro lado envolveu o pulso de Sydney com uma pulseira de plástico rosa e apertou-a no lugar, cortando os excessos com uma tesoura.

— Aproveite o Festival — disse a mulher.

— Obrigada. — Sydney girou a pulseira no pulso. — Que cor você pegou?

Drew mostrou a dele, franzindo a testa.

— A mesma cor.

Sydney riu.

— Fica bem em você.

A careta desapareceu e Drew sorriu.

— Obrigado. — Ele colocou o braço sobre os ombros de Sydney e puxou-a para ele. — Fazia tempo que eu não via você rindo. Senti falta.

Sydney deu de ombros e disse:

— Tem sido... difícil, sabe, lá em casa. Meu pai parece que mal consegue funcionar e... — Ela se interrompeu. Queria conseguir desabafar com Drew, mas simplesmente não tinha energia. Preferia guardar tudo num cantinho da mente e não lidar com isso. Pelo menos por agora. — Vamos tentar só nos divertir esta noite, tudo bem?

— Com certeza. Mal posso esperar para experimentar o Zipper. Sydney se encolheu.

— Em relação a isso... não sei se estou dentro.

Drew resmungou.

— Ah, vamos lá. Você tem que experimentar.

— Não sei.

Eles caminharam em silêncio por um tempo, passando por vários brinquedos infantis e jogos.

— Sydney!

Sydney olhou em direção a um estande de jogos dominado por ursos de pelúcia do tamanho de um são-bernardo. Raven, Alexia e Kelly acenaram. Horace pegou um urso de pelúcia de um homem atrás do balcão do estande. Ben parabenizou Horace por suas "excepcionais habilidades com a pistola d'água", enquanto Todd ria da pequena diferença de tamanho entre Horace e seu novo brinquedo.

O grupo se reuniu no centro do parque.

— Essa blusa fica uma graça em você — disse Kelly, fazendo um gesto para a nova blusa de Sydney. Era branca com corações vermelhos na frente. Tinha vestido para trabalhar junto com uma calça preta, mas trocou no fim do dia por uma minissaia jeans desfiada, e colocou um colar de contas pretas.

— Obrigada — disse Sydney —, é confortável.

Kelly sorriu, mas por alguma razão pareceu sem graça. Mudou de posição, o sorriso desvanecendo quando deu de cara Drew. Ele se movimentou meio sem jeito e olhou para o chão.

Sydney não teve tempo nem de refletir sobre o comportamento estranho dos dois, porque Drew agarrou-a pelo braço e puxou-a para longe.

— Vamos para o Zipper primeiro. — Ele acenou com a cabeça na direção do brinquedo.

Era o brinquedo mais alto do parque. As gaiolas em forma de lágrima moviam-se rapidamente, algumas rodando de modo incontrolável. Os gritos das pessoas estavam sendo carregados até o centro do parque na direção de Sydney. Não ia chegar nem perto daquele brinquedo.

— Quem gritar primeiro é um fracote — disse Ben.

— Ahh — disse Kelly. — Estava querendo andar naquele.

— Se você chorar, nunca mais vou deixar você esquecer — disse Todd.

— Não vou chorar! — Kelly deu um empurrão nele. — Além disso, quem é que estava chorando no fim de *Irmão Urso*.

— Eu tinha 7 anos de idade! — disse ele.

— Você tinha 13!

— Parem de brigar, vocês dois — disse Drew, enfiando-se no meio de Kelly e Todd. — Vamos lá, vamos ao Zipper.

Drew fez sinal para Kelly o seguir, mas Kelly fez que não com a cabeça e voltou para o lado de Raven, que estava evitando todo mundo, menos Horace.

Sydney sentiu uma tensão no grupo, mas não conseguia entender muito bem de onde estava vindo. Talvez de Alexia e Raven? Não tinham trocado uma palavra desde que Sydney chegou. E também havia alguma coisa estranha acontecendo com Kelly.

— Ei, Syd? — perguntou Drew. — Você vem?

— Eu disse que não queria ir — respondeu em voz baixa, esperando que ninguém implicasse com ela por ser uma "medrosa". Todd implicaria com ela porque ele era um babaca.

— Vou ficar com você — disse Drew. — Não é tão ruim assim. Juro.

Como ele podia saber? O brinquedo era novo, ele nunca tinha andado. O grupo deixou Sydney e Drew, e foi a caminho do Zipper.

— Só experimenta esse brinquedo por mim — pediu Drew —, e aí a gente faz o que você quiser.

Sydney olhou para o Zipper novamente, para as gaiolas girando. O coração martelou no peito só de pensar em subir ali, mas queria agradar Drew. Queria mostrar para ele que estava aberta a coisas novas.

— Tudo bem — disse ela. — Só uma vez.

♥

A porta da gaiola fechou. O operador do brinquedo fechou o trinco, trancando Sydney e Drew. Sydney respirou fundo, o suor brotando na nuca e abaixo do nariz.

Ai, Deus, ela queria tanto sair. Queria grudar os pés no chão e ficar lá.

A gaiola deles se movimentou um nível para que Raven e Horace pudessem entrar na gaiola seguinte. E foi assim pelos próximos cinco minutos ou mais, conforme o operador do brinquedo enchia o resto das gaiolas com outras pessoas. A gaiola de Sydney e Drew movia-se gradualmente em direção ao céu. Quando alcançaram o ponto mais alto do brinquedo, Sydney agarrou-se à trava de segurança e fechou os olhos com força.

— Queria que você não tivesse me convencido a fazer isso — resmungou ela, engolindo em seco, um nó na garganta.

— Você vai ficar bem. — Drew colocou o braço sobre os ombros dela e apertou. — Opa, aqui vamos nós.

A gaiola se movimentou e continuou se movimentando. Através da porta de metal, Sydney podia ver o chão precipitando-se na direção deles e depois desaparecendo, sendo substituído pelo céu enquanto o Zipper girava e girava. Quanto mais rápido o brinquedo andava, mais instável ficava a gaiola de Sydney e Drew. Ela balançava para a frente e para trás. Em um ponto,

Sydney estava paralela ao chão e no instante seguinte completamente de cabeça para baixo.

Sentiu o estômago revirar, o coração acelerando.

— Acho que vou vomitar! — gritou ela, enquanto Drew berrava de alegria...

♥

Sydney limpou a boca com papel toalha úmido. Deu descarga, o almoço descendo pelo ralo com a água que desaparecia.

— Você está bem? — perguntou Alexia, puxando o cabelo de Sydney para trás.

— Acho que sim. — Sydney se levantou. Ainda estava um pouco tonta, o mundo balançando para frente e para trás, como no brinquedo. Ela saiu do banheiro se arrastando, à frente de Alexia, Raven e Kelly. Drew se apressou na direção dela, oferecendo uma garrafa d'água.

— Desculpa, Syd — disse ele. — Realmente não pensei que fosse fazer tão mal a você.

— Eu disse pra você que não gosto desse tipo de brinquedo — disse ela, pegando a garrafa e bebendo rapidamente, ansiosa para tirar o gosto de vômito da boca.

— Eu sei. Desculpa de novo. De verdade. — Drew puxou-a para um abraço e beijou sua cabeça. — Te amo. Você ainda me ama? — perguntou ele, rindo levemente.

Sydney suspirou.

— Sim, claro que amo.

Só queria que ele a escutasse mais. E não seria tão ruim assim se os dois gostassem dos mesmos brinquedos idiotas de parque de diversão.

Vinte e oito

Regra 11: *Aja com distanciamento, mas com interesse! Garotos amam um desafio!*

Raven digitou o endereço do site que Horace tinha passado para ela na Scrappe e apertou ENTER. Deu um gole no chai quente que Horace tinha feito enquanto esperava a página carregar.

O áudio tocou antes que as imagens surgissem no fundo rosa-choque. A voz suave e melosa de Kay-J acompanhava uma batida pop acelerada. Um segundo depois, uma foto dela carregou, o sorriso largo e ultrabranco combinando com a regata branca comprida.

Raven leu o texto da página inicial.

Olá! Aqui é a Kay-J! Obrigada pela visita. Se você está aqui no site, suponho que tenha ouvido falar no novo show que estou fazendo, chamado Back Up Kay-J. *Estamos buscando um backing vocal para me acompanhar na próxima turnê de verão.*

O sortudo vencedor não apenas vai viajar pelo mundo, como também vai gravar uma música para meu novo álbum, Rockin' the Pink.

Estou animada para conhecer todo mundo e ouvir suas vozes!

Entre no link das audições para mais detalhes!

XOXO

Kay-J

Raven abaixou o volume para suavizar as batidas aceleradas.

Sim, ok, Kay-J era muito boa e sua música tinha aquela vibe louca e contagiante que fazia até mesmo as pessoas mais preguiçosas levantarem para dançar.

Mas aquele não era o tipo de música de Raven. Horace não conseguia entender isso?

Suspirando, clicou no link AUDIÇÕES e carregou uma nova página.

Passou os olhos nas datas e nos locais. Havia um teste na semana seguinte na Califórnia. Longe demais. Uma semana depois, os testes seriam em Nova York. Ficava quase a duas horas de Birch Falls. Era conciliável.

Isso se Raven decidisse que queria tentar. Nesse meio--tempo, caso decidisse ir para Nova York e para o teste, imaginou que seria bom saber as músicas que lhe pediriam para cantar. Baixou algumas faixas de Kay-J para o iPod e foi dar uma caminhada.

Quando se encaminhava para a entrada, óculos escuros no rosto, passou os olhos na casa de Blake, procurando algum sinal de vida. Fazia cinco dias que não o via, desde que tinha tido a discussão com Alexia na frente da casa dele.

As janelas da frente da casa estavam escuras agora. A grande janela do andar de cima — a que Raven imaginava ser do quarto de Blake — estava coberta por cortinas escuras.

Ele se mandou para algum outro lugar? E se não voltasse?

Quem se importa?, pensou ela. Eu não.

Aumentou o volume do iPod, algumas crianças no fim da quadra gritavam enquanto corriam no meio de um irrigador.

Raven tentou se focar na música.

O som de Kay-J era inegavelmente pop e comercial. Não havia muita profundidade em suas letras. Provavelmente nem era ela quem as escrevia. A primeira faixa que Raven escutou era sobre o fim de um relacionamento pelo qual Kay-J se culpava.

A segunda faixa, com um ritmo mais acelerado, era sobre uma festa na praia, se Raven estivesse entendendo a letra corretamente.

Escutou a segunda música várias vezes, memorizando a letra. O refrão era rápido e fácil de lembrar, e na terceira vez que escutou, Raven já a cantava baixinho.

Quando seguia sem pressa pela calçada, um enorme utilitário preto parou no acostamento. O vidro da janela do passageiro abaixou e Raven olhou para dentro do carro. Era Blake.

Prendeu a respiração, surpresa. Os cantos da boca curvaram-se em um sorriso aliviado. Ele ainda estava por perto. Não estava saindo de Birch Falls para morar em alguma cidade grande.

Dando PAUSE no iPod, Raven tirou os fones do ouvido e caminhou na direção do carro.

— Oi — disse ela, tentando agir de forma desinteressada. — De volta ao lar.

— Cheguei há dois dias, mas... — Ele esfregou o lábio carnudo inferior com o dedo indicador. — Bem, podemos dizer que eu estava de ressaca.

Raven arqueou uma sobrancelha.

— Indo a muitas festas?

— Mais ou menos isso.

Ele andava ficando com garotas aleatórias? Um ciúme invadiu o peito de Raven e ela tentou lembrar-se instintivamente do Código da Atração.

A única regra da qual conseguia se lembrar dizia para agir de forma distante, mas interessada.

Quem tinha pensado nessa regra?

Como alguém podia estar distante, mas interessada? Francamente.

Provavelmente seria melhor só agir de forma distante.

Especialmente depois de Alexia tê-la acusado de trair Horace com Blake. Manter distância provaria para Alexia que Raven era fiel, então Raven podia esfregar isso na cara dela.

Raven afastou-se do brilho negro cintilante e das rodas pretas do utilitário.

— Bem, estou meio ocupada. A gente se vê mais tarde?

Ele limpou a garganta e abaixou o boné um centímetro.

— Sim. Tudo bem.

— Tchau. — Ela agitou os dedos e sorriu de forma triunfante.

Oh-Oh, pensou ela, quando Blake sorriu e acenou de volta. *Agi de forma distante, e então lancei um gesto de despedida interessado.*

Ótimo.

Vinte e nove

Após um dia terrível no trabalho (uma correria caótica na hora do almoço, uma fornada de pão queimado e uma pia entupida), tudo que Alexia queria era relaxar. Tomaria um banho, colocaria roupas confortáveis e ficaria no quarto assistindo a *Romeu e Julieta*.

Mas assim que abriu a porta da frente e tirou os sapatos, os pais apareceram do nada, as bocas formando uma linha ameaçadora. Alexia sabia que "relaxar" não seria possível.

— Precisamos conversar — disse o Dr. Bass. — Vamos para o meu escritório.

Eles desapareceram no corredor.

Alexia permaneceu onde estava por alguns segundos, tentando calcular as chances de escapar. E se conseguisse escapar, o quão longe conseguiria chegar até que seus pais chamassem a polícia?

Suspirando, seguiu lentamente até o escritório. O que quer que fosse, não era boa coisa. Cheirava a problema.

Quando entrou no escritório, a mãe fechou a porta. O pai estava sentado atrás da mesa em sua enorme cadeira de couro.

Ele tirou os óculos e colocou-os sobre a mesa vazia. A mãe de Alexia, agora apoiada na beira da mesa, cruzou os braços, deixando-os sobre os joelhos. Alexia sentou de frente para os pais. Todos os nervos do corpo dela estavam à flor da pele e o cérebro gritava *Corre!*

— Diz pra mim — disse o Dr. Bass, pegando alguma coisa da gaveta da mesa — o que é isso?

O sangue se acumulou no rosto de Alexia quando viu o que estava na mão do pai.

Uma camisinha.

Mais especificamente a camisinha que Ben lhe tinha dado. Aquela no papel vermelho brilhante, que dizia TEXTURIZADA PARA O PRAZER DELA bem na parte da frente.

Droga.

— Hum...

Se ela fingisse que não sabia, eles acreditariam?

— Estou realmente desapontada com você, Alexia — disse a mãe. Ela respirou fundo. — Achei que tivéssemos conversado sobre esperar.

Alexia se mexeu e mordeu o lábio. Já estava em conflito suficiente por ter perdido a virgindade e agora seus pais a repreendiam por causa disso? Lágrimas brotaram atrás de suas pálpebras. Uma sensação ardente invadiu sua garganta.

— Eu...

— Eu suspeitava que seu namoro com Benjamin estava ficando sério demais. — Dr. Bass balançou a cabeça. — Devia ter colocado meus pés no chão. Mas vou colocar agora antes que seja tarde demais.

Alexia balançou a cabeça quando sua respiração vacilou com as lágrimas.

— Você está de castigo — disse Dr. Bass —, e acho que precisa passar um pouco mais de tempo com seus amigos e um pouco menos com seu namorado.

Ela só os encarou, os dentes cerrados. As lágrimas escorrendo pelo rosto. Não sabia o que dizer.

— Você tem alguma coisa pra dizer? — perguntou a mãe, franzindo a testa.

Alexia fez que não com a cabeça e enxugou as lágrimas.

— Pode sair então — disse o pai.

Alexia se levantou e saiu.

♥

Quando o celular tocou, por volta das 11 da noite, Alexia voou para atendê-lo antes que os pais escutassem o toque e pegassem o telefone. Não tinham falado especificamente das condições do castigo e não tinha certeza se podia usar o celular ou não. Uma foto de Ben apareceu na tela. Alexia atendeu.

— Alô?

— Oi! O que você está fazendo? Achei que fosse me ligar quando chegasse do trabalho.

— Eu ia, mas acabei me distraindo.

Devia contar para ele sobre a camisinha e o castigo? Era quase constrangedor demais. E o que ele pensaria do conselho dos pais dela, sobre ficar um pouco longe dele? Era bem provável que Ben dirigisse até aqui e confrontasse seus pais. Usaria todo o seu charme para tentar cair nas graças deles novamente.

Não, pensou Alexia, *é melhor esperar.*

— É tarde demais para eu passar aí? — perguntou ele.

— Provavelmente. — Ela escutou ruídos vindo do andar de baixo. Os pais e o irmão estavam assistindo a um filme novo. Não parecia que alguém tinha percebido o telefone tocando.

Ben suspirou.

— Então acho que eu vou em frente, vou contar pelo telefone mesmo.

Alexia congelou.

— Me contar o quê?

Do que ele estava falando?

— Finalmente decidi o que vou fazer no outono.

— O quê?

Ele já tinha recebido um punhado de cartas de admissão de universidades da área. Estava determinado a escolher uma. Alexia não diria isso em voz alta, mas queria que escolhesse um lugar mais perto de casa para que pudessem se ver.

— Decidi — começou ele —, que vou com Will para a universidade Pepperdine.

Alexia ficou boquiaberta. Ela piscou. Franziu a testa. Tinha escutado direito?

— Pepperdine? Tipo, a Pepperdine da Califórnia?

— Eu sei que é longe, mas tenho pensado sobre isso faz tempo. Só não queria dizer nada e assustar você.

Ela sentiu como se o coração tivesse parado de bater.

O ar dos pulmões ficou frio e sufocante.

— Lexy?

Califórnia?

— Lexy, você está com raiva, não tá?

— Não — disse ela, talvez um pouco rapidamente demais. — Só estou...

— Em choque. Por isso que eu queria contar pra você ao vivo, mas eu simplesmente não podia esperar mais.

Prendendo a respiração, ela se sentou mais ereta e tentou organizar os pensamentos.

— Então você vai com certeza? Ou está só pensando sobre isso?

Talvez ainda houvesse tempo de convencê-lo do contrário!

— Já decidi. Will e eu já fizemos a matrícula para as aulas. Vamos dia 29 de agosto.

Oh.

— Mas... falta muito pouco.

— É.

— Ben.

— Eu sei.

Alexia se sentou na cama e apoiou a cabeça nas mãos. Tinha acabado de perder a virgindade com alguém que se mudaria para o outro lado do país. Poderia muito bem ser a Islândia!

Já tinha chorado um bilhão de vezes hoje, mas de repente se sentiu prestes a chorar novamente. Não tinha esvaziado completamente o reservatório de lágrimas? Aparentemente não. Elas escorriam nos cantos dos olhos. A respiração estava oscilante.

— Você está chorando? — perguntou Ben, a voz suave e preocupada.

— Não. — Ela engoliu em seco. Precisava sair do telefone antes que começasse a se enrolar de verdade. — Tenho que desligar.

— Lexy.

— Me liga amanhã, ok?

— Lexy.

— Eu te amo — disse ela, depois desligou.

Ela desligou o telefone, o jogou na cadeira de canto, então se deitou na cama, aconchegando-se no travesseiro. Ainda tinha o cheiro de Ben, da última vez que havia estado ali quando os pais estavam fora.

Alexia respirou bem fundo para sentir o cheiro dele, e as lágrimas desceram com toda a força.

Por que ele tinha escolhido Pepperdine? Por que não podia simplesmente ir para a faculdade em algum lugar de Connecticut? E ela que pensava que estar a uma hora longe dele seria uma tortura.

O relacionamento estava acabado. Talvez ele não fosse terminar com ela, e talvez prometesse ser o melhor namorado a distância do mundo. Mas como sobreviveria sem ele?

Só tinham cinco semanas para passar juntos.

Não era tempo suficiente.

Como Alexia tinha passado de solteira, a ter um namorado, a perder a virgindade e o namorado, tudo no mesmo ano? Era demais. Ter um namorado era demais para ela.

Ela fechou os olhos cheios de lágrimas. Tudo o que queria agora era cair no sono e esquecer que aquele dia tinha existido.

Trinta

Regra 21: *Seja misteriosa! Mostre a ele que há algo de instigante em você!*
Regra 25: *Elogie-o duas vezes por semana!*
Regra 17: *Sempre esteja linda na companhia dele!*

Quando a campainha tocou na porta da frente de Kelly, um desconforto e uma excitação se misturaram em seu peito, fazendo seu coração acelerar.

Era quarta-feira à noite — a noite do pôquer —, o que significava que a pessoa do outro lado da porta podia muito bem ser Drew. Matt e Kenny já tinham chegado. Estavam com Todd no porão comendo os cookies de aveia com gotas de chocolate que Kelly tinha feito mais cedo. Também tinha convidado Adam, mas ele ainda não tinha chegado.

Kelly praticamente correu para a porta da frente, esperando chegar antes de Todd. Esbarrou com a irmãzinha, Monica, e gentilmente a empurrou para o lado.

— Gente! — disse Monica, ofegante. — Por que você está com tanta pressa?

— Ah... Hum... Não quero fazer ninguém esperar na porta — respondeu Kelly.

Quando chegou ao hall, parou, conferiu a blusa azul para ter certeza de que não estava revelando muita coisa pelo decote, então abriu a porta.

— Ah — disse ela ao ver Adam ali de pé.

— Estava esperando outra pessoa? — Ele arqueou uma sobrancelha e lançou-lhe um sorriso irônico.

— Não... eu só...

Drew encostou a caminhonete no meio-fio na frente da casa de Kelly e estacionou. Ela olhou para além de Adam.

Adam seguiu o olhar dela.

— Ops, você *estava* esperando outra pessoa. — Ele suspirou e deu um passo para o lado quando Drew subiu os degraus para a casa.

— Oi, Kels — disse Drew. — Adam. E aí?

— Vim acabar com você no pôquer, simples assim.

Drew riu.

— Ah, sim, com certeza. Eu sou o campeão dos campeões.

Kelly segurou a porta para os dois garotos, que entraram animados. Monica diminuiu o volume da TV, olhando discretamente para Drew e Adam enquanto pegava alguns biscoitos da caixa na mesa de centro. Os olhos se arregalaram quando viu Adam, e ela parou de mastigar por uma fração de segundo.

— Oi, Monica — cumprimentou Drew, mas ela mal demonstrou ter ouvido.

Kelly não podia culpar a irmã. Afinal, Adam era extremamente bonito. Se ao menos tivesse aquela química em relação a ele no nível pessoal. Ainda era tentador insistir num relacionamento, mas não podia, e Adam provavelmente não permitira que ela o fizesse, agora que sabia o que Kelly sentia por Drew.

— Vamos — disse Drew para Adam. — Vamos lá pra baixo.

— Vamos. — Adam acenou dando tchau para Kelly.

— Uau. — Monica pausou o filme quando os garotos ficaram fora do campo de audição. — Quem era aquele? É seu novo namorado?

— Não. Somos só amigos.

— Por quê? — Monica soou horrorizada com a ideia.

— Porque sim... — Kelly foi até a cozinha para pegar o segundo lanche, o qual usaria para ir ao andar de baixo sem parecer óbvia.

— Por que porque sim? Você olhou pra ele? Quer dizer, você realmente olhou pra ele? Ele é tão fofo.

— Eu sei, Mon. Não sou cega.

— Ele não gosta de você, é isso?

Kelly pegou a grande tigela plástica de molho de feijão preto que tinha feito mais cedo e tirou a tampa.

— Não sei se ele gosta de mim ou não. Somos só amigos. Gosto de outra pessoa.

Monica se apoiou na bancada da cozinha e tirou o rabo de cavalo ruivo desbotado do ombro. Para uma garota de 13 anos, ela pensava demais em garotos. Pelo menos era o que Kelly achava.

Monica lambeu o queijo do biscoito que estava em seus lábios.

— Então, de quem você gosta?

— É claro que eu não vou te contar.

— Não vou contar pra ninguém.

Kelly revirou os olhos.

— Como da vez em que você prometeu que não ia contar para o Todd como eu quebrei o Playstation dele?

Monica deu de ombros de forma inocente.

— Foi um acidente. Achei que ele não fosse ficar com raiva.

— Não vou contar para você — disse Kelly novamente, porque a irmã contaria para Todd, então Todd ficaria irritado e provavelmente transformaria a vida dela num inferno até que ela prometesse que nunca mais ficaria a fim de um dos amigos dele novamente.

Mas o pior de tudo era: e se Drew descobrisse?

Uma coisa era admitir para si mesma que estava apaixonada pelo namorado da melhor amiga, mas, uma vez que as pessoas começassem a saber, aquilo se tornaria real, constrangedor e vergonhoso.

Monica finalmente ficou entediada e voltou para o filme. Kelly encheu uma tigela de tortilha chips, pegou o molho caseiro e seguiu para o andar de baixo.

Música alternativa estourava do aparelho de som no pequeno rack. Todd tinha empurrado o sofá para o fundo, abrindo espaço para as cadeiras dobráveis de metal que foram colocadas em volta da mesa de pôquer de feltro vermelho.

Drew abaixou as cartas, puxando três valetes. Os garotos começaram a gritar de surpresa e admiração.

— Campeão dos campeões — disse Drew, indiferente, arrastando as fichas vermelha, brancas e azuis para a sua pilha.

Kelly colocou os aperitivos na mesa e olhou por cima dos ombros de Adam para a nova mão de cartas que tinha sido distribuída. Ele tinha dois noves, um dez, um valete e um ás. Essa mão não era muito boa.

— O que você acha? — perguntou Adam.

Ela apontou para o dez e o valete.

— Se livra desses dois.

— Ei, ei! — berrou Todd.

— O que foi? — perguntou Adam.

— Nada de pedir ajuda pra sua namorada — respondeu Todd.

Kelly reclamou.

— Não somos...

— Somos só amigos, cara — disse Adam.

Drew ficou quieto, e olhou para Adam e depois para Kelly.

— Só amigos?

Adam fez que sim com a cabeça.

Os lábios de Drew se mexeram, como se ele fosse dar um sorriso, mas decidiu reprimi-lo.

— Ah — disse ele, mantendo os olhos em Kelly. — Legal.

— É — disse ela, percebendo tarde demais que Drew não estava *falando* com ela exatamente, estava apenas *olhando* para ela.

A tensão era quase palpável. Kelly mudou de posição quando os garotos começaram a falar alto sobre alguma outra coisa, mas Drew não fazia nem dizia nada, só olhava para Kelly.

Estou perdendo essa batalha, pensou Kelly. *Como vou conseguir deixar de gostar dele quando me olha desse jeito?*

Suspirando, ela se virou, escapando rapidamente para o andar de cima.

♥

— Ei — chamou Drew da porta aberta do quarto de Kelly.

Ela tirou os olhos da revista *CosmoGirl!*

— Ei. — Ela se sentou na cama, enfiando os pés sob a perna. — O jogo acabou?

Ele fez que sim com a cabeça.

— Todo mundo ficou sem ficha.

— E quem ficou com todas as fichas quando o jogo terminou?

— Bem, eu, claro.

— Você estava contando as cartas de novo?

Ele deu um sorriso brincalhão.

— Não vou dizer. — Ele se aproximou um pouco mais e, a cada passo, o bom humor parecia se afastar. — Você tem falado com a Sydney?

— Não. Não muito. Ela tem estado um pouco distante ultimamente.

Drew se sentou ao lado de Kelly. Ela ficou tensa, as emoções conflitantes. Queria ficar perto dele, mas se sentia culpada por isso. Escapou alguns centímetros para a esquerda, longe dele. Se ele notou, não disse nada.

— Não tenho conseguido falar muito com ela. Ela não está se abrindo comigo sobre o fato de a mãe ter saído de casa.

— É. Que loucura isso, não é?

— É. Quem faz isso? Sem mais nem menos deixar a família?

Kelly balançou a cabeça.

— Não entendo. Com certeza não entendo.

Um curto silêncio se estendeu entre os dois. Kelly se mexeu na cama, tentando ficar confortável. Se soubesse que Drew entraria no seu quarto, teria vestido outra coisa. Mas estava usando o short de listras verdes e roxas, que parecia uma cueca samba-canção.

Como se tivesse percebido o desconforto, Drew olhou para Kelly, depois para as pernas dela, que estavam bem ao lado dele.

— Queria te dizer — ele olhou para o chão e cruzou as mãos — que você está bonita hoje.

As bochechas de Kelly ficaram imediatamente rosadas. Ela puxou o cabelo para a frente dos olhos, se escondendo e escondendo a expressão satisfeita. Como podia seguir a Regra 21 (seja misteriosa!) quando mal podia se conter perto de Drew?

— Você também está bonito — murmurou ela. — Aliás, esse é o meu jeans favorito.

O contato visual foi súbito e intenso.

— É?

— É.

Esse período de silêncio não estava sendo incômodo, e sim, perigoso. Como se estivesse antecedendo algo proibido entre os dois.

Kelly rapidamente desviou o olhar.

— Então — disse Drew, esfregando as mãos uma na outra —, você e Adam? Achei que estivessem juntos.

— Não. Somos só amigos. Gosto de outra pessoa.

Drew ergueu uma sobrancelha.

— De quem?

— Segredo — respondeu ela com um sorriso.

— Eu também tenho um segredo — disse ele suavemente.

— É mesmo?

Ele fez que sim com a cabeça.

— Também gosto de outra pessoa.

Kelly esfregou os dentes no lábio inferior uma vez, duas vezes, e mais uma vez.

— Drew, eu...

— Cara, vamos lá — Todd apareceu de repente no quarto, as chaves do carro tinindo entre os dedos. — A gente tem que encontrar Heather em cinco minutos.

Drew se levantou abruptamente.

— Estou indo. — Ele virou a cabeça e olhou para Kelly. — A gente se fala depois.

— Tá — disse ela.

Quando a porta da frente bateu, Kelly desabou de volta à cama. Não tinha feito nada remotamente físico, mas a respiração estava acelerada e o coração batendo com excitação dentro do peito.

Drew tinha quase admitido que gostava dela?

♥

Uma hora depois, Drew ligou.

— Oi — atendeu ela.

— Isso pode parecer loucura, Kels — começou ele, ignorando completamente o cumprimento —, mas eu preciso dizer isso. Então só me escute, ok?

O coração de Kelly parecia um tambor agitado dentro do peito.

— Ok.

Drew respirou fundo.

— Eu gostava de você quando éramos crianças, e nunca disse nada porque não achava que você sentia a mesma coisa, sabe, porque eu era um grande idiota naquela época, então Sydney... —Ele suspirou. — Estou apaixonado por você, Kelly. Sempre fui apaixonado por você desde que me entendo por gente.

Era como se o sangue nas veias de Kelly tivesse congelado, como se o coração tivesse parado de bater completamente. Não conseguia nem piscar.

— Diz alguma coisa, Kel.

Ela queria rir, chorar, gritar a plenos pulmões. Isso era certo e errado, tudo ao mesmo tempo.

— Desculpe — disse ela. — Preciso desligar.

Ela desligou antes que ele pudesse tentar impedir.

Fechou os olhos, as lágrimas brotando.

Era com certeza a melhor e a pior coisa que já tinha acontecido a ela.

Trinta e um

Regra 34: *Não fique depressiva e ouvindo músicas tristes de amor se ele não te notar!*

A decisão que Raven tomou de agir de forma distante em relação a Blake estava dando certo. Talvez certo até *demais.*

Ela pegou um pano úmido e saiu de trás do balcão da Scrappe. Blake e Mil-D estavam sentados nas duas cadeiras cor de abóbora perto da janela frontal. Blake não tinha dito mais que duas palavras a Raven desde que entrou, e isso estava começando a deixá-la louca.

Ele estava fazendo joguinho agora? Bem-feito para ela.

Afinal, Raven tinha usado o Código da Atração com ele, o que, em sua forma mais verdadeira, era realmente um jogo. Particularmente quando uma das regras dizia de modo específico para agir de forma *distante, mas interessada.*

Pano em punho, Raven foi em direção às mesas redondas e começou a limpá-las, esperando que não estivesse sendo óbvia demais.

Tinha feito alguma coisa para irritar Blake? Por que ele a estava ignorando?

A cada mesa que limpava, aproximava-se mais das janelas frontais e dele. Ele estava com o celular na mão, enviando uma mensagem para alguém.

— Andrea quer que a gente vá para Las Vegas — disse Blake a Mil-D. — Vai comemorar o aniversário dela no PURE.

— Cara — Mil-D balançou a cabeça —, não é nosso ambiente. Não sei.

Sim, bem lembrado, Mil-D. Mantenha Blake distante dessas estrelinhas assustadoras de Hollywood que vão para a cidade só para celebrar o aniversário.

Era esse o tipo de garota de que Blake gostava? Porque se fosse esse o caso, ele estava bem longe do alcance de Raven. Ela não podia competir com garotas de Hollywood de aparência perolada, cabelos loiros platinados e corpos magérrimos.

Não que precisasse competir com elas de qualquer forma. Não gostava de Blake desse jeito.

Blake fechou o celular e deu um gole no frapê.

— Quem se importa onde é? Andrea sempre dá as melhores festas.

Mil-D deu de ombros.

— Tudo bem, como você quiser.

Quando Blake olhou para ela, Raven de repente percebeu que tinha parado de limpar as mesas e estava olhando fixamente para ele. Morreu de vergonha e desapareceu para os fundos da loja, antes que fizesse alguma coisa realmente estúpida.

♥

Em casa, à noite, Raven colocou uma das músicas mais lentas e depressivas da banda alternativa Gray Door. Não estava em clima para músicas agitadas e otimistas. A maioria das músicas de Kay-J era comercial, não importa o quanto Horace quisesse que ela aprendesse as letras.

— Mas você pensou sobre o concurso, né? — perguntou ele, fazendo meios círculos com a cadeira do computador.

— Sim, pensei. — Ela se deitou na cama e abriu os braços. Sabia que estava sendo dramática, mas não se importava.

Horace parou de se mexer na cadeira.

— Você já falou com a sua mãe?

Raven revirou os olhos.

— Ah, claro. Ela nunca me deixaria ir.

— Então o que você vai fazer?

— Não sei. Provavelmente eu nem deva ir.

— Não. Você tem que ir.

Ela se sentou.

— Por quê? Por que você quer tanto que eu faça isso?

Ele suspirou, passando as mãos no rosto.

— Eu já disse pra você.

— Sim, e você nunca foi daqueles que achava que a banda não tinha sentido, ou que não tinha perspectiva. Falando sério, o que está acontecendo?

Ele balançou a cabeça.

— Não é nada, ok? — Ele se levantou e foi beijá-la. — Só quero ver você ter sucesso. Isso é tão ruim assim?

— Bem... não. — Ela agarrou a almofada e tirou a penugem que estava agarrada ao tecido de lã. — Acho que de repente posso ir pra lá sem minha mãe descobrir.

Horace pensou sobre a questão antes de responder.

— Odeio ver você mentir pra sua mãe, mas quando você ganhar o concurso, ela realmente não vão poder dizer muita coisa. E você só vai passar um dia lá.

Ela fez que sim com a cabeça.

— Agora só preciso descobrir um jeito de ir sem ela perceber.

Horace deu um beijo na testa de Raven.

— A gente vai descobrir, tá?

— Ok.

— Preciso ir. Mas a gente se vê amanhã. Considere ensaiar aquelas músicas da Kay-J.

— Eu vou.

Ele acenou para ela antes de sair, e ela, de má vontade, ligou o iPod e colocou a primeira música de Kay-J.

Agosto

Trinta e dois

Regra 29: *Não escreva carta anônima ou e-mail para ele, pois ele pode pensar que outra pessoa enviou!*

— É só contar pra ele — disse Adam, segurando os aparadores de soco para Kelly golpear.

Kelly soltou um gancho de direita seguido de um duplo de direita. Kickboxing era uma boa forma de extravasar a frustração.

— É só ligar pra ele e dizer "Ei, Drew, também sou apaixonada por você". Não é tão difícil assim.

Kelly chegou mais perto com um violento gancho de direita e disse:

— Sim, é difícil porque ele namora a minha melhor amiga!

Ela acertou outro de direita e depois se curvou, apoiando as luvas nos joelhos. Estava ofegante, e o suor escorria pela testa.

Por quê? Por quê? Por quê?

Por que ela? Por que Drew? Era como se o destino tivesse conspirado contra ela. Ou talvez a culpa dessa coisa ridícula fosse dela mesma por não ter contado a Drew o que realmente sentia três anos atrás, antes de ele começar a sair com Sydney.

Se tivesse contado, talvez estivesse com Drew agora, não Sydney. Talvez estivessem planejando o último ano juntos. Para que faculdade iriam juntos.

— Você está bem? — perguntou Adam, puxando o velcro dos aparadores de soco. Ele atirou-os para o lado. Os aparadores bateram na parede, o som ecoando pela sala.

Kelly levantou o corpo e enxugou o suor da testa com as costas do braço.

— Você realmente acha que devo contar pra ele o que sinto?

Adam concordou com a cabeça.

— Ele merece isso. Ele veio e confessou o que estava sentindo e você praticamente desligou o telefone na cara do coitado.

Kelly estremeceu. Tinha feito aquilo, não tinha? Havia sete dias. Desde então Drew não tinha ligado. Também não tinha aparecido uma única vez na casa dela. Todd chegou a comentar sobre como Drew tinha agido de forma estranha na terça à noite. Aparentemente um novo *video game* tinha sido lançado e eles combinaram de testar juntos.

Drew devia odiá-la. Devia achar que ela era uma grande imbecil.

— Eu devia ligar pra ele — refletiu ela, erguendo as mãos para que Adam pudesse tirar as luvas de boxe dela.

— Acho que você devia falar com ele pessoalmente.

Kelly ficou pálida, imaginando isso. Como contaria para Drew que o amava, de frente para ele, sem gaguejar, desmaiar ou outra coisa igualmente constrangedora?

Adam estava certo em relação a uma coisa: precisava ser honesta com Drew, porque ele tinha sido honesto com ela.

Infelizmente já tinha se passado tanto tempo depois do telefonema dele que Kelly tinha medo de que ele não quisesse mais vê-la.

Tinha que atraí-lo até ela sem que ele *soubesse* que era ela.

Uma hora mais tarde, quando já estava em casa, sentou à escrivaninha e o Código da Atração lhe chamou atenção. Folheou as páginas impressas. E-mail anônimo, pensou ela. Isso quebrava descaradamente uma das regras, mas era tudo o que tinha. Além disso, a coisa toda de mandar um e-mail anônimo era para que Drew *pensasse* que era outra pessoa. Tinha medo de que o encontro com ela fosse afugentá-lo se ele soubesse com antecedência.

Ela entrou numa conta de e-mail que tinha feito séculos atrás para poder navegar por um grupo de discussão sobre moda. Seu nome não apareceria em nenhum lugar do e-mail porque tinha se inscrito usando o nome Trisha Keller.

Drew, ela digitou, *me encontre no parque Eagle perto da fonte às dez. Precisamos conversar.*

Clicou em ENVIAR antes que mudasse de ideia.

♥

O computador de Drew apitou com o alerta de uma nova mensagem de e-mail. Sydney colocou o livro de lado na cama e se levantou. Enfiou a cabeça no corredor e ouviu o barulho da água no chuveiro vindo do banheiro. Abriu o e-mail e checou a mensagem.

Trisha Keller? Quem é essa?

Drew, me encontre no parque Eagle perto da fonte às dez. Precisamos conversar.

Não havia assinatura, nada. Mas quem quer que fosse Trisha, ela obviamente conhecia Birch Falls, já que conhecia o parque Eagle. Era um encontro secreto? Drew estava saindo com alguém escondido de Sydney? Sentiu um embrulho no estômago, uma mistura de emoções: raiva, ressentimento, curiosidade. Curiosidade porque Drew não era uma pessoa expansiva. Como iria se encontrar uma garota, alguém que sequer estudava na escola deles?

Simplesmente não fazia sentido.

Sydney deletou o e-mail, fechou o programa e voltou para seu livro. Descobriria o que estava acontecendo.

♥

— Estou indo ao mercado — Sydney gritou pela casa. — Alguém precisa de alguma coisa?

Drew e a mãe dele estavam na mesa da cozinha jogando uma intensa partida de xadrez. Sydney tinha passado o dia na casa dele, porque a dela estava silenciosa e melancólica demais.

— Não — respondeu Drew, mal tirando os olhos do tabuleiro de xadrez.

— Não, tudo bem. — disse a mãe dele, com a expressão de jogadora no rosto. Uma faixa de cabeça mantinha a franja longa e negra para trás. Tinha prendido o resto do cabelo em um nó frouxo.

Quando aqueles dois começavam um jogo, o resto do mundo virava uma névoa na qual prestavam pouca atenção. Provavelmente jogariam por mais uma hora. Era tempo suficiente para Sydney ir de fininho até o parque, descobrir quem tinha mandado a mensagem para Drew e voltar para casa antes que ele percebesse que ela tinha saído.

Além disso, nos últimos tempos Drew andava totalmente irritadiço. O jogo de xadrez lhe faria bem.

O relógio de Sydney marcava apenas quinze para as dez. O céu estava pálido com a escuridão que se aproximava. Sydney ligou os faróis dianteiros assim que entrou no carro.

Havia uma partida beisebol masculino em andamento no primeiro campo do parque Eagle. Carros estavam alinhados no estacionamento da frente. Sydney achou uma vaga mais adiante e desceu do carro. Apressou-se até a fonte e chegou com 15 minutos de antecedência.

Sem as luzes do jogo de beisebol, o lugar estava mais escuro. Sydney encontrou um bom esconderijo atrás de uma enorme castanheira.

O tempo de espera pareceu se transformar em uma hora. Sentia a pulsação acelerada no pescoço e as pernas estavam bambas.

E se Drew realmente a estivesse traindo? Talvez fosse por isso que ele andava com tamanho mau humor. Ele não amava Sydney, queria outra pessoa e não sabia como terminar com ela uma segunda vez.

Uma figura escura passou pelas árvores. O gorgolejar da água da fonte abafou os passos. Sydney prendeu a respiração.

A pessoa caminhou na direção de uma faixa de luz da lua que atravessava a densa cobertura das árvores.

Era Kelly.

Sydney respirou fundo, cerrou os dentes e saiu decidida do esconderijo.

— Você ia encontrar com Drew? — perguntou ela. Kelly arregalou os olhos e ficou de queixo caído.

— Eu... uh...

— E por que você mandou um e-mail como Trisha alguma coisa?

Kelly passou os dentes no lábio inferior.

— É que... bem... Drew e eu íamos nos encontrar porque estávamos preocupados com você.

— Comigo?

— É, quer dizer... — Kelly desviou o olhar para o chão coberto de musgo da floresta. — Você tem andado distante. Ele percebeu e eu percebi e a gente estava tentando descobrir uma maneira de animar você.

Com as mãos nos quadris, Sydney endireitou a coluna.

— Como é? Vocês estavam planejando uma intervenção?

— Não! De jeito nenhum. Só estávamos preocupados, só isso. Sabe, com a sua mãe...

A tensão nos ombros de Sydney se dissipou. Não tinha certeza se devia estar brava ou aliviada. Drew não a estava traindo com alguma garota chamada Trisha. Só estava preocupado com ela.

Teve vontade de dar um chute no saco de Drew quando descobriu que ele se encontraria com uma garota no parque. E por que ela tinha automaticamente presumido que ele a estava traindo? Talvez porque não confiasse mais nas pessoas de uma forma geral. Culpava a mãe por isso.

Como era possível ter fé em outras pessoas quando sua própria mãe prometia estar lá para você, mas, em vez disso, partia para outro país?

Sydney curvou-se e apoiou os cotovelos nos joelhos, colocando as mãos no rosto.

Kelly se sentou de forma hesitante ao lado dela e cruzou uma perna sobre a outra.

— Você está bem?

Sydney suspirou e fez que não com a cabeça. Estava cansada demais — cansada da vida se esvaindo pelo ralo. Por que as coisas não podiam dar certo para ela? Por que a mãe não podia voltar e unir a família novamente?

— Você quer conversar sobre isso? — perguntou Kelly.

— Não tem nada pra ser dito — respondeu Sydney. — Minha mãe nos deixou e não acho que ela vai voltar. Não há mais nada pra ser dito em relação a isso.

O barulho da torcida do jogo de beisebol atravessava as árvores, chegando às garotas na escuridão. Sydney se endireitou, passando os dedos pela água da fonte atrás dela.

— Tenho certeza de que vai melhorar — disse Kelly —, com o tempo.

Sydney ficou de pé, secou os dedos na calça preta de ioga. Não queria que tentassem animá-la, não queria nada.

— Não conte a Drew sobre isso, por favor?

— Claro. — Kelly se levantou e puxou a bainha da blusa regata.

— Obrigada. — Sydney mal conseguiu dar um aceno de despedida antes de sair apressada do parque.

Trinta e três

Regra 28: *Não passe mais do que dois meses tentando descobrir se ele gosta de você!*

Ficar de castigo era um saco.

Alexia trocava os canais da TV pela terceira vez, sabendo que a busca era inútil. Estavam em meados do verão, a única coisa que passava nessa época era reality shows.

Levantou-se, foi para o quarto e pegou o laptop. O Código da Atração estava na sua cabeça fazia dias, e ela queria repassar as regras novamente.

Kelly e Adam estavam saindo, pelo que Alexia soube, mas não estavam *juntos*-juntos, o que significava que alguma coisa no Código não estava dando certo.

Algumas semanas atrás, Alexia se perguntou se talvez não houvesse algumas regras faltando. E como em qualquer trabalho criativo, o verdadeiro resultado vinha através da revisão.

Alexia ligou para as amigas e as chamou para sua casa. Graças a Deus os pais não a tinham proibido de fazer isso.

Kelly foi a primeira a chegar. Parece que ela também estava sem fazer nada em casa. Usava short vermelho atoalhado com o número nove impresso na coxa e uma blusinha de alça branca. Os braços e as pernas pareciam mais bronzeados, então talvez tivesse tomado um pouco de sol.

— O que aconteceu? — perguntou Kelly ao passar por Alexia, o rabo de cavalo ruivo desbotado balançando nas costas.

— Queria falar sobre o Código da Atração.

As duas garotas seguiram para a cozinha, e Kelly pegou um lugar na mesa, cruzando os braços sobre o tampo de cedro reluzente. Ela revirou os olhos antes de tirar o celular da bolsa.

— A gente não vai acrescentar mais regras, vai?

Alexia se apoiou na ilha da cozinha.

— Bem, pensei sobre isso. Realmente quero ajudar você a ficar com Adam.

Kelly clicou em algumas coisas no celular e depois o enfiou de volta na bolsa.

— Não fomos feitos um para o outro.

A porta da frente abriu. Alexia olhou para o pequeno hall e viu Raven e Sydney. Raven estava deslumbrante como sempre. Usava uma saia jeans, uma camiseta preta vintage Ferrari e botas pretas que cobriam as panturrilhas. O cabelo caía pelos ombros em ondas soltas. Os olhos estavam escondidos atrás de óculos escuros brancos de armação grossa.

Sydney normalmente estava impecável, mas hoje vestia uma camiseta branca básica e jeans desbotado. E...

Alexia apontou para os pés de Sydney.

— Você está de chinelos de dedo?

— Foi o que eu disse. — Raven sentou-se à mesa na frente de Kelly. — Sydney está no fundo do poço.

— Quem se importa com que tipo de sapato eu estou? — perguntou Sydney, enfiando as mãos nos bolsos do jeans.

— Aí é que está — respondeu Alexia. — Normalmente *você* se importa com que tipo de sapato está.

Kelly concordou com a cabeça.

— É verdade, eu me lembro exatamente de você dizendo que não usaria chinelo de dedo nem que fosse o último par de calçados da Terra.

Sydney sentou-se em um dos bancos.

— Podemos parar de falar sobre o meu chinelo, por favor?

Alexia pegou o laptop e se sentou à mesa, deixando Sydney sozinha.

— Então — começou ela, folheando as notas escritas à mão —, estive pensando que talvez devêssemos acrescentar algumas regras para ajudar Kelly.

— Ah, eu precisava estar aqui pra isso? — perguntou Raven. — Digo, não é como se as regras fossem para mim, não é?

Alexia respirou fundo. Aparentemente Raven ainda estava brava em relação às acusações que Alexia tinha feito sobre Blake. Bem, não tinha problema, em algum momento Raven superaria isso.

Alexia tirou a tampa da caneta e, sem olhar para Raven, disse:

— Quando fizemos o Código, você disse que iria segui-lo para que *não* começasse a ficar a fim de ninguém. Essas novas regras talvez te beneficiem também.

— Não sei se a gente precisa de mais regras — disse Kelly.

Sydney foi lentamente do banco para o lugar ao lado de Raven.

— Ainda podemos acrescentar regras, não podemos? E se Kelly decidir que não precisa delas, tudo bem.

— E você? — Alexia perguntou a Sydney. — Ainda está usando o Código em seu relacionamento com Drew?

Sydney deu de ombros.

— Estou dando um tempo do Código agora.

— Ah — disse Alexia, desejando que Sydney explicasse um pouco mais.

— Tudo bem. — Kelly suspirou. — Quais são as novas regras?

Alexia leu as regras em voz alta, sem interrupção.

— Regra 39: *Não seja indecisa. Uma vez que tomar uma decisão, prenda-se a ela.*

"Regra 40: *Não seja carente, pegajosa ou possessiva!*

"Regra 41: *Não fique a fim de um garoto que tem namorada.*"

Quando Alexia tirou os olhos do laptop, percebeu que Kelly estava três tons mais branca do que quando tinha chegado.

— O que houve, Kel?

Ela engoliu em seco, balançando a levemente cabeça.

— Nada.

Raven pegou o celular do bolso quando ouviu um alerta de mensagem. Ela leu e disse:

— Tenho que ir. Lexy, por que você não me envia as novas regras por e-mail? — Ela fez uma pausa, parecendo considerar o que deveria dizer em seguida. — A não ser, claro, que você ache que eu vou usá-las com outra pessoa.

— O que está havendo com ela? — perguntou Sydney quando a porta da frente bateu.

— Eu a deixei com raiva — respondeu Alexia.

— Como?

Honestamente, Alexia estava um pouco envergonhada por ter acusado Raven de forma tão grosseira de estar traindo Horace. Pode ter sido um pouco de falta de consideração da parte dela, mas não queria admitir isso para as outras amigas.

— Não foi nada, na verdade — disse ela, e mudou de assunto. — Então, como vai indo o trabalho no hospital?

— Bem — respondeu Sydney.

— Só bem? — Alexia aproximou-se. — Conheceu algum garoto gato?

Sydney pegou o saleiro do centro da mesa e o rodou entre os dedos.

— Não. Nenhum.

— Estive lá com meu irmão outro dia. — Alexia se apoiou no encosto acolchoado da cadeira. — Tinha um garoto com o cabelo preto comprido e óculos. Quem é ele? Ele me lembrou Drew. Exceto pelo cabelo comprido.

Sydney se levantou.

— Falando em trabalho, preciso ir pra casa me arrumar. Daqui a pouco tenho que estar no trabalho. Falo com vocês mais tarde.

Ela já estava indo embora quando se virou para dar adeus antes de sair.

Alexia olhou para Kelly, que mexia no celular novamente, digitando uma mensagem. Estava distante desde que chegou à casa de Alexia. Kelly costumava ficar assim sempre que brigava com Will, o ex-namorado. Problemas com garotos sempre a deixavam quieta.

— Então, como estão *realmente* as coisas com Adam?

Kelly ergueu a cabeça.

— Como eu já disse, acho que não fomos feitos um para o outro.

— Eu sei, mas e se você usar as regras...

— Não quero usar as regras com Adam. — Ela piscou e desviou o olhar. — Eu só...

— O quê?

Ela se levantou e pendurou a bolsa no ombro.

— Só queria que você parasse de tentar consertar minha vida amorosa, Lexy. Quer dizer... — Ela levantou as mãos e balançou a cabeça. — Simplesmente não consigo agora.

Ela desapareceu da cozinha e alguns segundos depois bateu a porta da frente.

Da janela da cozinha Alexia observou Kelly tirar o carro da entrada da casa.

O que estava acontecendo com as amigas? De repente elas pareciam mais distantes do que nunca, e a intenção era de que o Código da Atração as aproximasse.

Ou pelo menos era isso que tinha dito a si mesma. O Código do Término tinha aproximado as amigas. Automaticamente, presumiu que o Código da Atração faria o mesmo.

Estava enganada? Será que o Código tinha dado errado?

Sua vida inteira parecia estar errada naquele momento, por ter feito Aquilo e por Ben estar indo embora em tão pouco tempo. Tentou não pensar muito na última questão.

Ele estava indo embora — indo para outro estado — em três semanas e meia.

Sentia um aperto no peito só de pensar nisso. E não ajudava o fato de estar de castigo e o tempo que tinha de sobra para passar com Ben estar rapidamente se esgotando.

Uma dor de cabeça de tensão começou a surgir atrás de seus olhos. Apoiou a cabeça no tampo da mesa e tentou respirar fundo. Era para esse ser O Verão. Até agora tinha sido um verão horrível, e como aproveitaria o último ano que se aproximava com o namorado indo embora?

Trinta e quatro

Regra 24: *Fique amiga dele! Converse com ele, mas não se torne um de seus amigos!*

Kelly pegou duas coleiras trançadas do gancho perto da porta dos fundos.

Prendeu a coleira em Reba e depois em Nimmi, guiando os dois cachorros para o lado de fora.

O abrigo animal ficava na frente de um terreno de dois hectares coberto de árvores. Trilhas tinham sido abertas no mato, onde os funcionários do abrigo levavam os cachorros para passear.

— Vamos, vocês dois — chamou Kelly.

O sol batia nos ombros nus de Kelly conforme caminhava pelo terreno em direção às árvores. Assim que entraram na área densamente arborizada, a temperatura instantaneamente diminuiu.

Os cachorros também pareciam mais felizes. Reba se precipitou para a frente, mas Kelly a puxou de volta. Nimmi estava contente por caminhar ao lado de Kelly, acompanhando seus passos.

Fizeram uma curva e caminharam pelas folhas marcadas pelo sol. Um esquilo fugiu pelos galhos acima de sua cabeça, fazendo as folhas farfalharem. Mas durante a maior parte do tempo a floresta estava em silêncio, até que o celular de Kelly tocou no bolso.

Ela checou a nova mensagem.

O coração saltou no peito quando viu que a mensagem era de Drew.

Ainda somos amigos?

Ela mudou de posição. Eram amigos? Tecnicamente eram mais que amigos, não eram? Se os dois gostavam um do outro. Não tem como ser amigo de alguém por quem você está apaixonado.

Simplesmente não tem como.

Mas Drew ainda não sabia o que ela sentia. Depois de todo o fiasco com Sydney, Kelly ficou com medo de admitir seus sentimentos para alguém, muito menos para o próprio garoto envolvido. E se Sydney descobrisse? Ela tinha feito algo furtivo para interceptar o e-mail de Kelly, e então se escondeu no parque até Kelly aparecer. E se ela, por exemplo, grampeasse o telefone de Drew ou algo parecido?

Era ridículo, mas mesmo assim...

E complicaria ainda mais as coisas se Kelly contasse para Drew. Era pouco provável que ele fosse esquecer sua confissão e continuar contente com Sydney.

Não, admitir que gostava dele só pioraria as coisas.

Não sei se podemos ser amigos, ela escreveu de volta, sentindo todo o sangue descer do rosto. Perder Drew era como perder uma parte do corpo. Simplesmente não podia viver sem ele, podia? Eram melhores amigos desde sempre. Conseguiria tirá-lo de sua vida de verdade?

E ele por acaso deixaria que ela fizesse isso?

Sinto muito por ter dito aquilo, respondeu ele.

Você não tem que sentir muito!

Mas eu sinto. Pensei que você e eu... Achei que houvesse alguma coisa.

Vc está com Sydney, Kelly escreveu no celular ao mesmo tempo em que tentava controlar os cachorros, *mesmo se houver alguma coisa, não podemos.*

O *que vc tá dizendo, Kel?*, ele mandou de volta. *ou você gosta de mim ou não. esqueça a Sydney. Esqueça tudo por um minuto e me dê uma resposta direta.*

Kelly parou novamente, fechou a mão em punho. Lamentou--se para o silêncio. Por que isso tinha de ser tão difícil?

Por que tinha de gostar de Drew? Tipo, sério, o que a fazia gostar tanto dele? O que havia nele? E por que não poderia ser outra pessoa?

— Qualquer pessoa! — gritou ela.

Os cachorros latiram.

O que devia dizer para Drew? Ou ela era honesta com ele e com ela mesma e lhe dizia a verdade, ou lhe dava uma resposta que seria melhor para todos os envolvidos. Se ela e Drew ficassem juntos, os efeitos teriam consequências em todo o grupo de amigos de Kelly.

Sentiu as primeiras lágrimas brotarem enquanto digitava a nova mensagem. Não queria fazer isso, mas era a coisa certa a ser feita.

Acho que a gente não deve mais se falar. E essa é a verdade.

Clicou em ENVIAR e desligou o telefone.

♥

— Então, a que filme você quer assistir? — Sydney segurava *Dez coisas que eu odeio em você* e *A poção perfeita*. — Comédia ou mistério e intriga?

Drew pegou uma das almofadas de veludo e a colocou entre a cabeça e o braço do sofá.

— Tanto faz.

— Mas tem uma grande diferença entre uma comédia e um mistério. O que você está a fim de assistir? Uma coisa light ou algo mais sério?

Ele olhou para ela.

— Tanto faz, Sydney.

Ele pronunciou cada sílaba como se achasse que ela estava lenta hoje, ou algo do tipo. Estava assim desde que ela saiu do trabalho, mal falava, e quando falava, era extremamente frio.

— Deus — resmungou ela —, você pode ser menos chato.

Ela se levantou.

Drew abriu os braços.

— Eu só disse que não me importa a que filme vamos assistir! — Ele também se levantou. — Não quero nem assistir a um filme. Pronto. Tomei minha decisão. Nenhum.

— O que está acontecendo com você hoje? — Sydney colocou as mãos na cintura. — Eu fiz alguma coisa errada?

Ele suspirou.

— Eu só não quero... assistir a um filme.

Sydney estava se esforçando de verdade para fazer Drew feliz. Foi ideia dela fazer uma sessão de filme hoje, só ela e ele. Queria se esquecer de todo o resto por apenas uma noite. No entanto, Drew chegou de mau humor e nada que Sydney fizesse parecia importar.

Estava cansada disso. Cansada de tudo. Cansada das oscilações de humor de Drew. Cansada da mãe fazendo promessas e não cumprindo, cansada das amigas a julgando por tudo, desde o tipo de sapato até a maneira com que expressava seus sentimentos.

Cansada.

— Sabe de uma coisa — disse Sydney, apontando um dedo para Drew e apertando os olhos —, eu mudei por sua causa, Drew. Eu me esforcei para ser uma pessoa diferente. A pessoa que você queria que eu fosse. Tentei ser a pessoa que minha mãe queria que eu fosse. Fiz todas as aulas do programa de Colocação Avançada e participei do conselho estudantil. Nada parece bom o suficiente! Pra ninguém! Fico sozinha nesta casa todos os dias! Por que me esforço pra fazer tantas pessoas felizes quando ninguém sequer está olhando pra ver o que estou fazendo?

Ela respirou.

Os ombros de Drew visivelmente caíram. A expressão dele ficou mais suave.

Mas Sydney não lhe daria chance de se desculpar. Não agora. Era tarde demais.

— Cansei de tentar agradar todo mundo! A começar por agora. Acho que temos que terminar.

Drew ficou imóvel. Demorou alguns segundos para piscar e se mexer.

— Syd.

Ela balançou a cabeça

— Só vai embora.

Ele entreabriu os lábios como se fosse protestar, mas simplesmente soltou o ar. Não disse nada quando pegou a chave do carro na mesa de centro e saiu pela porta dos fundos.

Sydney se afundou no sofá. Não estava nem mesmo triste. Na verdade, sentia como se um grande peso tivesse saído dos ombros.

Pegou o celular da bancada da cozinha e digitou um número.

Semanas atrás, Quin a tinha chamado para ensiná-la algumas técnicas de fotografia. Na época, não considerou aceitar o convite, mas precisava disso, precisava de alguma coisa nova, uma coisa só para ela.

— Quin? — disse ela quando ele atendeu. — Se o convite ainda estiver de pé, gostaria de aceitar e aprender algumas técnicas de fotografia.

Ele não fez sequer uma pausa antes de responder.

— Claro. Quando você gostaria de ir?

— Hum... agora?

— Bem, claro, acho. Não estou fazendo nada.

Sydney passou seu endereço a ele e os dois se despediram. Quando desligou, Sydney não conseguiu evitar sorrir para si mesma. Já se sentia melhor.

Trinta e cinco

Regra 15: *Tenha um hobby sobre o qual possa conversar com ele!*
Regra 40: *Não seja carente, pegajosa ou possessiva!*

Sydney estava sentada na varanda da frente quando Quin encostou no meio-fio. Esperava um sedã quatro portas, provavelmente prata ou branco, básico, genérico.

Na verdade, Sydney nunca pensava em carros como reflexos do dono, mas aquele parecia pertencer às páginas de um livro de história, e Sydney percebeu que aquele carro era *Quin.*

Era como uma obra de arte com quatro rodas.

Com a bolsa pendurada no ombro, Sydney se dirigia à calçada em direção ao meio-fio quando Quin saiu do carro. Ele vestia camiseta branca básica, e o cabelo estava amarrado e parcialmente escondido sob um chapéu de feltro cinza.

— Que carro é esse? — perguntou ela.

— É um Chevy Impala 1962. — Ele se apoiou no carro cruzando os braços sobre o capô. — Era do meu avô, depois do meu pai, e agora é meu.

Não havia um único traço de poeira na carroceria preta reluzente. A calota cromada refletia a grama verde do jardim da frente da casa de Sydney.

— É tão... legal — disse ela, franzindo a testa diante da própria fascinação com o veículo.

Quin deu a volta até o lado do carona.

— Eu gosto dele. — Ele abriu a porta para ela. — Porque ninguém mais na cidade tem um igual.

Sydney entrou, se sentou no banco de couro vermelho lustroso e olhou para o interior do carro. Não havia lixo no chão, nem um cinzeiro lotado de alfinetes de segurança ou cortador de unhas. Enquanto Quin dava a volta para sentar no banco do motorista, Sydney olhou o banco de trás. Havia uma bolsa para câmera, um tripé e um exemplar surrado de *Alice no País das Maravilhas*.

Quin se sentou atrás do volante e ligou o carro. Uma estação de rádio local tocava um jazz suave nos alto-falantes. Ele passou a marcha e partiu com o carro.

Sydney não pôde evitar observá-lo, os olhos percorrendo as tatuagens. Se o visse todos os dias pelos próximos seis meses, tinha certeza de que descobriria algo novo nelas a cada dia.

— Então, aonde estamos indo? — perguntou ela.

— Surpresa.

— Sério? Você não vai me dar nem uma dica?

— Não.

Fazia muito tempo que não deixava se levar por uma aventura. Com Drew, tudo tinha de ser planejado. Sydney sentia falta de espontaneidade.

Ela ficou em silêncio, deixando que o jazz ocupasse o espaço entre eles. Passaram-se uns bons 15 minutos antes que um deles falasse.

— Você está bonita hoje — elogiou Quin.

Sydney abaixou a cabeça e olhou para as calças pretas de ioga e para a camiseta branca básica. Ela os considerava mais pijamas do que uma vestimenta pública, mas Quin tinha dito para que se vestisse confortavelmente. Parecia a roupa perfeita.

Em vez de lavar os cabelos, e em seguida fazer escova, o prendeu para trás em um rabo de cavalo casual e tirou a franja do rosto com uma faixa branca elástica.

— Humm... estou?

Quin fez que sim com a cabeça.

— Beleza é mais que glamour explícito ou perfeição.

Os lábios de Sydney curvaram-se em um sorriso.

— Como uma aspirante a fotógrafa, eu provavelmente deveria saber disso, não?

— Aham. Não sabia que tipo de câmera você tinha, então trouxe uma extra, caso você quisesse tentar uma nova.

— Só tenho uma câmera digital simples que minha mãe comprou no Wal-Mart. Tem, tipo, uns seis megapixels.

— Então você vai amar a câmera que eu trouxe pra você. Vai se divertir com ela.

Chegaram à cidade seguinte, Wesarck, em trinta minutos, porque pegaram a rota panorâmica. Wesarck tinha metade do tamanho de Birch Falls, com uma rua principal em que só se podia andar em um sentido. Cada cruzamento dela era marcado por paralelepípedos vermelhos e brancos. Onde a estrada fazia a curva, havia um enorme relógio, que soou marcando a hora quando passaram. Já eram seis da noite.

Quin virou à esquerda para sair da rua de mão única, e a estrada margeava um trilho de trem coberto de vegetação. Um campo se estendia a partir dali, o mato chegando mais alto que os joelhos de Sydney. Mais além, a distância, as folhas de um olmo inglês pareciam cintilar ao balançarem com a brisa.

Apenas alguns minutos depois, Quin encostou o carro na frente de um grande prédio de tijolos vermelhos, com uma torre no centro e uma varanda arredondada no segundo andar, sustentada por quatro colunas jônicas cinzas.

— Que lindo — disse Sydney, admirada, enquanto subia os quatro degraus da escada da frente. Após um exame mais minucioso, percebeu que a tinta das colunas estava descascando e que o concreto se desfazendo nos degraus estava sendo triturado sob seus tênis.

— Também acho — disse Quin, surgindo atrás dela. — É o teatro Ramsey.

— Está abandonado? Quer dizer, não parece abandonado. Não vamos...

— Arrumar confusão? — Ele arqueou uma sobrancelha. — Não se eu tiver a chave para entrar. — Ele ergueu o braço, um chaveiro e a chave balançando em seu dedo indicador. — Não é tão excitante quanto invadir em nome da arte, mas sei que o dono me deixa entrar sempre que eu quero.

Sydney sorriu, um pouco aliviada e decepcionada ao mesmo tempo.

Ele abriu uma das portas — havia duas — e a empurrou. As velhas dobradiças rangeram. Havia teias de aranha presas ao batente, que Quin afastou para Sydney passar.

Mais concreto esfarelado cobria o chão. Devia ter sido mármore ou talvez algo igualmente requintado, mas era difícil decifrar. Entraram pelo lobby, que era espaçoso, mas não tão alto quanto o prédio aparentava ser pelo lado de fora. Escadas curvavam-se à esquerda de Sydney. O corrimão estava preso apenas por alguns parafusos. Sancas esculpidas à mão estavam cobertas de pó e sujeira.

— A parte mais interessante — disse Quin — é o próprio teatro. Vem cá.

Ele a guiou pela escadaria e por vários conjuntos de portas. Algumas estavam fechadas, outras, completamente abertas. Além das portas, Sydney pôde ver um salão enorme, a luz do sol derramando por um buraco no teto.

Ela passou à frente de Quin, e o ar lhe faltou nos pulmões.

Era como se tivesse no topo de uma montanha, olhando para uma cidade decadente e esquecida. Havia vários assentos faltando nas fileiras da seção do público. Espumas saíam dos rasgos das almofadas. Papel de parede dourado descascava da parede, expondo buracos no emboço logo abaixo.

Mas, milagrosamente, a cortina carmim escuro ainda estava intacta, pendurada em seus ganchos.

Projetando-se das paredes leste e oeste, havia oito camarotes privados.

— Quin — disse Sydney —, isso é mais que maravilhoso. É..

— Eu sei.

Isso era tudo que ele tinha para dizer, porque Sydney sabia que ele entendia exatamente o que ela não conseguia expressar em palavras.

Por isso tinham câmeras fotográficas, por isso eram fotógrafos — porque às vezes nem mesmo as palavras conseguem fazer justiça a uma cena.

♥

Passaram duas horas tirando fotos. A câmera que Quin tinha entregado a Sydney — uma Olympus E-510 —, com um cartão de memória inserido, estava com 214 fotos. A de Quin tinha ainda mais. Sem dúvida, ele era melhor que ela para encontrar o quadro perfeito, e Sydney não conseguia evitar observá-lo trabalhar.

Podia aprender muito com ele.

Quando Quin foi ao carro buscar alguma coisa, Sydney se sentou no palco e ficou olhando o lugar. A decadência do prédio era triste, mas ao mesmo tempo, linda. Suspeitava que podia procurar por um lugar como esse por cinquenta anos e nunca encontrar algo tão impressionante.

Quin voltou segurando várias sacolas nas mãos e uma manta dobrada sob o braço.

— Achei que talvez pudéssemos fazer um piquenique — anunciou ele, limpando com os pés a poeira e os escombros. Ele estendeu a manta sobre o palco e Sydney se sentou nela, apesar de já estar com a calça imunda por ter sentado e andado pelo lugar.

Quin tinha embalado um mix de vegetais e garrafas de água. Havia também wraps integrais de peru, cream cheese, alface e tomate fatiado. Sydney pegou o pedaço de um wrap e deu uma mordida.

— Eu amo isso.

— Eu também.

— Então — disse ela antes de lamber o cream cheese do dedo —, o que fez você decidir ir pra faculdade de fotografia? Quer dizer, você não tem medo de se formar e não conseguir encontrar um trabalho?

— A coisa toda de artista morto de fome? — esclareceu ele.

— É.

— Acho que nunca realmente pensei sobre isso, mas amo tanto fotografia que prefiro morrer de fome a ficar preso num trabalho corporativo que eu odeio. — Ele deu de ombros. — Minha esperança é que, se eu for bom o suficiente, acabe conseguindo um emprego. Só preciso me esforçar bastante pra isso.

Sydney deu um gole na água.

— Fui criada pra me esforçar a ter as melhores notas. Fazer as coisas que me ajudariam a ter pontos suficientes pra ser aceita em alguma universidade da Ivy League. Nunca questionei nada disso. Achava que era o que eu queria.

— E agora?

Ela ergueu um ombro e deu mais uma mordida no wrap.

— Não sei. Minha mãe... ela provavelmente acharia que ir pra escola de fotografia seria uma perda de tempo.

— E você respeita a opinião dela?

Costumava respeitar, mas agora que a mãe não estava mais lá...

— Não — respondeu ela. — Na verdade, não.

Quin terminou seu wrap e limpou as mãos num guardanapo. Esticou o corpo para trás, apoiando-se com uma das mãos.

— Você realmente tem que fazer o que te deixa feliz, sabia? Não sua mãe. Seu pai ou seus amigos.

— Ou meu namorado — murmurou ela.

— O quê?

— Drew — respondeu ela. — Meu namor... bem, meu ex-namorado agora. Ele sempre foi do mesmo jeito. Faz todas as aulas do programa de Colocação Avançada, pratica esportes. Quer ir pra uma boa universidade. Acho que é por isso que éramos um bom casal, porque preferíamos ficar em casa e estudar a sair.

— Ex-namorado, é? — Quin colocou uma mecha de cabelo atrás da orelha. — Você está bem em relação a isso? Ele que terminou?

— Não, eu que terminei. E, sim. — Ela fez que sim com a cabeça. — Estou bem em relação a isso.

— Alguns términos fazem bem. — Ele se sentou. — Eu namorava uma garota na escola, a Hillary. Isso foi antes de fazer minha primeira tatuagem. Eu devia ter uns 15 anos, e só fui me tatuar pela primeira vez quando tinha 16. Bem, de qualquer forma, eu era aquele atletinha, o idiota que todo mundo gosta por nenhuma razão. — Ele pegou um pedaço de concreto esmigalhado e ficou esfregando entre os dedos. — Então meus pais morreram. E as coisas mudaram.

Sydney ficou sem fala. Nunca tinha perguntado a Quin sobre os pais dele. Simplesmente assumiu que eles estivessem por perto, assim como a irmã.

— Sinto muito.

Ele deu de ombros e atirou a pedrinha de concreto na reentrância do palco.

— Como você pode imaginar, sendo um idiota, comecei a me rebelar e virar um completo babaca. E Hillary... ela só piorava as coisas. Eu me lembro de quando fiz minha primeira tatuagem e ela disse que era horrível e terminou comigo imediatamente. — Ele riu. — Minha irmã também não ficou contente com a tatuagem, mas não verbalizou isso. Foi ela que fez eu me interessar por arte. Hillary sempre achou que arte era pra "perdedores que não têm vida social".

— Hillary parece uma verdadeira vencedora.

— Ah, ela era.

— Estou enfrentando algumas coisas com meus pais. — Sydney se interrompeu quando percebeu o que tinha acabado de dizer. Realmente queria entrar no assunto de como sua vida estava uma confusão? Provavelmente não. — Mas não chega nem perto do peso de passar pelo que você passou, tenho certeza...

— Me conta — sugeriu Quin, parecendo genuinamente interessado.

Então ela contou. Tudo, das tendências workaholic da mãe à promessa de estar mais presente. Depois, o repentino desaparecimento e como às vezes a única coisa que impedia Sydney de explodir era escrever todas as frustrações no papel, em seu diário.

— Eu diria que isso é pesado — disse Quin —, em um sentido diferente, talvez, mas mesmo assim pesado. A maioria dos pais não abandona seus filhos. — Ele fez uma pausa. — Eu fazia um diário com fotografias, depois que meus pais morreram. Percebi que não tínhamos muitas fotos deles. De repente eles não estavam mais lá. Fiquei obcecado em capturar momentos.

Ocorreu a Sydney que ela queria capturar este momento, porque agora se sentia bem como não se sentia havia muito tempo. Ela pegou a câmera, a ligou e a aproximou do ombro de Quin, segurando-a com a mão direita.

— Boa ideia — disse ele, claramente tendo lido a mente dela.

Ela posicionou o dedo no botão.

— Diga xis. — Ela tirou a foto.

Trinta e seis

Da janela da cozinha, Kelly olhou para a entrada da casa, onde o barulho de uma bola de basquete quicando fez seu coração literalmente sair pela boca. Todd quase nunca jogava basquete sozinho, o que significava...

Drew.

De joelhos curvados, braços levantados, ele fez um lance livre. A bola nem encostou no aro quando fez a cesta.

Kelly queria estar lá fora. Queria se divertir com ele. Queria lhe dizer que era completamente apaixonada por ele também.

Mas não podia.

Mesmo com Sydney tendo terminado com ele, e ele agora sendo um garoto solteiro.

Kelly fechou os olhos e respirou de modo cansado. Gostava tanto de Drew que às vezes doía só de pensar nele. Desejar era definitivamente uma sensação desagradável.

Quando abriu os olhos, os garotos tinham sumido e a bola não fazia mais barulho. A porta dos fundos se abriu e as vozes deles percorreram o corredor do hall de entrada até a cozinha.

Kelly enrijeceu.

Todd foi o primeiro a aparecer na cozinha. Ele lhe deu um empurrão fraternal.

— E aí?

Ela entreabriu os lábios para responder, mas de repente Drew estava lá, olhando para ela, com os cabelos alisados e bagunçados pelo suor. Vestia regata e short esportivo preto. Os bíceps dele pareciam ainda mais musculosos de perto.

Era como se as paredes amarelo-manteiga da cozinha tivessem virado um borrão, e só houvesse ela e Drew. Queria dizer tantas coisas para ele naquele momento. O coração de Kelly batia freneticamente enquanto a cabeça pensava sobre centenas de confissões diferentes.

Não posso, pensou ela, e virou-se.

— Ei — disse Todd, abrindo a geladeira. — Eu te disse que eu e Drew vamos fazer uma festa de aniversário pra você?

Kelly olhou para o irmão.

— Hum... não.

O aniversário dela — 23 de agosto — neste ano caía num sábado. Normalmente os pais compravam um bolo, sorvete e pizza, e ela convidava algumas amigas. Mas fazia três anos que Todd falava em fazer uma festa de aniversário de Kelly/despedida do verão. Agora ele estava indo para a faculdade, então evidentemente queria dar essa festa antes que fosse tarde demais.

Mas talvez ainda mais surpreendente — Todd tinha dito que Drew o estava ajudando a organizar a festa. Ele teria se oferecido? Ou Todd o tinha forçado a ajudar?

Fazia uma semana desde que Drew tinha mandado aquela mensagem para Kelly, e ela dissera que não podiam ser amigos. Drew não ligava para ela desde então. Ele apareceu na casa dela terça-feira e depois quinta, mas mal tinha olhado para Kelly, muito menos falado.

Agora ele estava ajudando a planejar sua festa de aniversário? Sim, certo, Todd definitivamente o tinha forçado a isso.

Todd lançou para Drew uma garrafa de água gelada e se virou para Kelly.

— A festa vai ser incrível. Prometo. Vamos fazer com que seja ótima, não é, Drew?

— É — foi tudo o que ele respondeu.

— Estamos saindo. — Todd fez sinal para que Drew o seguisse, e saíssem da cozinha.

Drew não hesitou. Ele disparou, passando por Kelly. Ela o observou ir embora e não pôde deixar de sentir o perfume que ele deixou no ar ao sair.

Era aquele cheiro familiar de Drew, não era de perfume nem sabão em pó, era só o cheiro de Drew. Era como água limpa e comida feita em casa. Só conhecia cheirando, descrevê-lo não era tão fácil.

Queria poder se enroscar com ele e ficar assim durante horas, os braços dele em volta de si. Não recebia um abraço de um garoto desde Will. E isso fazia quase sete meses. Kelly era praticamente uma freira.

É claro que se realmente quisesse um garoto, provavelmente podia sair e achar. Provavelmente podia convencer Adam a abraçá-la, no mínimo. Mas sabia, lá no fundo, que não seria o mesmo. Não se não fosse Drew.

♥

Mais tarde naquela noite, enquanto os pais assistiam ao telejornal, Alexia disse que ia sair para uma caminhada, mas ligou para Ben antes de sair e lhe disse para encontrá-la no parque.

Isso era oficialmente a coisa mais sorrateira que já tinha feito. Levou uns bons vinte minutos caminhando de casa até lá. Ao ver Ben, queria se derramar em lágrimas e gritar de alegria, tudo ao mesmo tempo.

Parecia fazer séculos que não o via.

Correu pelo estacionamento em direção ao banco em que ele estava sentado, sob um enorme carvalho. Ele se levantou, abriu os braços e ela pulou em cima dele.

— Opa — disse ele, abraçando-a com mais força. — Também senti saudades.

Ele beijou as duas bochechas dela e em seguida os lábios. Começou como um beijinho, mas depois evoluiu para algo mais caloroso.

Logo Alexia ficou toda arrepiada.

Foi Ben quem se afastou. As pálpebras do garoto estavam pesadas de satisfação. Ele se sentou no banco e puxou Alexia junto a si.

— Então, Houdini, como foi a Grande Escapada? Seus pais sabem onde você está?

Ela deu uma risadinha. Foi bom rir.

— Disse pra eles que ia dar uma caminhada — explicou ela.

— Impressionante. — Ben colocou o pé sobre o banco e apoiou o braço no joelho. — E como você está? Seus pais te deixam sair o suficiente? Pegar uma luz do sol? Espero que estejam te alimentando.

Alexia deu um empurrão nele de brincadeira.

— Sim, eles estão me alimentando, e eu estou bem.

— Sério?

Ela passou a língua nos lábios, tentou reprimir o sentimento de tristeza no peito.

— Tá bom — disse ela. — Não estou exatamente bem.

A verdade é que estava arrasada. Não podia entender por que Ben tinha escolhido Pepperdine entre todas as faculdades que o tinham aceitado. Queria se livrar dela? Talvez essa fosse uma saída fácil?

— Vem aqui — pediu ele suavemente, puxando-a para seu colo. Ela se aconchegou no pescoço dele, gostando da sensação de ter aqueles braços a envolvendo com firmeza.

— Tudo vai ficar bem — disse ele. — Prometo.

Ele tinha lido as emoções de Alexia sem que ela dissesse uma palavra. Estavam próximos a este ponto. Tinha que acabar? Já? Porque provavelmente acabaria, não importava o que Ben dissesse. Relacionamentos de longa distância simplesmente não davam certo.

Trinta e sete

Regra 27: *Não continue com um garoto se isso se transformar em uma obsessão! É ele quem perde se não conseguir ver o seu valor!*

Regra 41: *Não fique a fim de um garoto que tem namorada*

O turno de Raven na Scrappe começava em trinta minutos. Levaria apenas cinco minutos da casa à loja, mas assim que viu Blake do lado de fora, na varanda do Sr. Kailing com Mil-D, calçou os sapatos, pegou a bolsa e saiu.

Certificou-se de bater a porta com força para que Blake escutasse. Então desceu as escadas devagar e praticamente andou em passos de tartaruga da entrada de casa em direção ao meio-fio, onde seu carro estava estacionado.

Quando chegou ao carro, chegou a fingiu deixar as chaves caírem ao chão com a intenção de protelar. Suspirou dramaticamente e curvou-se para pegá-las. Ergueu o corpo e lançou um olhar para o outro lado da rua.

Mil-D acenou para ela. A revista nas mãos de Blake abaixou apenas um centímetro, e os olhos do garoto se voltaram para a rua por um breve segundo.

No entanto, ele não acenou. Nem mesmo sorriu.

Raven suspirou e entrou no carro.

Qual era o problema dele? Raven tinha ido longe demais com a indiferença? De qualquer forma, de quem tinha sido a ideia idiota de usar aquela regra?

Uh, sua, pensou ela. *Foi sua ideia idiota usar a regra, quando na verdade você não devia estar usando o Código de maneira alguma.*

Ela ligou o carro e afastou-se de casa, olhando para o outro lado da rua só mais uma vez.

E dessa vez... estava quase certa de que pegou Blake olhando para ela.

♥

A chuva bombardeava as janelas frontais da cafeteria. Um trovão retumbou a oeste, apenas segundos depois de um flash de luz piscar no céu escurecido. Eram só seis horas, mas olhando para fora, Raven podia facilmente dizer que eram dez.

Por conta do tempo, a cafeteria estava alvoroçada com o movimento. A maior parte das mesas e poltronas estava ocupada. As conversas se misturavam com o jazz que tocava no aparelho de som. Raven passava algumas doses de expresso enquanto Horace colocava no liquidificador os ingredientes para um frapê. Ele o ligou, e o gelo foi triturado ruidosamente.

Quando desligou, Raven se deu conta de que o último sucesso de Kay-J estava tocando na rádio. Horace lhe lançou um olhar.

Ela tentou ignorá-lo enquanto mexia o latte recém-preparado. Levou-o para o cliente que esperava e pegou o próximo pedido. Enquanto derramava duas doses de xarope de baunilha francês no cappuccino, Horace se aproximou e a cutucou.

— O que foi? — perguntou ela.

— Você está cantando junto com o rádio. — Ele sorriu e tirou o cabelo loiro-avermelhado dos olhos. — Está bonito, você tem ensaiado.

Ela corou.

— É, bem, não chega nem perto de ser tão divertido quanto cantar numa banda.

Fazia quase três meses que a banda não tocava. Primeiro Horace foi visitar os pais em Detroit, depois, em julho, a família de Hobb saiu de férias para o oeste, e agora Dean estava de castigo por ter sido pego bebendo. Fazia tanto tempo que Raven não cantava com a October que estava começando a achar que tudo tinha sido um sonho.

— A banda vai tocar de novo em breve — disse Horace, mantendo a voz baixa para que só ela pudesse escutar. A mãe dela não estava na loja, mas era um hábito falarem da banda discretamente.

— É, mas e se eu ganhar o concurso, e aí? Não que eu ache que tenha chance...

— Acho que você tem; e, se você ganhasse e ficasse longe por dois meses ou algo assim, a banda ainda estaria aqui quando você voltasse.

Ele enfiou uma bala de canela na boca e sorriu para ela. Se estivessem sozinhos e não no meio de uma cafeteria com 50 bilhões de olhos na direção deles, Horace a teria beijado exatamente naquele momento. Ele estava com aquela expressão no olhar. Raven sentiu um frio no estômago só de pensar nisso.

Retomaram a preparação dos cafés, a conversa em momentaneamente suspensa.

Quando a chuva deu uma trégua e os trovões se dissiparam, o movimento da cafeteria diminuiu. Raven finalmente teve chance de varrer e limpar. Estava esvaziando as latas de lixo quando a porta da frente se abriu e Blake entrou.

Com uma GAROTA. Raven cambaleou, e Blake a viu.

Ele não sorriu nem fez qualquer expressão de deboche. Ou nada daquela coisa de garoto machista.

Em vez disso, os olhos passaram rapidamente por ela, como se nem mesmo a tivesse visto.

A garota também olhou para Raven, mas o contato visual durou um pouco mais. Ela era extremamente bonita em um jeito doce de ser. Tinha cabelos loiros com mechas cor de mel e pontas em tom castanho.

Usava um short cáqui fofo e uma camiseta branca com o contorno de um beija-flor rosa logo acima do peito.

Quando Blake colocou a mão na cintura dela, o rosto da garota ficou instantaneamente corado, e o sorriso que refletiu foi de desbancar qualquer comercial de pasta de dente.

Blake lhe disse alguma coisa, e ela riu. Era leve e delicada, musical. Até Raven ficou encantada.

Horace anotou os pedidos deles e os dois se sentaram à mesa de canto.

Privacidade, pensou Raven, Blake queria privacidade.

Raven levantou os sacos de lixo e o constrangimento coloriu suas bochechas. Sentia-se como a mais humilde escrava do relógio de ponto do mundo. As sacolas de repente ficaram excessivamente pesadas nas mãos, batendo em suas pernas. Lutou para carregá-las até os fundos, e depois para a caçamba do lado de fora.

Foi bom sentir no rosto quente o ar frio deixado pela tempestade.

Blake estava tentando deixá-la com ciúme? Porque estava fazendo um bom trabalho.

Ou talvez Raven tivesse lido os sinais de forma errada. Em primeiro lugar, talvez Blake nunca tivesse gostado dela. Talvez sempre tenha tido a intenção de manter a relação dos dois em termos estritamente fraternais. E de qualquer forma, por que ela se importava? Raven estava surtando e eles nem eram namorados!

Era como se fosse uma fã obcecada ou algo do tipo.

Do lado de dentro, de volta à loja, quis se manter ocupada, então pegou o rolo tira-pelos e ficou passando nos móveis acolchoados. Quando Horace terminou de servir o último cliente, foi até ela.

— Você já pensou sobre Nova York? — perguntou ele.

Raven removeu uma das folhas adesivas do tira-pelos e passou sobre a almofada da poltrona cor de abóbora a sua frente.

— Não. Digo, eu mesma podia ir dirigindo até lá se eu realmente...

— Não — disse ele rapidamente. — Você não vai para Nova York sozinha.

Ela se entusiasmou com a atitude protetora de Horace. Não merecia alguém tão bom para ela.

— Sydney, Alexia ou Kelly não podiam ir com você? — perguntou ele.

— A Sydney provavelmente poderia dar uma saída sem o pai perceber, mas ela está com muito trabalho no hospital.

Horace desabou no sofá enquanto Raven passava para a poltrona seguinte.

— Queria poder te levar, mas chamaria muita atenção se eu pedisse um dia de folga ao mesmo tempo que você.

— É. Talvez...

Horace olhou para ela. Raven se virou.

Blake estava logo atrás.

— Você precisa ir pra Nova York?

Ele levantou um pouco a aba do boné para que Raven pudesse ver melhor seus olhos.

— Sim. — Horace se levantou. — Tem um concurso lá que Raven quer participar.

— Bem, não quero participar...

Blake a interrompeu.

— Posso levar você.

— Sério? — Horace arqueou uma sobrancelha.

— É. Preciso estar em Nova York no dia 14, mas posso trocar a data se eu quiser.

— O teste é no dia 15 — respondeu Horace.

Raven deixou o rolo tira-pelos na mesa.

— Olha, eu realmente não preciso de uma carona...

— Ótimo — disse Blake. — É só eu remarcar e podemos ir juntos.

— Olha que ótimo, Ray — disse Horace, finalmente deixando que ela entrasse na conversa.

— A gente sai na manhã do dia 15, então — acrescentou Blake.

A amiga dele (não era oficialmente *namorada* até que Blake dissesse isso) apareceu atrás dele.

— Pronta? — perguntou ele. A garota fez que sim com a cabeça, uma mecha de cabelo caindo nos olhos. Ela era tão tímida que chegava a ser fofa.

— Te ligo mais tarde, Rave — avisou Blake. Ele estendeu a mão para Horace. — Até mais, cara.

— Até. — Horace segurou a mão dele. — E obrigado, a propósito. Isso significa muito pra gente.

— Sem problemas. — Ele acenou e conduziu a garota à porta.

— Isso é ótimo — disse Horace, curvando-se rapidamente para dar um beijinho no rosto de Raven. — Tudo está dando certo.

Raven observou Blake pelas janelas da frente da cafeteria.

Ele segurou a porta do carona de seu utilitário para a amiga entrar.

Isso foi ótimo? Longe de ser ótimo. Raven passaria várias horas no carro com Blake dirigindo para Nova York. Era ótimo por todas as razões erradas.

Trinta e oito

Depois de um dia difícil no abrigo de animais, Kelly foi para casa, tomou banho e se atirou no sofá. A mãe estava na cozinha assando biscoitos para algum evento de caridade ao qual iria. O pai e a irmã estavam na sala de TV jogando uma partida acalorada de Uno.

Kelly ligou a TV e zapeou os canais. A MTV estava reprisando mais uma temporada de *Real World*. Sono. No VH1 estava passando algum programa idiota de "celebridade". No Bravo, o popular programa de competição de culinária, mas era um episódio que Kelly já tinha visto. Como não estava passando nada de bom, deixou no Bravo e desabou nas almofadas. Mas era difícil manter o foco quando podia ouvir o irmão e Drew logo adiante no corredor, no quarto de Todd.

Kelly tentava ignorar os garotos e manter o foco na televisão, quando percebeu novos álbuns de fotografias alinhados na prateleira do rack. Durante todo o verão a mãe falou em comprar um conjunto de álbuns.

Evidentemente ela parou de falar e realmente o comprou.

Kelly pegou dois da prateleira — havia um total de cinco — e apoiou os pés na mesa de centro. Abriu o primeiro e foi agraciada com uma foto da família num Natal de anos atrás. Kelly devia ter uns 11 ou 12 anos. As fotos continuaram por algumas páginas e depois fotos de primavera e verão surgiram.

Deteve-se numa foto de Drew e Todd quando Drew surgiu do corredor. Ele hesitou, olhando para ela e depois encarou a cozinha, obviamente avaliando a opção mais segura. Ficar com a mãe de Kelly na cozinha? Ou se arriscar a sentar com Kelly?

Kelly queria dizer para ele se sentar, mas a situação entre os dois ainda era instável. Afinal, Kelly tinha dito a Drew que não podiam ser amigos. Ela estava blefando, claro, e Drew provavelmente sabia disso, mas a situação ainda era esquisita.

Tudo aquilo era como uma dança complicada e Kelly não tinha aprendido nenhum dos passos.

— Ei — disse ela finalmente, tentando amenizar um pouco o incômodo.

— Oi. — Ele se sentou ao lado dela, olhando para o álbum de fotografias em seu colo. Ele riu quando viu a foto dele com Todd. — Eu me lembro disso. Foi no dia em que pregamos uma peça enorme em Kenny.

— Quando ficamos todos esperando na esquina da casa dele e depois lhe atiramos bombas de farinha?

— A cara dele... — Drew balançou a cabeça e deu risada. — A cara que ele fez foi impressionante.

— É. — Kelly virou a folha e as duas páginas seguintes eram de fotos das crianças da vizinhança cobertas de farinha e sujeira. Kenny era o pior. A farinha fez com que o cabelo ficasse branco. Tinha farinha presa até nos cílios.

— Isso foi ideia minha, você sabe — disse Kelly.

Drew bufou.

— Foi ideia minha.

— Não, eu só deixei você pensar que a ideia foi sua.

Ele jogou a cabeça para trás.

— Você era tão manipuladora naquela época.

Kelly ficou de queixo caído.

— Não era!

— Então como você explica me convencer a me casar com você quando tínhamos 11 anos? Não achei que eu tivesse muita escolha. Você foi muito insistente.

Revirando os olhos, Kelly tentou se lembrar de quando tinham 11 anos. Tinha fingido que eram casados? Lembrava-se vagamente de algo assim.

— Bem — começou ela —, talvez eu tenha te convencido a se casar cedo, mas na época eu era muito a fim de você. E eu me lembro de dizer pra minha mãe que me casaria com você quando fosse mais velha.

Drew sorriu.

— Sério?

— Sério. — Ela mexia de modo tenso numa mecha de cabelo loiro. — Quer dizer, não era uma louca obsessão ou nada disso...

— Claro.

Ele fez uma pausa e passou os dedos pelos cabelos rebeldes. Ainda não tinha cortado. Agora tinha camadas sobre a testa e pelas têmporas. Kelly achava que ficava bem nele.

— Quer ouvir uma confissão absurda? — perguntou ele.

Kelly passou os dentes sobre os lábios. *Não*, pensou ela. Isso é entrar novamente em terreno perigoso.

— Quero — respondeu ela.

— Fiquei a fim de você assim que te conheci. — Ele colocou o dedo em cima de uma foto dos dois, o braço de um sobre os ombros do outro. — Ainda me lembro do primeiro dia em que nos vimos. Você e Todd estavam brincando na frente de casa com giz pra calçada, e ele ficava escrevendo várias vezes *Kelly fede*. Ele escreveu *feder* errado.

Os dois riram.

— Então eu me aproximei, e você foi a primeira a me dizer oi. Eu me lembro de achar a sua voz estridente.

— Isso é porque eu estava nervosa — contestou ela.

— Eu também estava.

De alguma forma, a distância entre eles diminuiu, e Kelly pôde sentir o calor da respiração de Drew em seu rosto, sentir o seu cheiro familiar.

Excitação, nervosismo e apreensão misturavam-se dentro da barriga. Ela baixou o corpo, clareou a mente e tentou sentir o momento.

Drew curvou-se e beijou-a.

O contato foi como um choque elétrico no corpo de Kelly. Cada nervo parecia formigar sob o efeito.

Quando ela não se afastou, Drew moveu cuidadosamente os dedos pelos cabelos dela, e depois em sua nuca. Um arrepio passava pela espinha de Kelly enquanto a língua dele deslizava lentamente sobre seus lábios.

Sentiu um enorme frio no estômago e o coração disparado no peito. E quando Drew se afastou, ela estava literalmente sem ar.

Os olhos de Drew estavam pesados.

— Kel — disse ele.

Meu Deus, ela sonhava com aquele beijo havia anos.

— Kel?

Ela se esforçou para tomar as rédeas do seu foco.

— Oi?

— Você está bem?

— Mais do que bem.

Pelo menos por agora. Mais tarde talvez fosse ficar atordoada quando percebesse o que tinha acabado de fazer.

Mas agora só queria aproveitar o momento. Aproveitar tudo.

— Estou pronto — chamou Todd do quarto. — A gente vai passar no Bershetti's antes do pôquer, tá? Estou morrendo de fome.

Drew olhou para Kelly e depois para o corredor.

— Tá — respondeu a Todd; para Kelly, ele disse:

— Você quer vir com a gente?

— Ao Bershetti's?

Drew fez que sim com a cabeça.

— Eu não seria... quer dizer, não quero interromper a noite dos garotos.

— Você não vai. — Ele pegou a mão de Kelly e a apertou. — Além disso, quero que você vá.

— Tudo bem.

Drew soltou a mão de Kelly quando Todd saiu do quarto.

— Kelly vai com a gente — anunciou Drew pegando a chave da caminhonete.

— O quê? Drew!

— Cara — disse Drew —, eu quero que ela vá.

Kelly não pôde evitar o sorriso. Estava tão acostumada a ver o irmão ter tudo do jeito que queria. Era bom ver alguém dizendo para Todd como as coisas deveriam ser.

Eles se amontoaram na caminhonete de Drew, o que a deixou bem próxima a ele. Os joelhos ficaram encostados o tempo todo. Kelly teve que fechar a mão em punho para não agarrar a mão de Drew. Queria fazê-lo, mas não queria que Todd visse.

Quando chegaram ao Bershetti's e Todd saiu, Drew rapidamente se curvou e deu um estalinho nos lábios de Kelly. Ele sorriu.

Na entrada do Bershetti's, Drew segurou a porta, e ela entrou. Demorou um minuto para que os olhos de Kelly se acostumassem à luz mais fraca de dentro do restaurante, e quando isso aconteceu, ela ficou imóvel ao perceber a pessoa que estava a sua frente.

Drew também congelou.

Era Sydney.

Trinta e nove

Sydney olhou para Drew, depois para Todd, depois para Kelly. A tensão foi instantânea. Até Todd deve ter percebido. Os ombros dele retesaram quando parou logo atrás da irmã e de Drew, os olhos passando por Sydney e por Quin, que estava bem atrás dela.

Quin, na maior parte do tempo, ficou distraído. Deve ter sentido uma mudança de energia, mas não sabia o motivo tanto quanto os outros. Manteve-se perto de Sydney, o que deve ter tornado toda a situação ainda pior.

— Oi, Syd — disse Kelly, e sorriu para Quin, acrescentando: — Eu sou a Kelly.

Ele pegou a mão dela.

— Quin.

Todd e Drew não disseram nada nem fizeram qualquer movimento para se apresentar. Drew mal olhou para Sydney desde que entrou no restaurante.

Sydney se movimentou, perguntando-se onde estaria a recepcionista. Ela estava perdida ou o quê?

— Oi, pessoal! — disse Jordan, a irmã de Raven, apressando-se na direção do púlpito. — Desculpe por fazer vocês esperarem. Vocês estão juntos?

— Não — todos disseram em uníssono.

Se a situação não estivesse tão tensa, Sydney teria dado risada.

— Só dois lugares, por favor — disse Sydney, dando as costas para Drew e a perpétua cara feia que ele estava fazendo.

Talvez Sydney devesse se sentir culpada por estar saindo com Quin, mas tecnicamente eram apenas amigos, e Drew estava ali com Kelly, afinal.

Bem, ok, Todd também estava com eles, mas havia algo em relação a Drew e Kelly juntos que incomodou Sydney. Talvez fosse o jeito de estarem tão próximos, quase tocando um no ombro do outro. Ou o jeito que Drew olhava para Kelly a cada segundo, como se estivesse confirmando a própria existência dela.

— Uma mesa pra dois, então — anunciou Jordan, pegando dois menus. — Por aqui.

Ela colocou Sydney e Quin em uma mesa perto da parede dos fundos, o que dava a Sydney uma boa visão do restaurante inteiro. Drew entrou alguns segundos depois com Todd e Kelly. Ficaram com uma mesa no meio do restaurante.

— Então — começou Quin —, perdi alguma coisa agora há pouco?

— Como assim?

Sydney não tinha certeza se queria falar sobre o que tinha acabado de acontecer. Quin realmente queria escutá-la reclamar do ex-namorado?

— Lá na frente. — Quin acenou com a cabeça na direção da entrada. — Com seus amigos.

Sydney suspirou. Curvou-se na mesa e abaixou a voz.

— Aquele cara de cabelo preto é o Drew.

Quin arqueou uma sobrancelha.

— Ah. Isso explica tudo.

— E a garota loira é a Kelly. Uma das minhas melhores amigas.

Quin arregalou os olhos.

— E ela está com Drew porque...

— Bem, o garoto loiro é o irmão mais velho de Kelly, e o melhor amigo de Drew. E Kelly e Drew são amigos há muito tempo. Foi assim que o conheci, através dela. Mas agora...

Sydney se interrompeu, olhando discretamente através do salão. Kelly estava rindo de alguma coisa que Drew disse, Todd balançava a cabeça, claramente irritado com alguma coisa.

— Mas agora... — lembrou Quin.

— Não sei. — Ela apertou os lábios. Tinha alguma coisa que não estava entendendo. Só não sabia o que era. Talvez Drew gostasse de Kelly? Ou talvez Kelly gostasse de Drew? Ou talvez Sydney estivesse apenas com ciúme de Kelly e Drew se darem tão bem? Sempre se deram. Para amigos, raramente brigavam.

— Você quer ir pra outro restaurante? — perguntou Quin. — Podíamos ir pro Gorsh's. A comida lá é boa.

— Não, está tudo bem. Eu só...

O toque do seu telefone a interrompeu. Era o pai ligando.

— Alô?

— Sydney. É o papai.

Como se ela não soubesse disso. No entanto, quando foi a última vez que o pai tinha ligado para o celular dela?

— Você pode vir pra casa? — perguntou ele.

— Por quê?

— Porque sua mãe está aqui.

O queixo de Sydney caiu. Se não estivesse segurando o telefone com tanta força, provavelmente o teria deixado cair também.

— A mamãe?

Quin endireitou o corpo, claramente pegando a essência da conversa.

— Sim — disse o pai. — Ela quer falar com a gente.

— Tudo bem.

Sydney desligou.

— Tenho que ir.

— Sua mãe? — perguntou Quin. — Ela voltou?

— É.

Quin esticou o braço e pegou a mão de Sydney. Ele a apertou. Era tudo o que ele tinha para fazer. Não tinha que dizer nada.

Sydney sorriu, agradecida por tê-lo como um amigo.

♥

Kelly observou Sydney sair do Bershetti's com o amigo Quin. E quem era ele? Um amigo? Um namorado?

Kelly não se lembrava de ter ouvido Sydney falar dele. Ela estava escondendo coisas de Kelly? Talvez Sydney não confiasse mais nela, talvez tivesse alguma coisa a ver com aquele encontro no parque na noite em que Kelly armou de encontrar com Drew.

De qualquer forma, o que ela estava achando? Isso não podia dar certo.

Drew viu que ela estava olhando e piscou para ela de forma encorajadora. Kelly conseguiu dar um leve sorriso.

Depois de comerem, Todd foi ao banheiro e Kelly aproveitou a oportunidade para dizer tudo o que tinha considerado desde que Sydney saiu.

— Isso é loucura! — Foi a primeira coisa que saiu da sua boca. — Ela provavelmente está me odiando agora. Não podemos fazer isso, Drew. Estou falando sério. Não podemos! — Ela agitava os braços no ar. — Por que eu tenho que gostar tanto de você?

Ele sorriu.

— Você gosta "tanto" de mim?

Kelly inclinou a cabeça para o lado.

— Estou falando sério.

— Eu também estou.

— Não podemos fazer isso, Drew.

Ele inclinou o corpo de repente, passando os dedos pelos cabelos dela e beijando-a. Bem ali, no meio do restaurante. Foi o suficiente para deixá-la sem ar.

— Nós já estamos fazendo isso, Kel. E nada do que você disser vai me fazer desistir.

Por alguma razão todo medo e dúvida se dissiparam. Ela sorriu.

Todd voltou do banheiro, fazendo com que Kelly e Drew se afastassem. Mas sob a mesa, Drew pegou a mão de Kelly, o polegar desenhando círculos na mão dela. Foi aquele pequeno ato de encorajamento e a maneira como Drew olhava para ela agora que fizeram Kelly querer esquecer que o relacionamento entre os dois possivelmente lhe custaria uma amizade.

Quarenta

Alexia pegou a caixa de chocolates artesanais e colocou-a sobre as balas de caramelo na sala dos fundos da Cherry Creek Specialty. Na parte da frente, a loja estava caótica, mas a Alexia tinha sido dada a tarefa de "organização", então, felizmente, podia se esconder ali atrás, onde estava calmo.

Claro, estar sozinha num pequeno depósito lhe dava bastante tempo com seus pensamentos. Tempo demais. Não conseguia parar de pensar no fato de Ben estar indo embora, ou de que tinha perdido a virgindade com ele. Ele já estava com planos de ir para Pepperdine antes daquilo acontecer?

Se soubesse que ele se mudaria para a Califórnia, talvez tivesse feito as coisas de forma diferente.

— Ei, Alexia.

Ela deu um grito quando Jonah entrou no depósito.

— Você me assustou!

Ele riu.

— Desculpe. Só vim aqui pra ver se você precisava de alguma ajuda. O movimento está morto lá na frente agora.

Com o coração batendo acelerado, ela fez que sim com a cabeça.

— Talvez você pudesse organizar as embalagens dos produtos? Acho que podíamos juntar os produtos de várias caixas abertas e nos livrar do resto.

— Tudo bem.

Jonah passou por ela e abriu uma caixa com embalagens de meio quilo.

O que Jonah faria se a namorada o estivesse deixando? Ela decidiu perguntá-lo.

— Ei, Jonah?

— Oi?

— Hipoteticamente falando... o que você faria se sua namorada decidisse ir para uma faculdade do outro lado do país? Você ficaria bem em relação a isso? Ou ficaria furioso?

Ele parou de fazer o que estava fazendo para olhar para ela.

Talvez usar "hipotético" tenha sido uma péssima escolha. Óbvio demais talvez?

Endireitando o corpo, ele respirou de forma pensativa e disse:

— Bem, não acho que ficaria furioso, não se a faculdade que ela tivesse escolhido fosse uma faculdade que ela realmente adorasse. A faculdade é uma coisa importante na vida de todo mundo. Tem que ser a faculdade certa se você vai passar quatro ou mais anos lá e gastar milhares de dólares.

Alexia concordou com a cabeça.

— Isso faz sentido.

Ele enxugou o suor da testa.

— O que... quer dizer... você está bem? Seu namorado está se mudando para algum lugar longe?

Ela passou a língua nos lábios. Mordeu o canto da boca.

— Sim — respondeu ela. — E eu não sei como lidar com isso.

— Suponho que, se o relacionamento de vocês é forte o suficiente, vocês vão sobreviver a isso. Converse com ele sobre isso.

— É — disse Alexia, mas havia mais do que isso em jogo. Alexia tinha que incluir como fator a coisa toda do sexo, e não podia falar sobre isso com um garoto. Na verdade, talvez tivesse de falar com uma das amigas.

♥

Depois do trabalho e de um banho quente, Alexia ligou para Raven. Elas não se falavam desde que Alexia tinha convidado todas as meninas à casa dela para acrescentar algumas regras ao Código. Raven provavelmente ainda estava chateada com Alexia. Tinha todo o direito de estar.

Felizmente Raven não estava chateada o bastante para evitar a ligação de Alexia.

— Alô? — disse ela depois de atender no quarto toque.

— Oi. — Alexia envolveu o braço da poltrona reclinável do pai com as pernas. Ela balançava os dedos dos pés enquanto agarrava com força o telefone, os dedos molhados de suor. E se Raven a odiasse?

— Estou ligando — começou Alexia — pra pedir desculpa por ter me metido na sua vida. Não tinha intenção de deixar você chateada. Obviamente deixei. E não tinha o direito de acusar você de algo como trair Horace.

Raven ficou em silêncio por um minuto, então disse:

— Tudo bem. — Ela suspirou. — Sei por que você fez o que fez, mas ainda assim me irritou, porque você não confiou em mim. Quer dizer, se minha melhor amiga não confia em mim, por que meu namorado confiaria?

— Bem, talvez Horace conheça você melhor do que eu.

Raven bufou.

— Duvido. Não acho que ele me conheça bem o suficiente, e o assustador...? — Ela fez uma pausa novamente. — Não consigo parar de olhar pra outros garotos. Tipo, por que não consigo me focar só em Horace?

— Tudo bem olhar pra outros garotos, desde que você não toque neles, entende? Olhe, mas não toque.

— É.

— Ei — Alexia jogou a cabeça para trás e olhou para o teto da sala de estar —, por que você não vem aqui? A gente pode conversar mais. Tem algumas coisas acontecendo também... eu... não sei. Preciso de alguém com quem conversar.

— Claro. Chego aí em alguns minutos.

Elas desligaram e Raven encostou na frente da casa de Alexia vinte minutos depois. Foram para o quarto de Alexia. Alexia se sentou na cabeceira da cama, e Raven se esparramou aos pés, o dedo girando uma mecha do cabelo volumoso.

— Então, como vão você e Ben?

Alexia enrijeceu o corpo. Quis convidar Raven para vir aqui para confessar tudo, mas agora a ideia a assustava. E se Raven achasse que Alexia era louca ou algo do tipo? *Raven é a pessoa com menor probabilidade de julgar alguém*, pensou Alexia.

Então Alexia contou tudo, sobre ter perdido a virgindade no Quatro de Julho, sobre a decisão de Ben de ir para a Pepperdine e do medo de perdê-lo ao mesmo tempo.

— Não posso acreditar que você guardou tudo isso — disse Raven quando Alexia terminou. — Por que você não me ligou?

Alexia deu de ombros enquanto puxava as bolinhas de algodão do short preto.

— Você estava brava comigo.

— E daí?

— E daí que sim. Eu... não sei. Acho que devia ter ligado.

— Devia. — Raven se ergueu na cama e deu um abraço em Alexia. — Não importa pelo que estejamos brigando, você pode me ligar sempre que quiser e para o que quiser, entendeu?

— Entendi.

— Mas, uau — disse Raven. — Aconteceu muita coisa.

Alexia gemeu.

— Eu sei. Estou tão frustrada com essa coisa toda.

— Bem, não te culpo.

— O que eu vou fazer?

— Honestamente? Não sei. Por um lado, você realmente não pode pedir pra ele ficar aqui, porque seria egoísmo. Por outro, se isso está te incomodando tanto, não dá pra guardar por muito mais tempo. Vai acabar com seu relacionamento.

Raven roía as unhas, a cabeça fervilhando de ideias. Ela finalmente disse:

— Isso pode parecer péssimo, e eu sei que é difícil pensar nisso, considerando que você perdeu a virgindade com ele, mas você já pensou em terminar com ele quando ele for embora? A Califórnia realmente fica longe demais.

Alexia fechou os olhos. Tinha considerado terminar com ele, mas não quis colocar isso em palavras porque a ideia a assustava. Amava Ben, tinha dado sua virgindade a ele, não queria perdê-lo, não agora.

Mas como podia dar certo, os dois estando tão longe um do outro?

Quarenta e um

Regra 39: *Não seja indecisa. Uma vez que tomar uma decisão, prenda-se a ela.*

Ir para Nova York com Blake tinha parecido ser uma péssima ideia quando Horace concordou com isso por Raven, e era ainda pior agora que Raven estava dentro do carro. Especialmente com Blake e a namorada, Lana, no banco de trás. Lana ficava dando risadinhas com sua voz doce. No fim das contas, a garota que estava com ele na Scrappe *era* a namorada. Ela precisava estar em Newport Harbor naquela noite e pegaria um voo de Nova York. Pelo menos a carona de volta a Birch Falls seria tranquila. Não que Raven não gostasse de Lana, era apenas... estranho ter ela ali, porque Raven não sabia exatamente o que estava acontecendo entre ela e Blake. Blake gostava de Raven? Estava tentando ficar com outras garotas enquanto Lana estava em casa?

Só de pensar nisso a cabeça de Raven doía.

Raven pegou o celular e ficou mexendo na lista de contatos. Para quem podia enviar uma mensagem para passar o tempo? Horace estava trabalhando. Jordan provavelmente ainda estava dormindo.

— Que tipo de música você quer ouvir? — perguntou Mil-D.

Raven olhou para ele. Pelo menos tinha Mil-D. Pelo menos não era a vela.

— Tanto faz — respondeu ela. — Gosto de quase tudo, menos de música country.

Mil-D riu enquanto passava pelas estações da rádio por satélite Sirius. Parou numa estação chamada Hit List, e o último sucesso de Kanye West explodiu no caro sistema de som. Mil-D balançava a cabeça ao ritmo das batidas.

— Ah, eu gosto dessa música! — disse Lana, e começou a cantar junto.

Raven olhou para o relógio. Eram só nove e pouco da manhã, o que significava que estavam na estrada a menos de meia hora. O sol brilhava ao nascer num céu azul limpo, mas as janelas do carro tinham uma película de proteção tão escura que ela nem precisava de óculos de sol.

Ela se remexeu no assento, o couro rangendo sob ela.

— Ei, Rave? — chamou Blake.

Ela se virou para olhar para ele.

O boné estava torto na cabeça. Chegava quase a irritar Raven o quão fofo ele estava naquele momento.

Por que o vizinho do outro lado da rua não podia ser feio? Teria lhe poupado muitos problemas.

— Oi? — respondeu ela.

— Está tudo bem?

Ela franziu a testa.

— Tudo bem — respondeu ela, ajeitando-se no banco.

Dois segundos depois, o celular de Raven apitou com uma nova mensagem.

Graças a Deus, pensou ela. *Alguém com quem falar.*

Ela apertou o botão OK e checou o nome. Era de Blake. Ela se virou e fez uma cara feia para ele. Não podia falar com ela cara a cara?

Ela leu a mensagem.

O que está havendo com vc? Vc anda tão distante ultimamente.

Às vezes era difícil traduzir a linguagem de Blake. Ele queria dizer distante como "na dela", ou distante de "fria"?

Talvez fosse melhor perguntar.

Fria, ele respondeu de volta.

Lana chegou para a frente e enfiou a cabeça entre os assentos frontais, as unhas feitas arranhando o couro quando disse:

— Eu amo essa música também! Quem são esses?

Raven entrou em sintonia com a nova música.

— Nickelback.

— Ah, sim. Eu gosto deles.

Raven sorriu.

— É. Eu também.

Lana se encostou no banco assim que o celular de Raven tocou novamente.

Vc ñ vai responder?

Ñ tenho estado fria, ela digitou de volta.

Depois rapidamente desligou o som do alerta de mensagem, para que o telefone não ficasse tocando constantemente.

Mentirosa, disse Blake.

Ela fez uma cara feia para ele, que sorriu em resposta.

Não estou mentindo, disse ela.

Sim, vc tá.

Ela mordeu o lábio enquanto tentava decidir o que responder. Dizer para ele parar? Dizer que ele estava delirando? Ou dizer a verdade?

E qual era a verdade exatamente?

Ela gostava dele. Ou pelo menos tinha uma quedinha por ele, e andava fria porque isso a assustava.

Pronto, tinha admitido. Ela gostava de Blake.

Ficou com os pelos da nuca arrepiados. Passou a mão sobre eles tentado se livrar daquela sensação.

Não funcionou.

Td bem, digitou ela, *a verdade eh q acho q meio q gosto de vc. Tipo, ñ daquele jeito... Amo Horace e nunca vou magoá--lo... mas msm assim me sinto atraída por vc, e isso me deixa mto assustada.*

Ele recebeu a mensagem, leu e sorriu para si mesmo enquanto respondia.

Enquanto Raven esperava, seu estômago estava ficando embrulhado. Os sessenta segundos ou mais que ele levou para responder pareceram mil segundos. E se ele não gostasse dela? E se ele achasse que ela era uma idiota?

A tela do celular de Raven se iluminou quando recebeu uma nova mensagem. Ela respirou fundo e leu.

Vc gosta de mim?

Essa foi a resposta dele? Ela franziu a testa e digitou rapidamente uma nova mensagem.

Sim, seu idiota!

Ele riu para si mesmo.

— Com quem você está falando? — perguntou Lana.

Ele ergueu os olhos e lançou-lhe um sorriso.

— Com Cedric. Ele conheceu uma nova garota ontem à noite.

Raven arregalou os olhos. Felizmente Lana não podia ver Raven porque ela estava escondida atrás do banco do carona.

Ele estava mentindo descaradamente para a namorada! Raven se sentiu mal de tanta culpa.

— Diz a Cedric que eu disse oi — falou Lana.

— Pode deixar.

Lana esticou os braços entre os bancos e mudou novamente de estação.

— Ei! — disse Mil-D. — Eu estava escutando.

— Sim, mas eu não gosto dessa música.

Mil-D suspirou e balançou a cabeça.

Vc mentiu p/ ela, digitou Raven.

Foi uma mentirinha boba.

Ñ, foi uma GRANDE mentira.

Olha, digitou ele, *o lance eh, gosto de vc tbm, e sei exatamente pelo q vc tá passando. Tô sempre na estrada. Garotas histéricas, fãs obstinadas. Eh louco e eh fácil ser levado pelo momento. Mas amo Lana e tento mto ser bom p/ ela.*

Raven agora olhou para ele. O sorriso e o sarcasmo tinham desaparecido, deixando uma expressão incrivelmente séria.

Vc eh bom p/ ela?, perguntou ela.

Tenho sido nesses 6 meses q estamos juntos.

Raven fechou o celular com força.

Não tinha se enganado quanto à atração que havia entre ela e Blake, mas tinha definitivamente interpretado mal as intenções dele. Ela era uma amiga que ele mantinha a um braço de distância para evitar destruir seu relacionamento.

Ele parecia entender exatamente o que Raven estava passando. Isso, somado à maneira como Alexia tinha colocado as coisas — tudo bem se sentir atraída por alguém, desde que você fosse fiel — fizeram Raven se sentir bem melhor.

Blake estava certo. Era preciso se esforçar para se ter um bom relacionamento. Esse tipo de coisa não vinha de mãos beijadas. Não *era* para ser tão simples. Mas Raven estava se esforçando o suficiente?

Quarenta e dois

Regra 33: *Não o persiga ou o encare!*

Eles chegaram a Nova York por volta de uma da tarde. As audições não começariam antes das cinco, mas Raven queria pegar um bom lugar na fila.

Primeiro deixaram Lana no aeroporto JFK. Aquele lugar era uma confusão. Raven nunca tinha andado de avião, e se o labirinto de pistas, tráfego e terminais diferentes do JFK fosse uma indicação, Raven ainda podia esperar muitos anos antes de experimentar. Ela fechou os olhos em meio ao caos, pegando o iPod da bolsa e colocando os fones. Uma das músicas mais rápidas e pops da Kay-J tocava perto dos ouvidos de Raven, as batidas do baixo quase abafavam o barulho do aeroporto. Ela cantou as letras várias vezes na cabeça, apoiando-se na porta do carro em busca de conforto.

— Ei, Rave! — Alguém a sacudiu.

Raven endireitou-se, assustada. Tinha pegado no sono? Que horas eram? Perdeu a audição? O carro estava se movendo novamente, deixando para trás as autoestradas movimentadas para as ruas mais estreitas da cidade. Raven espiou o relógio do painel. Eram apenas duas da tarde. Tinha dormido aproximadamente uma hora.

— Desculpa — murmurou ela, limpando a garganta. — Estamos indo para o teatro agora? — Ela olhou para Blake no banco de trás e franziu a testa. — Você trocou de roupa e... onde está seu boné?

Raven percebeu que ele tinha deixado o cabelo crescer durante o verão. Tinha visto que estava começando a sair pelo boné, mas agora que estava sem ele notou como Blake ficava fofo com os cachinhos de cabelo à mostra.

Mas não foi isso o mais impressionante.

Em vez dos usuais jeans e camiseta de patrocinador, estava usado jeans escuros lavados da Diesel, que ficavam muito bem nele, e uma camisa de botão preta com gravata branca.

Claro, a gravata estava solta no pescoço e levemente para o lado, mas ficava bem de um jeito "tô nem aí".

— Você não para de me olhar — disse ele, o sorriso curvando o canto da boca. — Estou com alguma coisa no rosto? — Ele deu uma batidinha rápida no queixo.

— Não. — Raven piscou e desviou o olhar. — É que você... você está bonito.

— É o brilho. — Ele inclinou a cabeça para que Raven pudesse ver os brincos de diamante em suas orelhas.

Ela deu risada.

— Na verdade, eu nem tinha percebido os diamantes antes de você falar deles.

— Claro.

A buzina de um carro soou atrás do utilitário. Mil-D resmungou alguma coisa sobre taxistas impacientes. Ele virou a esquerda em um cruzamento depois que o sistema de navegação do carro o guiou.

— Então — começou Blake, virando-se de lado no banco —, tenho uma surpresa pra você.

Raven ficou tensa. Suspeitava que o tipo de surpresa de Blake não era um café ou um lindo cartão de boa sorte. A surpresa de Blake provavelmente seria exagerada como a vida que ele levava, e isso a assustava. Não era hora para surpresas.

— Sério? — perguntou ela cautelosamente.

— Sério. Caso contrário não teria me vestido assim.

— Você não precisava.

— Eu sei. Mas é que isso é muito especial, e acho que você vai gostar.

— Mas a gente está indo pro teatro mesmo assim, né? Pra eu poder entrar na fila cedo?

Ele sorriu.

— Blake?

— Bem... não exatamente...

Raven arregalou os olhos.

— Blake! Preciso pegar a fila! Senão essa viagem terá sido uma perda de tempo, e Horace vai...

— Psiu. — Ele colocou a mão no braço dela. A pele ficou toda arrepiada, apesar do toque caloroso. — A surpresa vai ser irada. Tudo bem?

Ela o encarou novamente por vários segundos. Em vez de admiração, desta vez estava incomodada.

— Se eu perder a audição...

— Você não vai.

— Tudo bem. — Ela se lamentou e enfiou os fones do iPod nos ouvidos. Tinha menos de duas horas para ter certeza de que sabia todas as músicas de Kay-J. E era melhor que Blake a levasse para aquela audição.

♥

Menos de 25 minutos depois, Mil-D encostou na frente de um hotel que dizia THE CARLYLE em letras cursivas douradas sobre um toldo preto. Um porteiro em um daqueles chapéus ridículos estava parado ao lado de uma planta que tinha sido podada para parecer com o rabo de um poodle.

— O que estamos fazendo aqui? — perguntou Raven depois de desligar o iPod. Blake estava tentando levá-la para seu quarto de hotel? Estava tentando transar com ela ou algo do tipo? Depois de tê-la enchido com o papo de que era um namorado fiel?

— Sua surpresa está aqui.

Raven virou-se para ele e rangeu os dentes, tentando entender o que estava acontecendo.

— Preciso ir pra a sala de concertos! Aqui não é a sala de concertos! Blake, vou ser a última da fila.

— Conte pra ela, filho — aconselhou Mil-D. — Antes que ela estoure um vaso sanguíneo.

Blake suspirou.

— Queria que fosse uma surpresa.

— Se eu perder essa audição, vai ser uma surpresa. Uma péssima surpresa.

Raven só conseguia imaginar a decepção de Horace. E então ele iria querer saber onde ela tinha estado se não foi para a audição e então... o que ela diria? Blake tentou levá-la para seu quarto de hotel porque ela tinha dito que se sentia atraída por ele?

Toda aquela viagem tinha sido uma péssima ideia!

— Tudo bem. — Blake tirou o cabelo da testa. — Eu consegui uma audição particular pra você.

Raven franziu a testa.

— Você o quê?

— Uma audição. Com a Kay-J.

— Com a Kay-J?

Blake fez que sim com a cabeça.

— Mas... como... quer dizer...

— Eu a conheço — disse ele, tentando adivinhar a pergunta que Raven parecia não estar conseguindo fazer sair dos seus lábios. — Já fomos a festas juntos. — Ele deu de ombros. — Nada demais.

Raven ergueu uma sobrancelha.

— Nada demais? Você está falando sério? Quer dizer, sério, você está falando sério?

Ele riu.

— Sim, estou falando sério.

A raiva desapareceu para ser substituída pela culpa. Não devia ter tirado conclusões precipitadas. Blake nunca tinha feito nada vulgar — por que tinha assumido que ele estava tentando ficar com ela?

— Uma audição particular?

— Isso. Você está pronta pra subir?

Ela agarrou o iPod com força, o suor escorrendo nas pontas dos dedos. Não, ela não estava pronta. Tinha repassado aquele momento na cabeça várias vezes, mas todas as vezes ele tinha se passado num palco, com luzes a cegando, e com Kay-J tão longe no teatro que Raven precisaria de binóculos para ver o rosto dela.

Não tinha esperado uma audição particular com Kay-J sentada bem pertinho!

— Não sei — respondeu Raven.

— Bem, é tarde demais. — Blake abriu a porta. — Ela está esperando a gente e você não pode dar pra trás agora.

Ele deu a volta para o lado de Raven e abriu a porta do carro.

— Vamos.

— Mas...

— Vamos. — Ele pegou a mão dela e a puxou para fora do carro. — Te ligo quando tivermos terminado, Mil?

Mil fez que sim com a cabeça.

— Vou sair em busca de uns donuts. O GPS está dizendo que tem uma loja a dez minutos daqui. Dez minutos para o céu. — Ele suspirou. — Divirta-se, filho.

— Até mais.

Blake colocou a mão na lombar de Raven e a conduziu para o C dourado na calçada da frente do Carlyle. O porteiro acenou com o chapéu e disse bom-dia.

— E aí, cara — disse Blake antes de guiar Raven pela porta giratória. Ela entrou. Blake pegou o espaço seguinte e a seguiu.

O lobby do Carlyle parecia um mundo muito diferente, o que fazia Raven se sentir extremamente deslocada. O piso era preto, talvez de mármore, ou algo igualmente caro. Era polido a ponto de Raven poder ver seu reflexo quando olhava para baixo. A sensação era de estar andando sobre água.

Havia dois sofás laranja na diagonal da área da recepção com dois grandes espelhos atrás.

Para onde quer que olhasse, podia ver seu reflexo. Era irritante. Especialmente quando seus olhos estavam inchados de dormir, os lábios secos e a sombra escura demais.

— Bom dia, senhor — disse o homem atrás do balcão da recepção. — Como posso lhe ajudar?

— Estou aqui pra ver Kira James.

— Um momento. — O homem pegou o telefone preto e discou um número.

— Kira James? — sussurrou ela.

— É o nome verdadeiro dela.

— Vocês podem subir — disse o homem, colocando o telefone de volta no gancho. — É no décimo andar. Alguém vai encontrar vocês nos elevadores.

— Obrigado.

— É tudo tão... elegante — murmurou Raven quando cruzavam o lobby na direção do hall dos elevadores. O piso de dentro do elevador era preto também e os ornamentos, dourados.

Blake apertou o botão do 10° andar e as portas se fecharam com um tinido.

— Esse lugar é top — disse ele. — Não existe nada muito melhor que isso.

— Você já se hospedou aqui?

Blake riu.

— Cara, não, não tenho dinheiro para um lugar desses.

O painel em cima das portas contava os andares. Uma campainha tocou novamente quando chegaram ao 10° andar e as portas se abriram. Um homem de terno preto e gravata amarela cumprimentou Blake e Raven.

— Sou Manuel — disse ele. — Sigam-me e eu os levarei até Kay-J.

— Maravilha. Toca o bonde, cara.

Blake sorriu.

Manuel não.

O segurança corpulento seguiu pelo corredor, as mãos cruzadas à frente. Ele parou diante de uma porta e enfiou um cartão. A fechadura fez um clique e ele abriu a porta.

O coração de Raven deu uma pancada de advertência no peito. Estava prestes a se fazer de boba!

Com certeza, em Birch Falls, as pessoas gostavam dela cantando, mas não tinham com quem comparar. Além disso, fazer parte de uma banda de cidade pequena tinha um elemento cool atrelado. Talvez parte da atração exercida por Raven era que cantava em uma banda com guitarras e bateria, elementos que mascaravam o fato dela ser uma droga.

Isso era uma péssima ideia.

Entraram num foyer onde foram recebidos pelo som de um secador de cabelo e música tocando de uma *dock station* para iPod.

O segurança passou na frente de Raven e Blake e anunciou a chegada dos dois. Kay-J estava sentada em uma poltrona de plush verde, uma revista aberta nas mãos, enquanto um homem mexia no seu cabelo.

— Oi! — cumprimentou ela, acenando com os dedos. — Me dá um segundo, Don?

Don, o cabeleireiro, fez que sim com a cabeça e desapareceu em outro cômodo.

Raven tentou se focar em Kay-J, mas havia tantas outras coisas para admirar na sala. A decoração era luxuosa, com um ar de Velho Mundo, os sofás de plush e as almofadas alinhadas. Velas tremeluziam sobre uma mesa atrás de um sofá.

Mas foi a vista da 76th Street pela janela panorâmica que realmente impressionou Raven. Ela foi até a janela e olhou para as pessoas e os carros. Havia vários táxis descendo pela rua, a pintura amarela era a cor dominante no tráfego. Nova York era tão... vibrante.

— Uau — suspirou ela.

— É lindo, né?

Raven olhou para Kay-J de pé ao seu lado. Nunca tinha sido uma grande fã de Kay-J. A música dela era boa, e Raven respeitava seu talento, mas sempre gostou mais de rock que de qualquer coisa.

Mesmo assim, sentiu-se fascinada com a presença dela. Era estranho ver um rosto que tinha sido gravado em capas de revista bem na sua frente.

— É — murmurou Raven. — Nunca tinha visto essa cidade tão do alto.

— É lindo. Embora eu às vezes me esqueça de olhar. — Kay-J abriu aquele sorriso branco cintilante. — Então você é cantora, é?

Raven deu de ombros.

— Mais ou menos.

Kay-J tinha a mesma idade de Raven, mas Raven não tinha como evitar se sentir uma amadora mais jovem. O fato de Kay-J estar deslumbrante não ajudava. Os cabelos castanhos caíam pelos ombros em ondas suaves. Mechas loiras iluminavam o rosto bronzeado.

Ela tinha uma pele perfeita.

Raven estava verde de inveja. Blake era amigo de Kay-J? Como conseguia se manter fiel a Lana quando tinha uma deusa como amiga?

— Vem cá. — Kay-J pegou a mão de Raven e a puxou, passando por Blake, que estava sentado no canto do sofá. — Já voltamos — informou Kay-J.

Blake só concordou com a cabeça.

Kay-J levou Raven para um dos quartos e fechou a porta. Havia malas no chão com roupas penduradas para fora. Vários jeans estavam suspensos numa cadeira no canto, junto com uma camiseta e um vestido de verão esvoaçante.

— Pronta? — Kay-J empurrou várias blusas para trás da cama e se sentou. — Pode começar quando quiser.

Raven permaneceu ali parada.

Qualquer pessoa teria se matado por essa oportunidade, e ela estava paralisada.

— Não fique tímida — pediu Kay-J. — Eu sei como é cantar na frente de alguém estranho, mas finge que sou uma amiga? Sua mãe? Irmã?

Raven concordou com a cabeça e respirou fundo. Tentou imaginar Horace à direita, Hobbs à esquerda e Dean atrás dela na bateria. Tentou imaginar as batidas da bateria vibrando pelo chão da garagem de Horace, os acordes do baixo soando em seu peito, e os riffs da guitarra de Horace gerando calafrios em sua coluna.

Ela abriu a boca e cantou.

♥

Raven apertou as mãos uma na outra e berrou quando as portas do elevador se abriram.

— Ela disse que eu sou boa!

— Eu ouvi — disse Blake. — Aliás, também ouvi você cantando. Foi bizarro.

— Bizarro significa bom?

Ele sorriu.

— Sim. Melhor que bom.

Ela berrou novamente, incapaz de se controlar.

Kay-J disse que gostava da voz singular de Raven. Disse que achava que Raven tinha uma grande chance no concurso, mas que ainda havia dois dias de audição. No entanto, Kay-J prometeu enviar notícias pessoalmente para Raven, fosse por telefone ou por carta.

E pensar que algumas semanas atrás Raven nem queria vir. Agora que tinha passado pela experiência não podia imaginar deixar a oportunidade escapar.

— Nem sei como agradecer — disse ela para Blake. Ela ergueu os braços e o abraçou, envolvendo o pescoço dele.

Pequenos fios de cabelo fizeram cócegas em seu rosto. Ele tinha cheiro de chiclete de canela e colônia doce. Blake envolveu a cintura dela de modo hesitante em seus braços.

— Não foi nada.

— Claro que foi.

Ela se afastou para beijar o rosto dele, mas ele moveu a cabeça ao mesmo tempo e acabaram se beijando nos lábios.

Primeiro Raven ficou surpresa, mas depois ficou instantaneamente tensa.

Até que as mãos de Blake deslizaram para seus quadris e a respiração ficou trêmula em seus pulmões. Ele a puxou com mais força, e ela ficou pressionada no canto do elevador, o beijo deixando de ser acidental e se tornando ardente em dois segundos.

Blake passou a língua nos lábios dela e um arrepio passou por sua espinha.

Era como se estivesse esperando por esse beijo o verão inteiro. Qualquer pensamento se dissipou de sua mente até que Blake se afastou.

— Raven — disse ele, a voz rouca —, não podemos.

Ela sabia disso, mas não queria escutar a razão naquele momento. Não com o coração batendo forte no peito e o frio no estômago.

O elevador soou e as portas se abriram no primeiro andar. Um casal mais velho entrou quando Raven e Blake ainda estavam espremidos no canto do elevador.

Blake se afastou da parede e se apressou pelo lobby, deixando Raven ainda em guerra, prazer e culpa misturando-se em seu íntimo.

Quarenta e três

Regra 7: *Seja corajosa e ousada! Veja a vida como uma aventura!*

Regra 26: *Não se sinta obrigada a dizer a suas amigas de quem você está a fim!*

Drew levaria Kelly para seu primeiro encontro oficial, mas Kelly insistiu que fizessem algo mais privado. E se eles fossem para um restaurante, só os dois, e alguém os visse?

Seria suicídio. Kelly não queria que ninguém soubesse sobre ela e Drew. Pelo menos, não ainda. Eventualmente acabariam sabendo. E Kelly *não* estava ansiosa por esse dia.

Kelly tinha deixado para Drew o planejamento do encontro porque ele era bom em planos e em tomar a decisão final. Kelly gostava de seguir no ritmo. Qualquer coisa que ele quisesse, por ela tudo bem.

— Quem quer dirigir? — perguntou Kelly quando ele apareceu na sua casa por volta das seis.

— Vamos com o seu carro — informou ele. — Todd pegou minha caminhonete emprestada.

Kelly franziu a testa.

— Pra quê?

— Coisas do aniversário.

— O que vocês dois estão planejando pra minha festa de aniversário que precisa ser transportado numa caminhonete?

Ele sorriu.

— Mesas e coisas do tipo, mas não se preocupe com a organização do seu aniversário. Hoje sou eu, você e o jantar.

— Falando nisso... — ela abaixou a voz —, você contou pro meu irmão... você sabe...

— Sobre a gente? Não. Ele acha que vou te levar pra comprar fitas pra decoração. — Ele deu de ombros. — Já comprei um saco inteiro de cor-de-rosa, se você achar legal.

Kelly não conseguiu evitar o sorriso. Drew a conhecia tão bem.

— Rosa está bom.

— Me dá dois segundos para eu ir falar com Todd e depois a gente vai. — Ele desapareceu no corredor e Kelly entrou na cozinha, onde a mãe estava lavando louça.

— Vai sair? — perguntou a Sra. Waters.

Kelly fez que sim com a cabeça animadamente.

— Com Drew.

A mãe virou-se.

— Com Drew?

— É. Mas não conta pro Todd! Por favor.

— Você tem a minha palavra. — Ela colocou as mechas de cabelos loiros atrás da orelha. — O que aconteceu com Drew e Sydney?

A expressão animada de Kelly sumiu.

— A Syd terminou com Drew há mais de uma semana.

— Mas ela sabe que você e Drew...

— Não. — A culpa voltou com toda a força. Kelly mordeu o lábio inferior. — Pelo menos, não ainda.

— Bem — a Sra. Waters levou uma das mãos à cintura —, só seja cuidadosa. E inteligente. Ok?

Assim que Kelly fez que sim com a cabeça, Drew entrou na cozinha.

— Pronta? — perguntou ele.

— Pronta — respondeu Kelly, seguindo-o porta afora.

♥

Drew quis dirigir o carro de Kelly porque sabia aonde estavam indo e não queria que Kelly soubesse até terem chegado. Cerca de dez minutos depois de terem saído de casa, Drew encostou o carro no parque Eagle.

— Perfeito — disse Kelly, batendo palmas. — Um piquenique na floresta?

— Não exatamente. — Ele sorriu e desceu do carro, pegando umas sacolas do banco de trás. Tinha comprado algumas coisas mais cedo, embora não tenha deixado Kelly ver o que era.

Drew foi até o estande de admissão perto da beira do lago, e Kelly foi até a margem enquanto esperava. O lago estava plácido. Quase como vidro, refletindo a floresta ao redor em uma perfeita imagem de cabeça para baixo.

Quando Drew apareceu ao lado de Kelly, estava com uma chave na mão.

— Pra que esta chave? — perguntou Kelly.

— Vamos pegar uma canoa.

Ele foi até a fileira de canoas presas a uma barra de ferro. Abriu o cadeado de uma azul e colocou-a na água.

— Entre.

— Uma canoa. Um piquenique no lago?

— Tudo bem pra você? — Ele tirou os óculos e prendeu-os na gola da camiseta. — Podemos fazer outra coisa...

— Não! Amei.

Com a ajuda de Drew, Kelly entrou na canoa vacilante e foi lentamente até a parte da frente. Drew sentou-se na parte de trás e impulsionou-a para águas mais profundas com o remo.

Eles deslizaram pela superfície lisa. Kelly pegou o próprio remo e começou a remar também.

— Para onde vamos? — perguntou ela.

— Vamos até a curva. — Ele manobrou e Kelly continuou remando, trocando de lado de minutos em minutos. Só quando estavam a 18 metros da margem foi que seus braços começaram a sentir a queimação de estarem remando. Adam ficaria orgulhoso.

Alguns cisnes passaram nadando pelo lado esquerdo da canoa. Alguém em um barco motorizado pescava, distante. Algumas linhas de pesca saíam da lateral do barco na direção da água.

Drew e Kelly fizeram a curva do lago onde o terreno se projetava como um polegar. Assim que chegaram ao outro lado, o parque Eagle desapareceu da visão e eles tinham total privacidade.

— Aqui é tão bonito — disse Kelly, apoiando o remo no colo. — Nunca tinha vindo aqui de canoa.

— Nunca?

Ela fez que não com a cabeça.

— Nunca nem pensei nisso.

No alto, nuvens esfumaçadas apareceram inesperadamente, cobrindo o céu azul.

Uma brisa surgiu, perturbando a calmaria do lago e lançando mechas finas de cabelos no rosto de Kelly.

Drew remou até que estivessem a mais ou menos 30 metros da beira do lago e ainda assim escondidos pela massa de terra atrás deles. Ele colocou seu remo na parte de trás da canoa e se levantou.

Kelly deu um grito quando o barco balançou.

— Drew! — Ela se agarrou às laterais da canoa.

Ele deu risada.

— Está tudo bem. — Ele se sentou no meio do banco, logo atrás de Kelly. — Viu, nós não vamos virar.

Ela baixou o remo e virou-se para Drew.

— Não quero cair na água.

— Eu sei, mas assim eu poderia ser um herói e te salvar.

Kelly sorriu.

— Bem, colocando as coisas desse jeito...

Ele colocou a sacola de compras entre os dois.

— Comprei tudo que você mais gosta. Coisa de chocolate. Coisa salgada. E alguma coisa saudável. Sabe, assim você pode escolher.

— Tá, porque eu acho que vou trocar o chocolate... — ela olhou para a sacola — pelas uvas.

Ela tirou um pacote de M&M's de manteiga de amendoim da sacola.

— Ah, meu Deus, faz séculos que eu não como isso.

Drew abriu uma garrafa de água.

— Lembra quando a gente era pequeno e chupava o chocolate até que ficasse só uma bola de manteiga de amendoim?

Kelly riu.

— Lembro! E depois a gente comia várias bolas moles de manteiga de amendoim de uma vez só.

Ele concordou com a cabeça, e depois saiu do banco da canoa, sentando-se no fundo gelado da fibra de vidro.

— Vem aqui.

Ela fez o mesmo, virando-se para que pudessem ficar sentados ombro a ombro, as costas apoiadas no banco do meio. A água se agitava nas laterais da canoa, empurrando-a pelo lago, cada vez mais afastada da margem.

Drew entrelaçou Kelly com os braços, o polegar desenhando círculos sobre seu ombro nu. Ela sentiu um arrepio, que foi das pontas dos dedos dele até o antebraço.

Com a outra mão, ele tocou o rosto dela, e tirou o cabelo dos seus olhos.

— Você está tão linda.

Ela sorriu.

— Obrigada.

Ele a beijou, suave e lentamente, usando apenas lábios nos lábios, os dedos na pele. Então a língua dele roçou na dela.

Uma chuva nebulosa caiu das nuvens esfumaçadas quando a brisa começou novamente. Molhou o rosto de Kelly, refrescando-o onde o sangue se acumulava do toque de Drew.

Kelly podia ficar ali com ele no fundo da canoa, no meio do lago, para sempre, mas todas as coisas boas tinham que terminar, não tinham?

E o momento agradável terminou quando o telefone de Drew tocou.

— É a Sydney — disse ele, depois de olhar o visor do celular. — Atendo?

Kelly passou os dentes sobre o lábio.

— Não sei. — Ela então fez uma pausa. — Sim, atenda. Mas eu não estou aqui.

Ele abriu o celular e apertou o botão verde.

— Alô?

Ele olhou para Kelly.

O braço ainda em volta dela enquanto escutava o que Sydney dizia do outro lado da linha.

— Não — respondeu ele. — Estou na casa de Todd.

Kelly ficou com o coração apertado. Sentia-se tão mal por ter de mentir para a amiga para poder ficar com Drew. Se não gostasse tanto dele, acabaria com aquilo tudo. Mas ficaria louca se tivesse que desistir de Drew depois de tê-lo por uma semana tão curta.

— É porque a gente acabou de voltar — disse Drew. — A gente estava comprando umas coisas pra festa de aniversário. — Ele suspirou depois de ouvir a resposta de Sydney. — Não sei nem por que você está se importando com isso. Não estamos mais juntos, Sydney, caso você tenha esquecido. Não tenho que te dizer onde estou ou o que estou fazendo.

Ele olhou para Kelly e revirou os olhos.

— Vou desligar, Syd. Tchau.

Ele fechou o telefone e jogou a cabeça para trás.

— O que foi? — perguntou Kelly.

— Ela me pegou mentindo sobre estar na sua casa com seu irmão.

Kelly sentiu um frio no estômago, e não um frio dos bons.

— O que ela disse?

— Aparentemente ela passou na sua casa e seu irmão disse que eu e você tínhamos saído juntos há uma hora.

Kelly piscou.

— Isso não é bom.

— Está tudo bem, Kel. A gente não precisa dar satisfações para a Sydney.

— Mas ela é minha melhor amiga! — Kelly esfregou a mão na testa. — Não acredito que estou fazendo isso.

— Você acha que a gente tem que parar de se ver? — Drew pegou uma mecha de cabelo dela e a enrolou no dedo. Ela estremeceu.

— Não.

— Então a gente vai dar um jeito.

Ele apertou o ombro dela e lhe deu um beijo rápido.

A chuva nebulosa começou a cair com mais força.

— Acho melhor a gente ir.

Drew se levantou e foi até a parte de trás da canoa. Kelly foi para o banco da frente.

— Eu te amo, Kels — disse ele suavemente. A pior coisa nisso tudo é que Kelly também o amava desesperadamente. E se ela precisasse escolher entre Sydney e Drew? Quem escolheria?

Lá no fundo, ela sabia que já tinha feito a escolha.

Quarenta e quatro

Regra 12: *Seja agradável e fácil de lidar!*

Sydney abriu a porta do quarto silenciosamente e enfiou a cabeça no corredor. As vozes da mãe e do pai eram leves murmúrios na cozinha. Estavam falando sobre divórcio. Sydney sabia, porque quando se levantou para usar o banheiro na noite anterior, entreouviu a palavra.

Agora os pais estavam provavelmente falando dos termos ou de outras opções.

A essa altura, Sydney não se importava, e talvez isso fosse pior do que ficar chateada.

Voltou para o quarto, pegou as chaves e a bolsa. Precisava estar no trabalho em 15 minutos. Considerou seriamente sair de forma furtiva pela janela do quarto para evitar os pais, mas não queria que eles pensassem que tinha fugido, assim como a mãe.

Resmungando para si mesma, seguiu pelo corredor, os passos apressados, a cabeça abaixada. Esperava conseguir passar pela cozinha sem ser notada. Infelizmente, assim que entrou no cômodo, os pais pararam de falar e olharam para ela.

— Sydney? — perguntou a mãe.

Sydney ficou hesitante entre a cozinha e a sala de estar. O relógio idiota de peixe fazia tique-taque na parede, preenchendo o silêncio desconfortável. Sydney não tinha dito mais que dez palavras para a mãe desde que ela chegou, e não planejava dizer mais que vinte no total.

— O que foi? — Ela arqueou uma sobrancelha.

Sydney olhou para a mãe, depois para o pai. A mãe estava toda arrumada como sempre, como se a qualquer momento fosse receber uma ligação para alguma reunião de trabalho e tivesse que viajar. Os cabelos pretos estavam puxados em um coque. Pérolas adornavam suas orelhas e envolviam o seu pescoço. Vestia um terno preto e saltos pontudos.

O pai de Sydney, por outro lado, parecia ter acabado de sair da cama. Os cabelos castanhos escuros estavam amassados em torno da cabeça. Uma barba rala cobria o queixo e os olhos ostentavam olheiras.

— Você vai ter algum tempo livre hoje ou amanhã pra que a gente possa conversar? — perguntou a mãe.

Por que a mãe tinha voltado em primeiro lugar? Culpa? Dinheiro?

Sydney apertou o chaveiro nas mãos, as pontas da chave entrando na carne. Ela tinha tempo livre depois do trabalho?

— Não — respondeu ela, saindo pela porta.

♥

O hospital parecia excepcionalmente frio hoje. Sydney fechou o agasalho e enfiou as mãos nos bolsos, enquanto esperava pelo elevador para fazer a lenta viagem até o terceiro andar.

Para um hospital, você acharia até que ele andava rápido, mas Sydney apostaria que se corresse para pegar as escadas, chegaria ao terceiro andar antes que o elevador sequer tivesse passado pelo segundo.

Mas hoje não estava com vontade de subir escadas.

As portas abriram no segundo andar e Sydney foi para o canto, abrindo espaço para que outras pessoas entrassem. Exceto pelo fato de que havia apenas uma pessoa esperando, e era Quin.

— Oi — disse ele, entrando. — Tudo bem?

Ela franziu a testa e negou com a cabeça.

— Nada bem. Hoje não é um bom dia.

— É sua mãe?

— É.

Eles saíram no terceiro andar e ficaram pelo hall dos elevadores. Quin se encostou à parede, a camisa de algodão branca confundindo-se com as paredes brancas igualmente pouco atraentes. Agora que Sydney sabia como Quin era fora do trabalho, odiava vê-lo dentro do hospital. Aqui ele precisava se esconder. Cobrir as tatuagens e prender os cabelos. Odiava que ele tivesse que apresentar uma versão tão editada assim de si mesmo.

— Quer falar sobre isso? — perguntou ele.

Ela fez que não com a cabeça. Era mais confortável falar com ele sobre o que sentia, mas simplesmente estava sem energia naquele momento.

— Só quero terminar meu trabalho hoje e ficar um pouco sozinha, se estiver tudo bem pra você.

— O que você precisar, e quando você quiser conversar ou sair ou qualquer coisa, sabe onde me encontrar.

— Obrigada. Mesmo. Eu agradeço.

Afastaram-se. Quin foi para a Oeste Um, e Sydney para a Oeste Dois. Ela parou no posto de enfermagem para pegar sua lista de afazeres com Jannie.

— É só visitar cada quarto e ver se as crianças querem alguma coisa — instruiu Jannie.

Sydney gostou de ouvir isso. Certamente não estava com vontade de se vestir de dragão hoje. Nos primeiros quartos, as crianças quiseram filmes, e Sydney foi buscá-los. À quarta criança, com a permissão da enfermeira, Sydney deu uma pipoca de micro-ondas com o filme.

No último quarto que visitou, disse oi para a garotinha deitada na cama, o corpo franzino afogado nos lençóis brancos engomados. Já estava ali há mais de uma semana, e os pais ainda não tinham vindo visitá-la. Não havia balões no quarto, nem flores.

Sydney não sabia as especificidades da internação da garotinha, mas sabia que ela não estava bem.

— Oi, Haley — cumprimentou Sydney quando entrou no quarto. Desenhos passavam na televisão. As máquinas atrás da cama da garotinha bipavam. O soro pingava regularmente à sua cabeceira.

— Oi, Sydney! — Haley abriu um sorriso largo. — Estava querendo saber quando você trabalhava de novo.

Sydney pegou uma das cadeiras de visita e se sentou.

— Como você está?

— Bem. O dia está bonito lá fora.

Sydney virou o rosto e olhou pela janela. O céu estava nublado e a chuva pesada.

— Um dia bonito?

— Eu gosto de chuva — disse Haley, diminuindo o volume da TV no controle. — A chuva é bonita.

Sydney olhou pela janela, tentando ver o que Haley via. Estava tão escuro e sombrio, como podia ser bonito?

— Você não vê? — perguntou Haley.

— Acho que não.

— As pessoas veem as coisas de forma diferente — refletiu ela. — Tudo bem.

Sydney virou-se novamente para Haley.

Haley tinha em torno de 10 anos, cabelos e olhos castanhos claros. Sardas pontilhavam seu nariz e as bochechas eram gorduchas. Havia sempre um sorriso em seu rosto, não importava quantas vezes as enfermeiras precisassem furá-la, checar sua pressão ou lhe dar algum remédio de gosto amargo.

— Como você consegue ficar tão animada estando presa em um hospital? — Sydney se escutou perguntando. Rapidamente se arrependeu. Estava falando com uma criança, uma criança doente, e estava trazendo à tona o assunto da doença da garota. Quin lhe tinha dito várias vezes que o trabalho deles era tentar fazer as crianças esquecerem por que estavam aqui. E Sydney tinha acabado de quebrar essa regra.

É claro, ultimamente estava quebrando muitas regras. Certamente não havia uma regra no Código da Atração que dizia mandava terminar com o garoto que você supostamente amava.

Haley olhou para Sydney sem se deixar abater pela pergunta franca.

— Não podemos deixar que as coisas ruins dominem a gente — disse ela. — Coisas ruins precisam acontecer nas nossas vidas. Elas ensinam a gente a aproveitar as coisas boas. Bem. Era isso que meu avô costumava dizer antes de morrer. — O sorriso dela se alargou, os olhos se focaram novamente em

Sydney. — Meu avô sempre dizia — acrescentou ela —, que não existe arco-íris sem chuva.

Sydney riu, e de alguma forma desviou para o assunto chocolates e depois para adivinhações e sonhos esquisitos.

E quando Sydney saiu do quarto de Haley uma hora depois, seu dia já não parecia estar tão ruim assim.

Quarenta e cinco

Regra 32: *Não fique tímida, muda ou envergonhada perto dele!*

Menos de 24 horas após o equivocado beijo, Blake ligou para Raven e disse que precisavam "conversar". O que não podia ser bom. Ontem, na carona de volta para casa, Blake não disse uma só palavra. Não sabia dizer se ele estava chateado, triste ou confuso.

Ainda era difícil para ela conseguir entendê-lo, e agora ele estava sentado à sua frente, à mesa de um Starbucks das redondezas.

Com o vaporizador de leite assoviando ao fundo e o cheiro denso de café moído no ar, tinha quase a impressão de estar na Scrappe. Ela meio que esperava ver Horace entrando, e isso seria péssimo. Realmente péssimo, considerando que Raven estava tendo dificuldades em focar em qualquer outra coisa que não fosse Blake naquele momento.

Sabia que era errado, mas queria beijá-lo novamente. E talvez fosse tão excitante beijá-lo porque sabia que não devia...

No entanto, tinha 94 por cento de certeza de que nunca faria isso novamente. A culpa era um fardo pesado em seu ser, porque amava Horace e sabia, lá no fundo, que era melhor estar com ele do que com Blake.

Tinha sido uma idiotice beijá-lo. Simplesmente tinha sido pega pela emoção.

— Então — começou Blake, segurando a xícara de café entre as duas mãos —, precisamos falar sobre o que aconteceu ontem.

Raven concordou com a cabeça e deu um gole no seu frapê. Não era tão bom quanto os que faziam na Scrappe.

— Não me entenda mal — continuou Blake. — Eu gosto de você. Realmente gosto de você, e aquele beijo... — Ele passou a mão nos cabelos. — Aquele beijo foi irado, mas eu amo a Lana e não posso magoá-la desse jeito.

Raven voltou a concordar com a cabeça. Para ela estava sendo difícil expressar qualquer coisa.

— Então concordamos que aquele beijo foi um erro? — perguntou ele.

Raven gostou do beijo, e se fosse solteira iria querer que houvesse muitos outros beijos entre eles, mas agora, na situação deles, *era* um erro.

— Concordamos — disse ela finalmente.

Blake suspirou aliviado.

— Você vai contar pro Horace?

Raven sentiu um embrulho no estômago. E se ele terminasse com ela? E se lhe dissesse que nunca mais queria vê-la? Não poderia aguentar. Não poderia viver sabendo que tinha magoado Horace daquele jeito.

E era tão errado assim manter o beijo em segredo? Foi só um beijo, e, como Blake disse, foi um erro.

— Não — respondeu ela. — Acho que não vou contar pra ele.

Blake virou-se em direção à janela, a luz do sol batendo em seu rosto.

— É, acho que também não vou contar pra Lana. — Ele então olhou para ela, a voz um pouco mais baixa. — O que acha de deixarmos esse segredo morrer aqui então?

Raven concordou com a cabeça.

— De acordo.

♥

Mais tarde daquela noite, quando Raven chegou em casa, encontrou a mãe esperando por ela à mesa da cozinha.

— No que você estava pensando? — gritou a Sra. Valenti.

Raven ficou imóvel. Não precisava de esclarecimentos, sabia muito bem a que a mãe estava se referindo. De alguma forma tinha descoberto sobre a viagem a Nova York. Como, exatamente, Raven não conseguia saber. Jordan tinha dito alguma coisa?

— Hum... — Um calor subiu em seu rosto. Raven odiava ser pega desse jeito. Não tinha certeza de por onde começar.

— Bem — disse ela —, acho que estava pensando que queria competir em um concurso de canto. E que ele era em Nova York.

A Sra. Valenti rangeu os dentes. As narinas inflaram.

— Não acredito que você foi para Nova York sozinha, Raven! E por um concurso bobo! Você podia ter ido lá pra visitar uma faculdade, mas não, tinha que ir escondida por causa da música.

Raven fechou as mãos em punho nas laterais do corpo.

— Horace e eu achamos que seria uma boa oportunidade, sabe... alguma coisa pra me tirar de Birch Falls, alguma coisa pra me fazer ter sucesso como você sempre quis.

A Sra. Valenti suspirou, esfregando a testa.

— Eu não devia ter ligado pro Horace...

Raven franziu a testa.

— O quê? Como você ligou pro Horace?

A mãe ficou olhando para a frente, os lábios apertados firmemente.

— Mãe?

— Liguei pra ele quando ele estava em Detroit.

Raven arregalou os olhos, o queixo caído.

— Você o quê?

— Estava fazendo isso por você, querida. Só queria que você tivesse uma vida boa. Não quero que você se arrependa de nada, e ficar aqui em Birch Falls por causa de um garoto e uma banda de garagem... bem, esse não é exatamente o tipo de vida que quero pra você.

Raven ficou sem fala.

Era por isso que Horace estava agindo de forma tão estranha desde que chegou de Detroit. Por isso estava insistindo para que ela participasse do concurso — porque a mãe tinha ligado para ele e colocado ideias em sua cabeça, porque Horace estava com medo de estar prendendo Raven.

— Não posso acreditar que você fez isso — disse Raven.

— Não é como se eu o tivesse ameaçado. Só queria conversar com ele sobre o que ele queria para o próprio futuro. E para o seu. Nós dois achamos que você tem talento, mas eu quero que você tenha um plano B, Raven. Quando eu tinha a sua idade...

Ela passou a língua nos lábios e mudou de posição na mesa da cozinha.

— Quando eu tinha sua idade, achava que tinha todas as respostas, mas não tinha. Eu não tinha um plano à frente como deveria ter. E demorei muito tempo pra fazer o que queria na minha vida. Não quero você seguindo as ideias ou os sonhos de outra pessoa.

A Sra. Valenti se manteve em silêncio por um bom tempo, e então continuou:

— Eu amava seu pai, não me entenda mal, mas queríamos coisas diferentes na vida. Eu era jovem e otimista. Achava que tinha todo o tempo do mundo pra seguir os sonhos dele e os meus. Mas não era o caso. Nós só seguimos os sonhos *dele*. E os meus foram deixados de lado para sempre.

"Foi por isso que cobrei tanto de vocês. Quero que vocês tenham tudo que sonharam. Não quero que vocês sacrifiquem nada por ninguém."

Raven segurou o colar com o pingente de nota musical que Horace tinha lhe dado. Esfregou a prata fria entre os dedos enquanto digeria as palavras da mãe.

Finalmente respirou fundo e disse:

— Eu entendo o que você está dizendo, mãe, mas esse sonho de ir pra uma universidade da Ivy League é o seu sonho, não o meu. Amo cantar, e é isso que eu quero fazer.

Ela fez silêncio, esperando a ira da mãe, esperando um discurso de como seria irresponsável não fazer uma faculdade.

Mas o discurso não veio. Em vez disso, a mãe se levantou. Cruzou os braços sobre o peito, e foi até a janela que dava para o jardim dos fundos.

— Acho que percebo isso agora. — Ela virou para Raven e inclinou a cabeça para o lado. — Se é isso que você quer, se você tem cem por cento de certeza, então te apoio.

Raven levantou as sobrancelhas.

— Sério?

A mãe se aproximou, pegou a mão dela e a apertou.

— Sério.

Raven largou o pingente de nota musical. Essa era a mãe dela de verdade? Talvez fosse um alienígena, porque não estava agindo como a Sra. Valenti.

— Escuta — disse Raven —, tenho uma ideia.

— Estou escutando.

— O que você acha de eu tirar um ano para fazer o que quero. Seja música, ou uma viagem de carro, qualquer coisa. Tiro um ano de folga e então, se a música não der em nada, me inscrevo para algumas faculdades.

A Sra. Valenti sorriu.

— Acho que esse é um plano inteligente que agrada todo mundo. Eu só... sabe... quero que você tenha um plano B.

— Eu sei.

— Parece um bom negócio — disse a Sra. Valenti. — Por mim tudo bem.

Quando Raven entrou em casa e a mãe gritou com ela, tinha certeza de que a discussão viraria uma batalha. Mas no fim a conversa foi uma das melhores que Raven teve com a mãe depois de muito tempo. E pelo menos não estava de castigo.

— Aliás — disse a mãe —, você está de castigo.

Raven bufou em voz alta.

— Estava me perguntando quando você ia dizer isso. Por quanto tempo?

— Muito tempo.

— Bem, então acho que vou ter muito tempo pra afinar minha voz.

A Sra. Valenti deu um abraço em Raven.

— A propósito — disse ela —, ouvi você cantando no trabalho e achei bonito.

Raven sorriu. Vindo da mãe, isso queria dizer muita coisa.

Quarenta e seis

Regra 1: *Seja alegre, divertida e sedutora — garotos gostam de garotas que sabem se divertir.*

A regra número um do Código da Atração dizia para sermos divertidas, engraçadas e sedutoras. O lado bom era que, quando estava com Drew, Kelly não precisava nem *tentar* ser engraçada. Drew automaticamente despertava nela o lado engraçado.

Qual era o sentido de seduzir quando podia simplesmente beijá-lo?

Ela deu um empurrão na porta do quarto, envolveu-o com os braços e tascou um beijo em sua boca.

— Humm... — murmurou Drew nos lábios dela, e então disse: — Não deveria ser eu a beijar você hoje? Afinal é seu aniversário.

— Isso mesmo — disse ela —, o que significa que eu posso te beijar a hora que *eu* quiser, e *fazer* o que *eu* quiser.

Ele sorriu e tirou os óculos, colocando aqueles olhos azul neon em Kelly.

— Ficarei mais do que feliz em deixar você fazer o que quiser.

Um cachorro ganiu atrás de Drew.

— Ahh — disse Kelly, abaixando-se até a altura de Urso. O husky estava sentado sobre as patas de trás, o rabo abanando sobre o carpete.

Drew o tinha trazido porque, de acordo com ele, Urso queria desejar a Kelly feliz aniversário antes da festa. Agora, infelizmente, o cachorro tinha que ir para casa.

Urso era muito fofo.

— Prontos? — perguntou Kelly, acariciando o queixo do cachorro.

Urso latiu.

Kelly colocou os chinelos cor-de-rosa.

— Festa de aniversário, aí vou eu.

Aquela estava se revelando ser a melhor noite de sua vida.

♥

Drew virou a caminhonete numa estrada sem nome e a floresta instantaneamente os engoliu. Todd queria que Kelly fizesse a festa no celeiro de Matt Turner, mas Kelly tinha rapidamente vetado a ideia. O celeiro abandonado não tinha banheiro, o que significava que ela teria que usar o mato, e Kelly realmente não estava no clima de ficar *a lá vonté.*

De alguma maneira, Todd tinha convencido os pais a alugarem parte do parque na parte leste do lago Garver. Mais especificamente a área que ficava enfiada bem no fundo da floresta e depois de uma longa estrada de cascalho. Era isolada o bastante para que ninguém de fora se incomodasse com a música da festa.

Drew encostou o carro na grama no canto da estrada e estacionou numa fileira de cinco outros carros. Todd já estava lá com Adam, Kenny e Matt, mas a julgar pelo grupo sob o pavilhão, algumas pessoas tinham vindo de carona. Havia, no mínimo, 12 pessoas.

Kelly e Drew desceram do carro, enchendo os braços de suprimentos. Quando chegaram ao pavilhão, Kelly tirou os óculos de sol e olhou ao redor. Havia luzes de Natal douradas penduradas nas vigas e enroladas em fitas rosa-choque. Balões cor-de-rosa e dourados flutuavam presos em pesos nas muitas mesas de piquenique.

— Está tão lindo! — exclamou ela, lançando-se na direção de Drew para um abraço. — Obrigada. — Ela afastou-se rapidamente quando teve vontade de beijá-lo. Não queria que o irmão descobrisse sobre ela e Drew. Pelo menos não ainda, e certamente não na própria festa de aniversário. Kelly não tinha certeza de como ele reagiria, mas não queria nenhum drama na sua festa.

Em seguida Kelly foi até o irmão dar um abraço de agradecimento.

Todd fez uma careta, mas conseguiu murmurar "de nada", antes de se afastar e lhe dar um tapinha nas costas.

Quando os garotos se desgrudaram para terminar algumas coisas de última hora, Kelly foi até Adam. Ele estava mais que gato hoje, de bermuda cargo e camiseta preta. As mangas da camiseta definitivamente salientavam seus músculos.

Teria sido tão mais fácil se Kelly tivesse se apaixonado por ele nas férias. Parte dela se lamentava por não ter insistido mais. Se estivesse com ele, não haveria o risco de perder a melhor amiga. Ou de afastar todas as outras amigas.

— Feliz aniversário — cumprimentou Adam, dando-lhe um abraço. — Você está linda hoje.

Ela olhou para o short jeans desfiado e a camiseta *baby look* branca.

— Graças à você, perdi cerca de 6 quilos nestas férias por causa do kickboxing.

— Bem, você foi ótima nas aulas.

— É. — Ela olhou para trás em busca de Drew. Ele e Todd estavam ligando mais luzinhas de Natal.

— Então — disse Adam —, vocês dois estão finalmente juntos?

Kelly corou e olhou para o chão de concreto.

— Estamos, mas, por favor, não diga nada. A gente ainda não contou pra ninguém.

— Quando vocês vão contar pras pessoas?

Kelly deu de ombros.

— Não hoje.

— O segredo está bem guardado comigo — prometeu Adam.

Ela deu outro abraço nele e sussurrou no seu ouvido:

— Você e Drew foram as melhores coisas que me aconteceram nestas férias.

♥

Raven estacionou em uma fila de carros e desceu, puxando a barra da saia e ajeitando a túnica cinza larga. Teve que prometer anos de servidão para fazer com que a mãe a tirasse do castigo por uma noite. Teria que trabalhar na Scrappe sem salário até os 80 anos de idade.

Colocou as chaves do carro na bolsa e seguiu pela estrada de cascalho na direção da parte principal do parque. Kelly disse que a festa começaria às sete. Raven só estava vinte minutos atrasada, mas o parque já estava cheio de grupos em suas panelinhas.

Kelly sempre teve habilidade para ficar amiga de todo mundo. Não pertencia a nenhuma panelinha na escola, mas tinha amigos em quase todos os círculos.

A música explodia de um sistema de som escondido na parte fechada para a comida. Uma música da banda de rock A Mighty Saint estava acabando quando Raven se aproximou. Outra, da Kay-J, substituiu o rock. Raven sorriu sozinha.

Ainda estava achando difícil acreditar que tinha conhecido Kay-J pessoalmente. Ainda não tinha recebido o resultado do concurso, mas ficaria contente com qualquer resposta. Se fosse rejeitada, ainda tinha Horace e a banda. Estaria mais do que feliz por ficar com eles. E por falar em Horace...

Ele estava ao lado de uma fogueira de chão perto da beira do lago. Dean e Hobbs estavam cutucando o fogo com varas como se fosse algum tipo de animal feroz.

Quando Horace a viu, ele acenou. Raven correu até ele, beijando-o com vontade. Era um saco estar de castigo, mas fazia o coração ficar com mais saudade.

— Pessoal! — disse Hobbs. — Menos.

Raven riu enquanto se afastou.

— Estou tão feliz em ver você.

— Eu também. — Horace sorriu. — Suas amigas já chegaram?

Raven inspecionou a multidão.

— Tenho certeza de que sim. Você se importa se eu procurar por elas?

— Não. Tudo bem. Vou ficar aqui com Dean e Hobbs.

Ele lhe deu um beijo rápido na bochecha antes que Raven se afastasse da fogueira para ir em direção ao pavilhão. Sob o telhado, Raven olhou para as luzes douradas piscando e as fitas cor-de-rosa. Balões balançavam nas mesas de piquenique. Havia uma mesa nos fundos coberta de presentes.

— Raven! — chamou Alexia, acenando acima da multidão.

Alexia estava absolutamente fofa em um short mais comprido e uma blusa cor de chocolate. Parte dos cabelos estava puxada para trás com um prendedor e o resto soltos nos ombros.

— Estou tão feliz que sua mãe tenha deixado você vir — disse Alexia, a voz se sobrepondo à música. — Quanto tempo você tem?

— Até meia-noite.

— Eu também.

— Você ainda está de castigo? — perguntou Raven.

Alexia deu de ombros.

— Meus pais não ficam mais tanto em casa quanto ficavam. Finalmente encontraram um novo escritório e estão fazendo a decoração.

— Que legal.

Alexia fez que sim com a cabeça.

— Tem me dado um pouco mais de tempo pra ficar com Ben antes de ele ir embora.

— Você falou com ele sobre isso?

Alexia franziu a testa e balançou a cabeça, negando.

— Tem sido tão mais fácil não pensar sobre isso.

— Você vai ter que enfrentar mais cedo ou mais tarde. Ele não está indo embora em alguns dias?

— Seis dias, para ser exata, mas realmente não quero pensar sobre isso hoje. Prefiro simplesmente aproveitar a festa.

Raven conseguia entender.

— A Sydney já está aqui? — perguntou ela.

Alexia fez que não com a cabeça.

— Mas já deve estar chegando.

— E a Kelly? Onde ela está? Queria desejar feliz aniversário.

— Acho que está na parte fechada das comidas. Vou lá com você.

Elas saíram do pavilhão e caminharam até a área das comidas. Era um prédio longo com duas enormes entradas de cada lado. Mesas de piquenique formavam duas fileiras organizadas, o tampo coberto por toalhas cor-de-rosa. Havia travessas com salgadinhos e potinhos com molho. Havia dez garrafas diferentes de refrigerante e um cooler cheio de garrafinhas de água gelada.

Kelly estava em um canto desembrulhando guardanapos e conversando com Drew.

— Parabéns, aniversariante! — gritou Raven, levantando a mão no ar enquanto passava pelos garotos que colocavam mais comida na mesa.

— Oi, Ray — disse Kelly, deixando os guardanapos na mesa.

Raven deu um abraço em Kelly. Ela estava com cheiro de baunilha e morango. Também parecia mais magra. Estava passando mais tempo com aquele Adam? O personal trainer gato? Talvez Raven precisasse de um personal trainer gato.

Não, não precisava. Não precisava de nenhum outro garoto na sua vida. Horace era o suficiente para ela. Não tinha contado para ele sobre o incidente com Blake. Um segredo que era melhor deixar guardado, certo?

Raven não via Blake desde a conversa que tiveram no Starbucks. Havia um tour de skate acontecendo pelos Estados Unidos. Era quase certo que não o veria pelo resto das férias. Ele tinha mandando algumas mensagens perguntando como ela estava e se tinha recebido notícias de Kay-J.

Raven ainda se sentia atraída por ele, mas não tinha mais medo disso. Podia lidar com o fato de ficar a fim de outro garoto sem encostar nele. Não seria tão difícil assim. Especialmente quando tinha um garoto como Horace.

— Podemos ajudar em alguma coisa? — perguntou Alexia, mexendo na barra da saia.

— Podem. — Kelly acenou para os guardanapos e os talheres de plástico. — Tirem tudo isso da embaiagem e coloquem nas mesas, pode ser?

Alexia fez que sim com a cabeça e as garotas começaram o trabalho.

Quarenta e sete

— Vem cá — disse Drew. — Tenho uma coisa pra você.

Ele pegou Kelly pela mão e a puxou para fora da área coberta e para trás do salão, longe do caos da festa.

Tinham total privacidade ali atrás. A floresta crescia bem perto do salão. Folhas faziam cócegas na nuca de Kelly. Ela as afastou com a mão, apoiando o ombro na lateral fria de alumínio da parede.

— Aqui está bom — disse Drew, mantendo a voz baixa.

Kelly mordeu o lábio inferior, tentando não dar um sorriso tão largo. Tinha que parar de ficar tão abobalhada perto de Drew.

Pensando bem, Drew sabia melhor do que ninguém que ela era uma idiota completa. Não precisava esconder nada dele.

— Feliz aniversário — disse ele, tirando uma caixinha branca do bolso do jeans.

Kelly arfou.

— Drew. Você não precisava comprar nada.

— É claro que eu precisava. É seu aniversário. Abra.

Ela pegou a caixinha com dedos nervosos. Uma caixinha branca quase sempre significava joia. Mais especificamente joia da joalheria Adorn, o lugar mais exclusivo da cidade. Kelly abriu a tampa lentamente. Posicionada na almofada de veludo, havia um pingente de prata de lei com o símbolo do infinito e uma corrente de prata preso a ele.

— Drew!

— O quê? — Ele sorriu.

— Isso é... eu... — Ela reprimiu as lágrimas que brotavam.

— Eu conheço você mais do que qualquer pessoa aqui — explicou ele. — E isso simboliza o nosso passado, o nosso presente e, assim espero, o nosso futuro. Quero que você fique na minha vida pra sempre.

O lábio inferior de Kelly tremia, e ela soube que tinha perdido a batalha para as lágrimas. Algumas escorreram pelas pálpebras e desceram pelo rosto. Ela as enxugou e riu.

— Espero que sejam lágrimas de alegria — disse Drew.

— Definitivamente são lágrimas de alegria. — Ela pegou a corrente da caixa. — Você pode colocar pra mim?

Ela virou-se, levantando o cabelo. Drew envolveu o pescoço dela com a corrente e fechou-a na nuca. Ela sentiu a prata fria contra a pele, que estava quente demais.

— Eu amo tanto você — disse ela, beijando-o rapidamente, o coração acelerado no peito.

Alguma coisa fez um clique atrás deles.

Kelly afastou-se de Drew e viu Craig Theriot, o celular aberto nas mãos.

— Craig! — gritou Kelly. — Me diz que você não tirou uma foto.

Ele deu uma risadinha.

— Só queria tirar uma foto da aniversariante pra que ela pudesse se lembrar desse dia especial.

Ele saiu correndo quando Kelly tentou alcançá-lo.

— Kelly. — Drew pegou a mão dela e a deteve.

— Ele acabou de tirar uma foto da gente se beijando! — disse ela, a respiração ficando ofegante. Craig era o fofoqueiro da escola. Contaria para todo mundo.

— E daí? — perguntou Drew. — As pessoas vão descobrir de qualquer jeito. Vamos tentar aproveitar a noite, tá?

— Mas...

Ele levantou o queixo dela com um dedo e beijou-a, apertando as costas de Kelly contra a parede. A língua dele deslizou sobre seus lábios, e ela não conseguiu mais pensar direito.

— Vou procurar Craig — disse Drew suavemente entre beijos — e pedir pra ele não contar nada pelo menos por hoje à noite.

— Obrigada.

Drew beijou-a mais uma vez antes de desaparecer.

♥

Sydney fez a curva na longa estrada de cascalho em direção ao parque. Uma placa na entrada dizia: FELIZ ANIVERSÁRIO, KELLY! em grandes letras maiúsculas com balões amarrados atrás.

— Bem, estou no parque — disse Sydney para Quin no celular. — Quer que eu te ligue mais tarde?

— Se estiver com vontade de conversar.

Na última semana, o humor de Sydney tinha oscilado, mas Quin esteve lá para ela sempre que precisou. E o fato de ele dar um tempo para ela, sem perguntar, sempre que ela pedia, ajudava muito.

Ele era legal esse tanto. E Sydney, na maior parte do tempo, tentava se manter calma e controlada, apesar da presença da mãe em casa. O temperamento tranquilo de Quin realmente ajudou Sydney a lidar com as dificuldades.

Ele era um grande amigo. Muito diferente de qualquer pessoa que Sydney já tivesse conhecido, mas talvez isso fosse algo bom. Ele abrira seus os olhos para coisas novas.

— Eu quero ligar — respondeu Sydney.

— Então vou ficar esperando.

Ela disse tchau para Quin exatamente quando o celular apitou com uma nova mensagem multimídia. Ela estacionou perto da caminhonete de Kenny e desligou o carro. Checou o remetente: Craig Theriot.

— Ótimo — murmurou ela. Era provavelmente uma foto dele mostrando a bunda ou algo do tipo. Ele era notório por mandar mensagens com fotos estúpidas.

Sydney apertou o botão OK e a foto apareceu.

Ela congelou. A respiração ficou presa na garganta. O queixo caiu lentamente.

Estava vendo o que pensava que estava vendo?

Os olhos instantaneamente ficaram cheios de lágrimas de raiva.

Aquilo era Drew e Kelly realmente se beijando?

Sydney saiu do carro e caminhou fortemente pela estrada de cascalho. Música retumbava de várias caixas, de vários alto-falantes, reverberando em seu peito. As pessoas cumprimentavam Sydney quando ela passava, mas ela não conseguia nem mexer a cabeça.

Examinava os rostos, procurando por Kelly ou Drew. Na verdade, não importava qual deles, porque no fim das contas acabaria encontrando os dois.

No pavilhão, Sydney passou pelas mesas de piquenique e avistou Alexia perto do canto dos fundos, com Ben ao seu lado. Ele estava com os braços em volta de Alexia, e estavam sussurrando um para o outro.

Sydney deu um tapinha no ombro de Alexia.

— Onde está Kelly?

— Hum... — Alexia afastou-se de Ben. — Eu acabei de ver Raven e ela indo pro banheiro.

Sydney deu meia-volta, passou pela fogueira, o fogo estalando, lançando calor a um raio de 6 metros.

Como Kelly pôde fazer isso? E há quanto tempo eles estavam fazendo isso pelas costas de Sydney? Estavam ficando desde a noite de palco aberto?

Sydney ficou enjoada.

Ou talvez estivessem se vendo, se encontrando, mesmo antes disso. Talvez tenha sido por isso que Drew terminou com Sydney em janeiro.

Ah, meu Deus, ela pensava enquanto se aproximava do banheiro de tijolo branco. *Tanto tempo assim?* Como podiam estar saindo escondidos de Sydney por mais de meio ano?

Como podia ser tão idiota? E como Kelly e Drew podiam ser tão cruéis?

— Sydney, o que está acontecendo? — perguntou Alexia, correndo atrás dela.

Sydney fechou as mãos em punho.

Ela abriu a porta verde de metal do banheiro feminino e ela bateu na parede. Kelly e Raven olharam para ela. Kelly estava encostada na bancada da pia enquanto Raven estava de braços cruzados sobre o peito.

— Como você pôde? — gritou Sydney. Ela atravessou o banheiro, agarrou Kelly pelos ombros e sacudindo-a. — Como você pôde fazer isso?

As lágrimas escorriam pelo rosto, embaçando a visão.

— Sydney! — berrou Raven.

— Faz quanto tempo, Kelly? — perguntou Sydney, bem de frente para ela. — Há quanto tempo você está saindo com ele? Desde a noite de palco aberto? Mais tempo que isso? Eu estava certa o tempo todo, não estava? Vocês dois estão se vendo esse tempo todo!

Os dedos de Sydney agora estavam como garras, retorcendo o tecido da camiseta de Kelly em sua pegada. Ela soltou Kelly e enxugou os olhos. Kelly estava imóvel, horrorizada, os olhos marejados.

— Eu... eu...

Sydney deu um empurrão em Kelly, e ela bateu na pia.

Raven se enfiou entre as duas, bloqueando a visão de Kelly.

— O que está acontecendo? — perguntou ela.

A música da festa era um barulho distante do lado de fora do banheiro. Alguém assoviou, outro garoto gritou.

Sydney deu vários suspiros comedidos.

— Sydney? — perguntou Alexia.

Kelly agora soluçava, o rosto enterrado nas mãos.

Ótimo, pensou Sydney. *Espero que ela se sinta terrível. Espero que ela se sinta culpada e envergonhada.*

— Sydney? — perguntou Raven.

Sydney piscou, focada no rosto de Raven.

— O que está acontecendo? — perguntou ela de novo, mais lentamente.

Sydney pegou o celular e passou para a nova mensagem. Mostrou a foto, o calor subindo pela garganta enquanto olhava a foto novamente.

Drew. O seu Drew.

Não era para ser assim.

Em primeiro lugar, por que tinha terminado com ele? No que estava pensando? No que *ele* estava pensando ao ficar com Kelly?

— Olha – disse Sydney, enfiando o celular na mão de Raven.

Raven olhou para a foto, franziu a testa e olhou para trás na direção de Kelly.

— Kel? É realmente você e Drew?

Kelly não disse nada. Apenas chorou mais intensamente.

— Como você pôde ser tão vadia? — perguntou Sydney, a raiva tomando conta de todas as emoções. Queimava através de suas veias. Fazia seu coração explodir no peito. Sydney queria machucar Kelly tanto quanto ela estava machucada.

— E por que diabos ele está com você? — continuou Sydney. — Como ele pode gostar de você? Você é uma cabeça de vento idiota!

— Já chega — disse Raven.

Sydney rangeu os dentes.

— Você é uma vagabunda — disse ela para Kelly.

Os joelhos de Kelly quase perderam a força. Ela desabou na bancada da pia, e Alexia foi até ela para segurá-la.

— Isso não é verdade, Sydney — disse Alexia. — E você sabe disso.

— Ela está saindo com meu namorado.

— Ex-namorado — lembrou-a Alexia.

Raven deu um passo para o lado, trocando o peso do corpo para um pé.

— Kelly, você pode nos contar o que aconteceu?

Kelly enxugou as lágrimas e tentou recuperar o fôlego.

— Eu nunca tive a intenção... — Ela puxou o ar. — Não sei o que dizer.

— O que você acha de começar dizendo há quanto tempo você e Drew estão saindo? — perguntou Raven.

— Não faz muito tempo. — Ela balançou a cabeça. — A gente... só as últimas semanas. Nunca fizemos nada. — Ela olhou para Sydney. — Eu juro, Sydney. A gente nem se beijou, nada disso, quando vocês estavam juntos.

— Então você esperou eu terminar com ele e aproveitou a chance?

— Não! Eu não queria machucar você! Mas...

Sydney apertou os olhos.

— Mas o quê?

Kelly respirou trêmula.

— Eu... eu amo o Drew — confessou ela.

Tanto Alexia quanto Raven ficaram imóveis. A pulsação de Sydney parecia um tambor desenfreado na cabeça. Ela só queria sair daquele banheiro, para longe daquela festa, longe de tudo. Tudo parecia estar desmoronando.

Ela endireitou o corpo e fechou as mãos nas laterais. Olhou para Kelly e disse:

— Nenhuma amiga nunca, *nunca*, sairia com o ex-namorado de outra amiga. Você pode ficar com Drew, Kelly, mas não somos mais amigas, e nunca mais seremos.

Ela virou-se e abriu a porta abruptamente, enquanto Kelly desabava em soluços.

Quarenta e oito

Regra 41: *Não fique a fim de um garoto que tem namorada.*

Alexia se sentou à beira da cama. Raven se sentou ao seu lado. Tinham saído da festa de aniversário de Kelly havia trinta minutos. Depois da briga de Sydney e Kelly, Alexia não estava com muita vontade de se divertir.

Raven discou novamente o número do celular de Sydney e caiu na caixa postal.

— Sydney — disse ela —, estamos na casa de Alexia. Se você precisar da gente, vem aqui, por favor.

— Se ela não está em casa — murmurou Alexia —, pra onde ela foi?

— Para algum lugar se acalmar, tenho certeza.

Raven jogou o celular na cama, ele quicou uma vez e depois parou.

— Kelly disse que viu Sydney com um garoto outro dia no Bershetti's — disse Alexia.

— Sério?

Alexia fez que sim com a cabeça.

— Ela não me contou nada sobre qualquer garoto.

— É, pra mim também não.

Uma porta se abriu na frente da casa e bateu um segundo depois.

Os pais deveriam estar num jantar com amigos, e normalmente ficavam até tarde, mas teriam voltado mais cedo hoje?

— Olá? — Alguém chamou.

Alexia ergueu o corpo imediatamente quando reconheceu a voz de Sydney.

— Estamos no quarto! — gritou Raven.

Sydney apareceu um segundo depois. Os olhos estavam vermelhos, o cabelo amarrado em um rabo de cavalo bagunçado. Os cantos dos olhos, manchados de rímel.

Alexia raramente via a amiga num estado tão desgrenhado. Raven saiu da cama e foi até Sydney, envolvendo-a com os braços. Assim que Sydney colocou a cabeça no ombro de Raven, começou a chorar. Alexia juntou-se às meninas num abraço de grupo. Ficaram assim durante longos minutos, deixando que Sydney colocasse tudo para fora.

Quando ela se afastou, enxugando os olhos com a parte de trás das mãos, respirou fundo e então riu.

— Eu devo estar com uma aparência horrível.

— Você teve um dia difícil — disse Alexia.

Assim como Kelly. Alexia estava tentando não tomar partido de ninguém, mas as coisas que Sydney tinha dito na cara de Kelly... coitada da Kelly. A garota tinha saído aos prantos da própria festa de aniversário. Estava todo mundo falando sobre isso.

Pelo menos tinha saído com Drew. Assim que descobriu o que aconteceu, ele não saiu do lado dela um só minuto.

Alexia precisava admitir que Drew parecia amar Kelly, mas nunca diria isso para Sydney.

É claro que talvez Sydney já soubesse disso.

— Então — disse Alexia —, como você está?

Sydney encostou-se à parede e fechou os olhos, esfregando o nariz.

— Não sei como estou, pra ser honesta.

— O que ela fez foi errado — disse Raven. — Concordo totalmente, mas você a odeia de verdade?

Sydney deu de ombros.

— Talvez.

— Vamos lá, Syd — disse Alexia —, isso não é verdade. Kelly e Drew são amigos há mais tempo do que nos conhecem e...

— Isso faz com que não tenha problema? — interrompeu Sydney. — Tenho que perdoá-los porque eles se conhecem há mais tempo do que me conhecem?

— Bem, não.

— Simplesmente não consigo acreditar no que eles fizeram comigo. É sério. Ficando nas minhas costas? Como você se sentiria, Raven, se você e Horace terminassem e eu ficasse com ele?

Raven passou a língua nos lábios.

— Provavelmente ficaria furiosa.

— Exatamente. E com todo o resto acontecendo com meus pais... — Ela balançou a cabeça. — Eu só não quero lidar com isso. É tão bizarro que só de pensar fico com dor de cabeça.

— Mas pense em perdoá-la — disse Alexia. — Por favor? Por todas nós?

Sydney mordeu os lábios, mas não disse nada.

Naquele momento, o grupo estava partido, e Alexia não tinha certeza se voltaria a se unir. O Código do Término as uniu no início do ano, e o Código da Atração era para lhes dar algo que as uniria ainda mais, mas as tinha separado.

Alexia suspeitava que Kelly tinha usado o Código da Atração com Drew. Talvez Alexia devesse ter prestado mais atenção na regra sobre namorados.

Regra 41: *Não fique a fim de um garoto que tem namorada.*

Quarenta e nove

Fazia uma semana desde a festa de aniversário de Kelly. Uma semana desde que Sydney descobriu que o ex-namorado estava saindo com a suposta melhor amiga, e Sydney ainda estava furiosa com isso.

Mas alguém podia realmente culpá-la?

Kelly e Drew estavam saindo escondido de Sydney. Esse era o pior tipo de traição. Tão ruim quanto a mãe ter ido embora e atravessado o oceano.

Por que a vida de Sydney estava tão confusa?

Porque as pessoas que faziam parte da sua vida eram confusas. Era por isso. E Sydney não podia controlar suas atitudes. Só podia controlar o que fazia e como se comportava.

Então, quando Kelly bateu na porta da casa de Sydney, ela considerou seriamente não atender. Afinal, ignorar Kelly seria muito mais fácil do que confrontá-la, mas as aulas começariam na próxima semana, e teria que fazer aquilo de um jeito ou de outro.

Talvez fosse melhor resolver isso logo.

Sydney abriu a porta e cruzou os braços sobre o peito.

Kelly apertou as mãos com força.

— Oi — disse ela.

Sydney não disse nada.

— Humm... só quis passar aqui pra falar com você. Você não precisa dizer nada, mas, por favor, me dá uma chance pra explicar.

Sydney arqueou uma sobrancelha.

Kelly realmente merecia uma chance de se explicar? E Sydney sequer se importava com o que Kelly tinha para dizer?

Kelly dissera que ela e Drew não ficaram antes de Sydney terminar com ele, mas tinha que estar acontecendo alguma coisa muito antes disso. Talvez já estivessem a fim um do outro e apenas não tinham se tocado.

Isso fazia com que Sydney se sentisse uma idiota. Sentia-se constrangida por não ter notado antes que havia alguma coisa entre os dois. Como pode ter sido tão desatenta?

— Eu só queria que você soubesse — começou Kelly —, que eu nunca tive a intenção de magoar você.

Sydney bufou num gesto de sarcasmo.

Kelly hesitou, antes de respirar fundo e continuar.

— Eu não queria gostar de Drew, e com certeza não planejei que isso acontecesse... — Ela engoliu em seco e olhou para o piso da varanda, contorcendo os dedos dos pés nos chinelos. — Eu só não quero que você me odeie — disse Kelly. — Você pode me perdoar? Algum dia talvez? Não espero que você me perdoe agora, ou na semana que vem ou no mês que vem, mas... algum dia?

Sydney entreabriu os lábios para dizer não, mas a palavra não saiu.

Lembrou-se de Haley no Hospital Infantil de Birch Falls, do seu corpo franzino naquela cama de hospital, o quarto sem balões e sem pais.

Haley tinha muito menos que Sydney e não deixava que nada disso a atingisse.

"Não podemos deixar que as coisas ruins dominem a gente", ela dissera. *"Coisas ruins precisam acontecer nas nossas vidas. Não existe arco-íris sem chuva."*

Era mais fácil perdoar que odiar? Haley não parecia odiar os pais. Eles mal a visitavam naquele hospital.

Mas talvez Kelly estivesse fazendo a pergunta errada. Talvez não fosse questão de perdoar ou odiar... Talvez fosse questão de aceitar.

Aceitar o que você não podia controlar.

Sydney não podia controlar Drew ou Kelly ou o que eles fizeram. Não podia controlar os pais e os fazerem ficar bem, nem fazer com que o divórcio desaparecesse.

O que Sydney podia fazer era não deixar que as coisas ruins a atingissem.

Ela respirou fundo e descruzou os braços.

— O que você fez foi errado — disse ela para Kelly —, eu confiava em você, e você me traiu. Eu realmente quero ficar sem falar com você durante um tempo. Não sei por quanto tempo, mas um tempo. Então só peço que você me dê algum espaço. Talvez algum dia a gente volte a ser amigas. Mas não por agora, e talvez nunca. Tudo que posso fazer é tentar.

Kelly concordou fervorosamente com a cabeça.

— Eu entendo completamente. — Lágrimas brotaram nos olhos de Kelly. Ela fungou, tentando escondê-las. — Obrigada, Syd.

Sydney concordou com a cabeça e fechou a porta.

Cinquenta

Sydney desabou no banco, perto da fonte no meio do parque Eagle.

Uma família brincava num campo aberto à esquerda de Sydney. Um pai lançou um frisbee e a filha mais velha agarrou-o, jogando-o rapidamente para a irmã mais nova. A mãe tirou uma foto. Os irrigadores tinham desligado há alguns minutos e a grama cintilava à luz do sol.

Às vezes Sydney desejava que a família tivesse mais momentos assim. Momentos para ser capturados. Não ficavam juntos o suficiente para tirar fotos.

Depois que Kelly saiu, Sydney não teve vontade de ficar sentada na casa vazia. Pegou a câmera e veio para o parque.

Tirou algumas fotos da grama colorida pelo sol e depois outras de um esquilo pulando de árvore em árvore. O esquilo trouxe de volta a lembrança de ela e Drew terminando pela primeira vez tantos meses atrás. Naquela época, Sydney tinha ficado arrasada, como estava agora, mas por uma razão completamente diferente.

A visita de Kelly tinha sido uma surpresa para Sydney. Kelly não era muito ousada. Provavelmente passou o dia inteiro criando coragem para falar com Sydney, e talvez uma minúscula parte de Sydney a respeitasse pelo esforço.

Mas os fatos estavam lá: Kelly tinha agido pelas costas de Sydney. E se tinha mentido em relação a Drew, sobre o que mais mentiu?

A decepção a magoava mais do que o próprio ato.

O namoro de Sydney e Drew já tinha terminado havia um tempo; só não tinham percebido isso ainda. Então o fato de ele ter encontrado outra pessoa não era uma grande questão para Sydney. A questão era com quem ele tinha ficado e como isso tinha acontecido.

Sydney não conseguia parar de se perguntar por que ele tinha escolhido Kelly entre tantas garotas de Birch Falls.

Houve um ruído de passos golpeando a ciclovia pavimentada à direita de Sydney. Ela preparou a câmera, achando que tiraria algumas fotos do corredor enquanto ele ou ela passasse, mas quando viu quem era, ficou imóvel.

Era Drew.

Quando ele a viu, parou de correr, colocando as mãos nos quadris, os ombros para cima e para baixo pela respiração ofegante. Ele hesitou na trilha, como se tentasse decidir se deveria se aproximar.

Finalmente caminhou sobre a grama recém-cortada, os tênis pretos úmidos nas pontas por causa do orvalho.

O coração de Sydney veio à boca assim que o viu. Tinham um história tão longa juntos. Ele era o seu melhor amigo, não importa o que tinham passado, ou como seriam no futuro. Sempre o consideraria seu primeiro amor, e esse era um tipo intenso de relação. Nunca conseguiria esquecer Drew completamente.

— Oi. — Drew se sentou ao seu lado, enxugando o suor da testa com a manga da camiseta.

— Oi.

Eles ficaram sentados em silêncio por um minuto, enquanto organizavam os pensamentos.

Drew foi o primeiro a falar, a voz baixa.

— Como você está?

— De verdade?

Ele fez que sim com a cabeça.

— Estou... bem.

— Bem em geral, ou bem em relação a mim e a Kelly?

A mim e a Kelly.

Havia "Drew e Kelly" agora?

Sydney reprimiu um calafrio. Drew sempre tinha sido dela. Sempre tinha sido "eu e Sydney". Agora ele a estava substituindo. Era o suficiente para fazer Sydney explodir.

Mas não, ela não deixaria que isso a atingisse.

— Não sei se um dia vou conseguir ficar bem em relação a você e a Kelly — confessou ela. — Mas estou bem em geral.

Drew curvou o corpo, apoiando os cotovelos nos joelhos. Observou a família jogando com o frisbee no campo aberto.

— Você disse algumas coisas ofensivas pra ela, Syd.

— Ela *fez* uma coisa ofensiva.

Ele olhou para trás.

— Não culpe a Kelly. Eu que fui atrás dela, não o contrário.

Ela engoliu o calor que lhe subia pela garganta.

Drew tinha ido atrás de Kelly?

— Há quanto tempo você gosta dela?

Ele endireitou o corpo e esticou os braços na parte de trás do banco.

— Eu não gosto dela.

Sydney franziu a testa.

— Eu amo a Kelly — concluiu ele.

— O quê?

— Eu o amo faz um tempo, Syd, só não percebia isso.

O sangue parecia congelar nas veias de Sydney. O peito parecia oco.

— Você está falando sério?

— Estou.

— Então... você é apaixonado por ela... o quê? Há meses? Anos?

Ele passou a língua nos lábios, e virou aqueles olhos azuis intensos para ela.

— Isso realmente importa agora? Eu amava você quando estávamos juntos. Fui seu namorado cem por cento, Syd.

Importava, mas Drew estava certo. Saber disso agora só arruinaria o que eles tinham, e eles tinham um bom relacionamento.

— Mas por que Kelly? — perguntou ela. — Você não podia ter encontrado outra pessoa?

Drew deu de ombros.

— Talvez com o tempo eu encontrasse, mas eu queria Kelly. Não tinha intenção de que fosse ela. Queria que fosse outra pessoa. Porque eu sabia o quanto ia magoar você, mas... — Ele suspirou e passou a mão pelo cabelo, que ficou preso nos dedos. — Não sei. Eu simplesmente... amo Kelly. E não consigo parar de pensar nela. Não consigo ficar longe dela, mesmo quando ela se afastou de mim.

Sydney arqueou uma sobrancelha.

— Ela se afastou de você?

— Eu admiti para ela que estava apaixonado, tipo, um mês atrás, e ela ficou sem falar comigo por mais ou menos uma semana. Então, quando acabamos nos falando, ela me disse que não podíamos ser amigos.

— Jura?

Ele fez que sim com a cabeça.

Mas um mês atrás... Sydney e Drew ainda estavam juntos. E Kelly tinha feito a coisa certa, afastando-se dele.

Talvez Sydney tenha ido longe demais ao dizer todas aquelas coisas ofensivas para Kelly. Pelo menos Kelly tinha tentado ser uma boa amiga. Pelo menos não tinha ficado com Drew enquanto Sydney e Drew ainda estavam juntos.

— Quando você ia me dizer que estava apaixonado por outra pessoa? — perguntou ela, agora que sabia a verdade.

— Não sei. Acho que estava esperando as coisas acontecerem em seu ritmo natural... Você me conhece, sempre tenho um plano, mas dessa vez... eu estava meio perdido.

Sydney deu um sorriso forçado.

— Eu acho que amor é assim.

— É.

As duas garotinhas do campo aberto riram quando o pai fez uma dança de vitória ao pegar um frisbee lançado bem alto. A mãe tirou outra foto. Sydney se agarrou à própria câmera, o dedo coçando para tirar algumas fotos.

— Então acho que é isso — disse ela, agora olhando para Drew. — Quer dizer, acho que estamos dizendo adeus para "nós".

Drew fez que sim com a cabeça.

— A gente já tinha feito isso fazia um tempo, não tinha? Eu fiquei sabendo que você... bem, quer dizer... agora são águas passadas.

— O quê?

Ele respirou e fixou o olhar nela.

— Você e aquele garoto, Quin.

Sydney arregalou os olhos. Com todo o drama acontecendo, ela tinha esquecido que Drew e Quin tinham se esbarrado no Bershetti's.

— Hã? O que você ficou sabendo?

— Que você estava ficando com ele.

Sydney riu e balançou a cabeça.

— Não, não é bem isso. Somos amigos. E de qualquer maneira ele está voltando para a faculdade.

— Ah. Bem, se vocês estivessem juntos, seria legal, sabe. Ele parecia um cara legal.

Sydney riu para si mesma.

— Sim, ele é.

A família do frisbee se juntou em um pequeno e unido grupo e seguiu para a ciclovia. As garotas conversavam animadas sobre o lago e a canoa que alugariam no fim de semana seguinte.

Sydney e Drew observaram a família desaparecer.

— Acho que vou embora.

Drew se levantou e Sydney se levantou com ele.

— Amigos? — perguntou ele.

— Amigos. — Ela o abraçou e ele a apertou com força.

Esse era o final oficial de um relacionamento de dois anos, e dessa vez Sydney estava bem em dizer adeus.

♥

Sydney fechou a porta da frente e escutou um jazz tocando no escritório. Isso normalmente significava que a mãe estava em casa. O pai odiava jazz. Ele gostava mais de música clássica.

Sydney tinha finalmente resolvido as coisas com Drew, e pelo menos estava satisfeita com a situação em relação a Kelly, mas a questão com a mãe era uma ponta solta e havia muita coisa que Sydney queria dizer.

Ela foi até o escritório e enfiou a cabeça na porta. A mãe estava lá no laptop, os dedos batendo nas teclas. Sequer notou a presença de Sydney.

Sydney limpou a garganta e a mãe levantou a cabeça. Ela sorriu, mas foi forçado.

— Oi, querida. Entre.

Querida?

Sydney sentiu um frio na barriga. A mãe costumava chamá-la de querida, ou meu docinho, mas não andava fazendo isso no último ano ou no anterior. Na verdade ela costumava fazer muitas coisas antes de ser promovida no trabalho.

— Sente-se — a mãe disse, acenando para a poltrona de couro na frente da mesa. — Vamos conversar.

Sydney entrou, mas ficou rondando a cadeira, os braços cruzados sobre o peito.

— Prefiro ficar de pé.

O sorriso desapareceu do rosto da mãe.

— Tudo bem. Você ainda quer conversar?

— Quero.

Havia tantas coisas que Sydney queria dizer, mas não sabia por onde começar.

Talvez não houvesse uma introdução perfeita para essa conversa. Estava falando com sua mãe. No entanto, sentia-se muito distante daquela mulher sentada à sua frente. Como se não estivessem mais no mesmo planeta, muito menos na mesma família.

Era possível deixar de amar a própria mãe?

Aquela mulher tinha machucado Sydney tantas vezes que ela não sabia se podia confiar. E sem confiança, que tipo de relacionamento poderiam ter?

Sydney respirou fundo. Só queria dizer tudo o que ainda não tinha sido dito.

— Quando você foi pra Itália, fiquei com raiva e chateada.

— Eu sei — disse a Sra. Howard. — E eu nunca tive a intenção...

Sydney levantou uma das mãos.

— Espera. — Sabia que se deixasse a mãe falar, ela iria distorcer as coisas e, antes que Sydney se desse conta, estaria perdoando-a, e elas se abraçariam e fariam as pazes. Por melhor que isso soasse, Sydney sabia que a felicidade seria passageira.

— Eu sei que provavelmente você está triste pelo que aconteceu, e talvez muitas coisas estivessem passando pela sua cabeça, mas sou sua filha. Você nunca devia ter ido embora do jeito que foi.

"E há poucos meses você me prometeu que ficaria mais aqui, que diminuiria as horas de trabalho e que seríamos uma família novamente. Estou cansada de você não cumprir suas promessas, mãe. Estou cansada de ficar decepcionada, e estou cansada de lidar com o seu drama. Aceitei o fato de você ter mudado, de você ter virado mais executiva do que mãe. Tudo bem em relação a isso, mas acho que você devia ir embora. Acho que você devia fazer as suas malas e ir embora. E parar de fingir pra mim e pro papai."

A Sra. Howard ficou sentada olhando para Sydney, como se não tivesse certeza de ter escutado a filha corretamente. Ela finalmente piscou e respirou fundo.

— Uau. Bem... vou levar o que você disse em consideração, mas esse é um assunto que eu e seu pai vamos discutir, e nós que vamos tomar a decisão final. Sei que você está com raiva, Sydney, mas, por favor, saiba que eu nunca quis magoar você ou seu pai. Isso tinha a ver comigo, não tinha nada a ver com você. Estou pensando em fazer terapia. Tem muita coisa passando pela minha cabeça.

Sydney queria acreditar na mãe. Terapia talvez funcionasse... mas só funcionava se a pessoa se esforçasse, e Sydney não via a mãe levando isso a sério.

— Que bom — disse ela, recuando para a porta. — Mas ainda acho que você deve ir embora. Quanto mais tempo ficar por aqui, pior vai ser na próxima vez que você for embora. E você vai embora de novo, porque é nisso que é boa. Se você realmente nos ama, tem que ir embora.

E assim Sydney se virou e saiu.

Cinquenta e um

Alexia se encostou no banco do carona do jipe de Ben e olhou pelo teto-solar para o céu ensolarado. Era difícil acreditar que as férias tinham acabado e que Ben estava partindo. Os dedos dele acariciavam levemente a palma de sua mão, e ela fechou os olhos, apreciando o calor do sol no rosto e a sensação de ter Ben tão próximo.

O parque estadual do outro lado do lago Garver estava calmo para uma sexta-feira à tarde. Tudo perfeito para aquela ocasião.

— Você realmente tem que ir? — Alexia perguntou a Ben.

— Tenho. Além disso, o título "calouro" me deixa automaticamente dez vezes mais gato. Todas as garotas vão ficar com ciúme de você.

— Faculdade — murmurou para ela mesma. Apenas alguns meses atrás, Ben era um garoto do colégio, namorado dela. "Calouro" soava tão oficial, como se estivesse se tornando adulto rápido demais.

Por que não podiam ficar aqui, assim, para sempre?

— São só dez semanas até o feriado de Ação de Graças.

Alexia mordeu o interior da bochecha quando sentiu a pontada das lágrimas nos olhos. Tirou os olhos do céu e olhou para Ben.

— O que vai acontecer com a gente?

Ben parou de acariciar a mão dela.

— Gosto de pensar que nada vai acontecer. Não quero terminar, se é isso que você está pensando.

Ele estava tão sério agora, que era quase assustador. Era muito raro Ben ficar "sério".

— Você acha que podemos fazer um relacionamento a distância dar certo?

— Você está de brincadeira? — Ben entrelaçou os dedos nos dela. — Se as pessoas podem, nós podemos.

Alexia concordou com a cabeça, mas sabia como esperar o inesperado. Havia centenas de "e se" para considerar. E se Ben conhecesse outra garota na Pepperdine. Afinal, a Califórnia era a terra das mulheres loiras e magras. Ou, e se ele passasse meses longe dela e deixasse de amá-la? E se *ela* deixasse de amá-lo?

A ideia fazia seu estômago se revirar, porque Alexia amava *muito* Ben. Ele era o primeiro dela em tudo. O primeiro namorado. A primeira relação íntima. Ela pode ter se arrependido de perder a virgindade da maneira que perdeu, mas não se arrependia de tê-la perdido com Ben. Ele era o melhor garoto possível com quem compartilhar essa memória.

O relacionamento dos dois poderia sobreviver à distância? As lágrimas encheram os olhos dela novamente.

— Lexy? — perguntou Ben.

— E se a gente começar a se distanciar?

— Não vamos.

— Mas você não sabe. E não pode prometer isso. — As lágrimas escorreram pelo rosto, e ela as secou antes que escorressem pelo queixo. — É tanta coisa, sabe. É que eu amo tanto você.

Ele esticou os braços no console e a tomou em seus braços. Passou a mão pelos cabelos dela.

— Eu também te amo.

Eles ficaram ali sentados durante um longo tempo, ou o que pareceu ser um longo tempo. Alexia não queria deixá-lo ir embora, mas sabia que logo mais ele precisaria partir.

— Tenho que ir — disse ela, e saiu do jipe. Tinha ido com o próprio carro até o parque e encontrado Ben lá. Ele também saiu do carro.

— Então, esse é o fim — disse ela.

— Não, esse é o começo.

Alexia franziu a testa.

— De quê?

— Do próximo passo do programa de relacionamento em quatro passos do Ben. Primeiro vem o amor, depois a separação, depois o casamento e os filhos. Já tenho tudo na minha cabeça.

Ela deu uma risadinha e passou os braços no pescoço dele.

— Vou sentir saudades.

Ele também a abraçou.

— Eu também. Promete que você vai sempre me mandar e-mail?

— Prometo.

Ele a beijou gentilmente no início, mas depois apertou os braços em volta dela e a inclinou para trás.

— Ben!

— Não consigo me controlar. Você me faz querer dançar tango.

— Para!

Ele a puxou de volta.

— Tenho que ir.

— É.

Ele a beijou novamente.

— Te amo, Lexy.

— Também te amo.

Eles se despediram e entraram em seus carros. Ben foi o primeiro a sair do estacionamento, o jipe desaparecendo em uma curva da estrada. Alexia ficou olhando para ele, desejando que voltasse, desejando que mudasse de ideia e ficasse com ela.

Ficou com um frio na barriga de ansiedade.

Ele não ia voltar — disso ela sabia —, mas isso não faria com que ela perdesse a esperança.

Setembro

Cinquenta e dois

Regra 38: *Aja como se você fosse especial! Qualquer garoto é sortudo por ter você!*

No fim de semana seguinte, todas as garotas se encontraram no Bershetti's para enterrar o Código da Atração. Sydney não queria ir. Só fazia duas semanas desde a festa de Kelly e isso não estava nem perto de ser tempo suficiente para curar a ferida. Além do mais, aquele era o último fim de semana de Sydney com Quin. Ele estava voltando no dia seguinte para a faculdade no Instituto Brooks na Califórnia.

Quin olhou para ela e sorriu.

— O que suas amigas diriam se eu fosse com você?

— Provavelmente te expulsariam, é um encontro só de garotas.

Ele tirou o chapéu e ajeitou várias mechas de cabelo que tinham escapado do rabo de cavalo.

— Tudo bem. Mas me liga assim que terminar. Quero que a gente faça mais uma sessão de fotos antes de ir embora.

— Pode deixar que eu ligo.

Quin era facilmente a melhor coisa que tinha acontecido com ela nessas férias.

No entanto, as coisas que podia considerar como ruins — o relacionamento se deteriorando, a mãe indo embora —, essas coisas também tinham sido coisas boas. Pelo menos se revelaram boas, no fim das contas.

Sydney acenou quando Quin partiu com o carro.

Dentro do Bershetti's, o ar-condicionado estava a todo vapor, afugentando o calor de setembro. Sydney estava agradecida pela camisa de manga comprida branca de tecido leve que tinha colocado sobre a blusinha de baixo.

— Oi, Syd — Jordan cumprimentou-a do pódio da recepção. — Elas já estão todas aqui. Vem comigo.

Jordan a guiou até uma mesa redonda onde Alexia, Raven e Kelly estavam sentadas. No total, havia seis cadeiras em volta da mesa. Sydney se certificou de pegar a cadeira ao lado de Alexia e longe de Kelly.

Kelly evitava o contato visual. Ficava mexendo no guardanapo, dobrando-o e depois alisando-o. Tecnicamente estavam todas aqui por causa dela. Afinal, o Código da Atração tinha sido elaborado para ela.

— Vocês querem alguma coisa pra beber? — perguntou Jordan.

Todas fizeram seus pedidos e Jordan desapareceu nos fundos.

— Então — disse Alexia —, aqui estamos nós.

Sydney olhou para Alexia e Raven e depois para Kelly, fazendo um rápido contato visual. Kelly corou e olhou para baixo.

— Aqui estamos nós — disse Raven. — E aqui — ela colocou a mão embaixo da mesa para mexer na bolsa, tirando dela uma familiar caixa de sapato —, e aqui está o Caixão do Código.

Ela a colocou sobre a mesa, entre copos de água gelada e talheres enrolados em guardanapos. Tirou a tampa.

Sydney examinou seu interior. Havia uma cópia do Código do Término ao fundo, junto com quatro braceletes de trevo--de-quatro-folhas e uma foto das quatro. Fazia meses que não abriam aquela caixa. Parecia fazer tanto tempo que Sydney tinha usado o Código do Término com Drew. E naquela época, quando voltou para Drew, pensava que fossem ficar juntos para sempre. Era impressionante como tantas coisas podiam mudar em um único verão.

Alexia perdeu Aquilo (o que Sydney demorou muito a saber!). Sydney terminou com Drew, teve um verão maravilhoso no hospital, onde conheceu Quin. Kelly... bem, Kelly estava apaixonada. Sydney não podia negar isso. E Raven...

— Ei, Ray? — perguntou Sydney. — Você recebeu a resposta daquele concurso de canto?

— Ah, sim. Eu ia mostrar pra vocês a carta que recebi ontem. — Ela mexeu na bolsa novamente e puxou a carta. — Kay-J que escreveu. Aqui está o que ela disse:

Querida Raven,

Acho que você tem um tremendo talento para cantar. Sua voz é maravilhosa e seu talento é único. Você arrebentou com aquela música que cantou para mim. Eu me arrepiei inteira.

A única coisa que posso sugerir é para prestar atenção no ritmo e no tom.

Infelizmente — Raven enrugou o nariz e continuou —, *você não passou para a última fase das audições, mas me deixe explicar por quê. Não acho que você se encaixe para a competição. Não acho que você deveria cantar como backing vocal. Acho que você devia cantar com uma banda, como Blake disse que você cantava. Coloque seu foco nisso, porque você tem todos os elementos certos para ser uma roqueira completa.*

Se algum dia precisar de qualquer coisa, é só dizer. Ficarei feliz em ajudar.

Beijos e abraços,

Kay-J.

— Oh, meu Deus — disse Kelly. — Que legal, Raven. — Um sorriso reluziu pela primeira vez em seus lábios desde que Sydney chegou.

— Apesar do fato de eu não ter passado — disse Raven —, não estou chateada.

— E não deveria estar — respondeu Sydney. — Isso não foi uma carta de rejeição, foi só elogio.

Elas bateram papo sobre a banda October e sobre como Raven e Horace estavam planejando uma festa de Halloween com um grande show. Ia ser o máximo, e Sydney mal podia esperar para Raven cantar a plenos pulmões.

Alexia limpou a garganta.

— Então, vocês querem ir direto ao que interessa?

Todas ficaram em silêncio.

— Estamos aqui hoje pra enterrar o Código da Atração. Vocês todas concordam?

— Eu concordo — respondeu Raven.

Kelly fez que sim com a cabeça e disse:

— Eu também.

Sydney olhou para Kelly à sua frente na mesa. Ela tinha usado o Código da Atração com Drew, em vez de com Adam?

Isso realmente importava?, pensou Sydney. *Não, não importava.* Pelo menos não agora.

— Estou pronta pra enterrá-lo — disse Sydney.

Talvez o Código não tenha sido para ela especificamente, mas Sydney tinha feito um pouco de uso dele. Agora que o estavam enterrando, repetiria uma regra para si mesma e a usaria como um mantra. Isso era para a nova e melhorada Sydney, a Sydney que se focaria mais nela mesma e pararia de tentar controlar as coisas que estavam fora do seu alcance.

Regra 38: Aja como se você fosse especial! Qualquer garoto é sortudo por ter você!

— Jordan? — chamou Raven, detendo a irmã mais nova quando ela passou. — Você pode tirar uma foto nossa?

— Claro. — Jordan pegou a câmera digital de Raven.

As garotas se encostaram uma na outra. Raven colocou o braço em volta de Kelly. Sydney sorriu quando Alexia apoiou-se nela. Havia uma divisão nítida entre as garotas, especialmente entre Sydney e Kelly, mas pelo menos estavam juntas. Isso era o que mais importava para Sydney. Talvez acabassem sendo um grupo grande e feliz novamente. Não odiava Kelly, só precisava de tempo para fechar a ferida.

— Digam xis! — Jordan tirou a foto e depois entregou a câmera.

— Está perfeita — disse Alexia, passando a câmera ao redor da mesa para que todo mundo pudesse ver. — Certo. Garotas, prontas?

Todas fizeram que sim com a cabeça.

Alexia colocou a cópia do Código da Atração no Caixão do Código.

— Como mulheres do Código — todas disseram em uníssono —, nós, aqui presentes, desejamos que o Código da Atração descanse em paz.

Todas riram quando Alexia colocou a tampa no caixão.

Este livro foi composto na tipologia Sabon LT Std, em corpo 10,5/16, e impresso em papel off-white no Sistema Cameron da Divisão Gráfica da Distribuidora Record.